Cullen
le scandaleux

Titre de l'édition originale : *Playboy*

Collection New Romance® créée par Hugues de Saint Vincent
Collection New Romance® dirigée par Arthur de Saint Vincent
Ouvrage dirigé par Alice Serverin
Image de couverture : © Shutterstock
Couverture : Marion Rosière

34-36 rue La Pérouse
75116 Paris
www.hugoetcie.fr

ISBN : 9782755649185
Dépôt légal : décembre 2020
Imprimé en France par CPI Brodard et Taupin - N° d'impression : 3038625

NEW ROMANCE®

KATY EVANS

Cullen
le scandaleux

Traduction de l'anglais par Marion Boclet

Hugo Roman

Chapitre 1
LA FILLE

WYNN

– Tu es sûr que ça ne craint rien ?

Je pose la question à mon rancard pendant qu'il gare sa voiture dans un parking presque désert : il n'y a qu'une douzaine d'autres véhicules, tous bien trop élégants pour leur environnement.

J'ouvre la portière d'une main tremblante et sors dans la nuit d'un calme inquiétant, puis je regarde mon rancard descendre de son véhicule et prendre un selfie à côté d'une voiture de sport bleu roi. Je fronce les sourcils, perplexe. Que fait-il ?

Seigneur ! Je ne sors pas réellement avec ce type ? Si ?

– Détends-toi, ça va être marrant.

Il me fait signe d'avancer vers un énorme entrepôt à l'aspect menaçant. L'appréhension fait faire un petit bond à mon cœur tandis que je le suis.

Après être venu me chercher, il m'a annoncé qu'il m'emmenait à une partie de poker clandestine dans le Chicago underground. J'interroge maintenant mon bon sens et me demande s'il est comme la virginité: une fois qu'il est parti, on ne peut pas le récupérer.

Enfin, franchement, c'est le pire quartier de la ville! Au loin, les gratte-ciel, à la fois intimidants et rassurants, se dressent comme des gardes du corps de béton. Mais je ne suis pas naïve au point de croire que je suis en sécurité ici. Nous sommes sur le territoire des gangs. Celui qui organise cette partie doit payer une taxe exorbitante pour pouvoir jouer ici.

Tout en jetant un coup d'œil autour de moi pour vérifier qu'aucune arme n'est braquée sur nous, je lisse nerveusement ma robe. Cette soirée était censée être sympa.

C'était censé être un changement agréable, pour moi.

Un dérivatif.

Une soirée hors de l'appartement.

Sauf que la prison n'a jamais été prévue au programme. Ne serait-ce qu'en franchissant les portes crasseuses de cet énorme entrepôt, j'enfreins la loi.

Je n'enfreins *jamais* la loi.

Je suis une jeune femme de trente ans sérieuse et responsable. *Bon sang!* J'ai déjà dépassé l'âge auquel je pensais être mariée et avoir des enfants. Mes amies sont mariées. Rachel a un garçon et une fille, Gina a une fille et Livvy se marie ce week-end. Et moi? J'ai une longue succession de ruptures à mon actif. Notamment la plus récente, après une relation de quatre ou cinq ans dont il ne reste rien.

Je sortais avec un phobique de l'engagement. Je ne le savais pas, à l'époque, et il ne le savait certainement pas non plus. Il n'aurait jamais pu sauter le pas et me faire sa demande – et encore moins s'avancer jusqu'à l'autel et m'y attendre. Il m'a demandé du temps, encore et encore, que je lui ai donné. Je lui ai *tout* donné. Je croyais que c'était Le Bon. Je croyais que Le Bon se présenterait quand je serais prête.

– Non, ce n'était pas Le Bon, je t'assure. Si c'était Le Bon, tu serais déjà…

– Mariée et en train de pondre des bébés, a dit Rachel, finissant la phrase de Gina, la semaine dernière, quand nous avons discuté de ma rupture.

Assise dans un silence maussade, je regardais fixement la boîte de mouchoirs en papier devant moi. Incapable de croire qu'il m'avait jetée comme il l'avait fait. Peinant, comme c'est encore le cas aujourd'hui, à recoller les morceaux de ma vie.

– Si je bats ce gars, je pourrai faire n'importe quoi. N'importe quoi. Même remporter les championnats de Texas Hold'em[1].

L'excitation fait trembler légèrement la voix de l'homme que j'accompagne.

Si Rachel et Gina me voyaient maintenant, elles tomberaient à la renverse. Elles m'ont toujours considérée comme la gentille de la bande. L'innocente. Je n'ai même jamais eu de contravention.

Et maintenant, je vais assister à une partie de poker clandestine avec un type que je viens juste de rencontrer ?

Bien sûr, il est sympa et assez beau. Il est de taille moyenne, a d'épais cheveux bruns, de petites ridules aux coins de ses yeux marron. Nous nous sommes rencontrés à la galerie, quand il a acheté une œuvre de ma dernière exposition, et j'admire toujours les gens qui aiment l'art, comme moi. Je ne sais même pas vraiment pourquoi j'ai accepté de sortir avec lui, mais quand il m'a invitée, j'ai mis en balance l'idée

1. Le Texas Hold'em (littéralement « Texas retiens-les ») est une variante du poker. Elle constitue la variante la plus jouée, notamment dans sa forme no-limit, c'est-à-dire sans restriction maximale de mise ou de relance, utilisée au cours de l'épreuve principale des World Series of Poker, le plus gros tournoi de poker du monde en termes de gains et de popularité.

de passer la soirée seule et la perspective de sortir, et je n'ai pas hésité. Même si je n'ai pas envie d'avoir à nouveau le cœur brisé et que je n'attends rien d'aucun homme, je sais aussi que je dois oublier mon ex et que cela n'arrivera pas si je ne m'autorise pas à vivre de nouvelles choses. J'ai l'intention de me concentrer sur ma galerie et de renoncer totalement aux hommes – ou, du moins, de renoncer à quoi que ce soit de sérieux avec l'un d'entre eux ; mais j'ai tout de même besoin de me distraire si je veux l'oublier.

Emmett, un célèbre chef en devenir, refusait de m'emmener au bout de la rue manger un hot-dog, sauf s'il l'avait préparé lui-même dans la cuisine de son restaurant. Et même alors, il fallait que je prenne rendez-vous.

C'est peut-être pour ça que je suis ici.

Mais dès que mes yeux se posent sur les portes de guingois de l'entrepôt dans lequel je m'apprête à entrer, je repense à toutes les mauvaises décisions que j'ai prises au cours de mon existence. En particulier concernant les hommes avec lesquels j'ai décidé de sortir.

Alors que nous entrons, je décide d'être moins exigeante (l'un de mes problèmes, selon Emmett) et de m'amuser, de façon illégale.

Un nuage de fumée flotte dans l'air. Plusieurs parties sont en cours autour de tables rondes.

Du bois foncé. Des plafonds bas. L'endroit semble tout droit sorti d'un vieux film, avec ses tapis persans divisant l'espace et les photos en noir et blanc accrochées çà et là aux murs. Je reconnais quelques légendaires criminels de Chicago.

C'est un signe. Ces parties sont officieuses. Une salle de poker comme celle-là peut être fermée en un éclair. Je le sais parce que j'ai regardé des films, pas parce que j'ai décidé de m'attacher à Clyde et que j'aimerais être Bonnie.

– Merde, il est là !

Il expire, puis se pince l'arête du nez et essaie de prendre une profonde inspiration.

– Qui est là ?

– Le putain de tsar du poker. L'actuel champion du monde. Une véritable légende. Un regard glacial, impossible de deviner à quoi il pense. Le visage le plus impénétrable qui soit. Je t'assure, si je le bats, plus rien ne pourra m'arrêter. On verra mon nom partout.

Carson, mon rancard, balaie la pièce du regard.

Je ne suis pas fan de poker, mais étant donné son attitude, je me dis que je devrais peut-être demander un autographe au gars dont il parle.

– Merde, c'est bien lui… Je suis désolé, j'ai les mains toutes moites.

Il me fait avancer d'un geste et je suis contente qu'il ne me prenne pas la main car, depuis quelque temps, je n'ai plus envie que les hommes me touchent. Je le suis jusqu'à une table tout au bout de la pièce quand je sens posé sur moi le regard d'un homme à l'extrémité de la table.

Ma gorge se serre.

L'homme n'a pas l'air raffiné, pas le moins du monde. Sa présence a quelque chose de primitif, de brut, de fascinant. Quelque chose de magnétique qui donne l'impression que la pièce entière gravite autour de lui. Il doit avoir entre trente et trente-cinq ans. Il est chaud comme la braise.

Un frisson me parcourt l'échine quand son regard croise le mien.

Il a des yeux argentés, comme des diamants trempés dans du platine, froids comme la glace, brillants comme des tessons de verre. Sa mâchoire est carrée et nette, ses lèvres, immobiles mais terriblement pulpeuses. Son pull noir se tend sur des épaules larges et puissantes, et je distingue ses muscles en dessous, ses biceps tirent le tissu comme ses mains se posent sur la table. Pour une raison ou pour une autre, je remarque qu'il a de longs doigts forts et des mains bronzées.

Je déglutis. Son regard est tactile. Il le promène sur ma petite robe noire, sur mes cuisses, regarde mes jambes, mes bottines. *Respire, Wynn !* Expirant nerveusement, je suis Carson. Et le Flambeur torride aux yeux d'argent continue à nous regarder approcher.

C'est moi qui marche ; mais ce gars me traque du regard.

Soudain, j'ai la bouche toute sèche et je suis gênée par ma robe noire, qui m'arrive aux genoux et a des manches longues mais qui me paraît maintenant trop courte et trop moulante.

– Il nous regarde, putain ! dit Carson.

Bien sûr. Il *nous* regarde.

Carson prend une chaise à la table du gars et j'y pose mes fesses, consciente que les hommes assis autour me regardent tous. Surtout *lui.*

– Vous êtes en retard.

Sa voix est grave et terriblement, terriblement sexy.

– Je suis désolé, je suis désolé. Mon amie a mis un moment à arriver…

Je suis horrifiée de sentir mes joues s'empourprer parce qu'on m'accuse de ne pas avoir été prête à l'heure. Je suis rousse, alors je déteste rougir. Est-ce qu'on n'attend pas d'une femme qu'elle ait cinq minutes de retard – au moins – au premier rendez-vous ? Il ne faut pas avoir l'air trop enthousiaste. D'un autre côté, j'ai trente ans et je suis *célibataire*. Il faudrait peut-être reconsidérer cette stratégie.

Le gars se contente de le regarder et je sens qu'il trouve l'excuse de Carson de mauvais goût. Je suis rouge comme une tomate, j'ai le sentiment que je devrais me défaire de ce que ce tocard vient d'essayer de me mettre sur le dos.

Yeux d'argent me jette un rapide coup d'œil et quelque chose entre mes jambes fourmille. Je détourne les yeux tandis que mon rancard sort quelques billets et obtient en échange un plateau de jetons.

– Je m'appelle Carson, au fait, dit-il tardivement, se relevant et me prenant par le coude pour m'entraîner vers le gars. Je suis Carson, répète-t-il, et voici… mon amie.

– Salut ! Je suis, euh…

Carson a-t-il oublié mon prénom ? Je m'apprête à le dire, mais avec les yeux gris métallisé du gars rivés sur moi, d'aussi près, je semble perdre l'usage de la parole.

Seigneur ! Existe-t-il vraiment des yeux de cette couleur ?

Oui, sans aucun doute. Métallisés, perçants, hypnotiques. Je tends la main. Il la prend dans la sienne, sa poigne est chaude et ferme.

– Vous disiez ?

Il a un sourire dans la voix. Cette voix grave, extrêmement virile.

Je retire ma main et la frotte contre le côté de ma robe pour chasser la sensation de picotement. Tous les regards sont tournés vers nous tandis que nous regagnons nos places. Est-ce donc le gars sur lequel mon rancard était intarissable ?

Je comprends mieux ses divagations, maintenant.

La situation commence à me rendre nerveuse. Je jette un coup d'œil autour de moi et remarque qu'il y a de nombreuses femmes dans la pièce – dont la plupart regardent dans la direction de celui qui est sûrement le meilleur joueur de poker de la ville.

Je crois qu'aucun homme ne m'a jamais fait l'effet que me fait cet homme-là. Mon cœur bat si fort que j'ai l'impression qu'il est sur haut-parleur.

Tandis que la table s'organise pour la partie suivante, je m'efforce de respirer normalement, de me calmer, de me rappeler que cette soirée est censée être amusante.

Yeux d'argent me regarde ostensiblement.

Quand il commence à esquisser lentement son sourire en coin, la partie inférieure de mon corps se manifeste bien trop à mon goût. *Comment suis-je censée rester assise là et faire semblant de rien ?*

Je ferme les yeux et prends une profonde inspiration.

– Première fois ? me demande-t-il, comme s'il n'y avait personne d'autre que nous assis autour de la table.

Nom de Dieu de merde ! Est-ce qu'il a une boule de cristal ?

– Cela m'aiderait de savoir ce que vous entendez par *première fois*, dis-je pour gagner du temps.

Il lève une main et, aussitôt, une serveuse apparaît à ses côtés.

– Un whisky *on the rocks* pour la dame, et un pour moi.

Eh bien !

– Première partie ? précise-t-il.

– Oui. Vierge au poker.

Je fais exprès d'être aguicheuse.

– Tant mieux. J'aime être le premier.

Son expression reste indéchiffrable. L'espace d'un instant, je me dis qu'il va m'entraîner dans le recoin sombre le plus proche et le fait que j'aime cette pensée m'étonne moi-même.

– Allons-y, alors.

Ses lèvres se recourbent très légèrement.

Il me regarde comme s'il savait à quoi je pense.

Waouh ! Ce mec est plus illégal que ce tripot.

On bat les cartes puis on les distribue. Chaque joueur reçoit deux cartes et une fois que tous ont regardé leur jeu, les paris commencent. Il y a un ordre à suivre, mais je ne sais absolument pas lequel. Cela a probablement un rapport avec le jeton en plastique blanc sur la table. Je finirai par comprendre, en supposant que mon rancard reste dans la partie assez longtemps pour me le permettre.

Je regarde Yeux d'argent découvrir ses cartes. Il les repose sur le feutre dans un geste fluide, puis se laisse aller contre le dossier de sa chaise et croise les bras sur son torse, ses traits indéchiffrables tandis qu'il observe ses adversaires, jusqu'à ce que… son regard croise le mien.

Il ne sourit pas, cette fois.

Et cela me rend nerveuse.

Il continue à me regarder. Je sens qu'il sait que je suis mal à l'aise mais qu'il n'en a rien à faire. Un petit frisson brûlant commence à palpiter au creux de mon ventre tandis que je soutiens son regard. Je reste assise, parfaitement immobile, m'efforçant de ne pas montrer qu'il m'affecte. Mais comment pourrait-il en être autrement ? Je ne suis pas la seule qu'il rend nerveuse : la nervosité de Carson est palpable.

Yeux d'argent tend enfin la main vers sa pile de jetons et en jette la moitié dans le pot.

Certains hommes se retirent de la partie. Un ou deux d'entre eux disent : « Je me couche. » Mon rancard ajoute à contrecœur la moitié de ses jetons et dit : « Je suis. »

Ils jouent la main. Mon rancard perd et Yeux d'argent gagne avec un brelan. Un brelan de reines.

L'ironie ne m'échappe pas.

On distribue à nouveau les cartes.

J'essaie de ne pas le regarder mais, cette fois encore, il joue sa main puis ne fait rien d'autre que me reluquer. Il est intimidant, son regard fixe est perçant, direct, et très, *très* tactile. Je le sens posé sur mon visage. Sa virilité réveille ma féminité.

Heureusement que je suis assise, car si j'étais debout, mes jambes flageoleraient et je risquerais de me ridiculiser.

Rachel saurait comment se comporter face à un mec aussi canon que lui. Elle a été courtisée par le queutard le plus célèbre de la ville, Malcolm Saint, et elle a réussi à lui résister sans céder. Du moins, pendant quelque temps. Quant à moi, ça fait à peine trois minutes et je mouille déjà ma petite culotte.

Ce mec-là… Je vois bien qu'il pourrait avoir toutes les femmes qu'il veut. Les serveuses qui circulent dans l'entrepôt n'arrêtent pas de le regarder avec intérêt. Mais il les ignore. Je vois aussi qu'il est très, *très* intéressé par la partie de cartes avec mon rancard – pour le moment, son attention est centrée sur Carson, ce qui semble rendre ce dernier nerveux – et la tension dans la pièce a considérablement augmenté.

Quelques-uns des joueurs se couchent, comme s'ils avaient l'intuition que ce n'est pas un simple gain de jetons qui se joue là. Yeux d'argent observe attentivement Carson, puis il caresse pensivement ses jetons avant de déplacer ses piles, les glissant les unes sous les autres. Carson, plus nerveux que jamais, renverse sa petite pile.

Embarrassée pour lui, je m'empresse de me concentrer sur autre chose.

–Vous misez ? me demande un vieux monsieur tout en faisant tourner trois jetons sur le feutre.

– Non.

Je suis trop évasive.

– Enfin, je pourrais, dis-je.

N'importe qui peut perdre de l'argent, n'est-ce pas ?

–Vous voulez faire un pari ?

Je ne réponds pas et il ajoute :

–Votre petit ami va perdre ses fonds dans cinq manches ou moins.

– Ce n'est pas mon…

– Je relance, dit enfin Yeux d'argent, intervenant au bon moment.

Il exige l'attention et il l'obtient. Les autres joueurs se redressent, intéressés.

Mon rancard bégaie.

– Je… Je ne peux pas suivre… Je n'ai plus de jetons.

Yeux d'argent tourne lentement les yeux vers moi, une expression indéchiffrable sur le visage.

– La fille.

J'écarquille les yeux.

Mon rancard me regarde, abasourdi.

Mon cœur martèle ma poitrine.

Je me lève d'un bond, mais Carson me retient par le coude.

– Il veut que tu restes ici, siffle-t-il. Il me force à tout donner.

– Si j'en crois les apparences, c'est *moi* qu'il force à tout donner.

Je baisse la voix.

– Écoute, je me fiche de savoir qui…

– J'ai une très bonne main. S'il te plaît ?

Carson me montre discrètement ses cartes. Il a un full. Il a l'air désespéré et je me sens mal. En même temps, je suis furieuse. Il ne fait pas le poids face à ce mec.

– S'il te plaît, Wynn.

Maintenant, ce crétin se rappelle mon prénom.

Je me rassieds.

J'assiste à un échange muet entre le flambeur et le vieux monsieur. Le vieux monsieur secoue la tête d'un air désapprobateur, puis il se couche.

Le gars assis à l'autre bout de la table me rend nerveuse. Il ne me regarde pas, pour le moment, il observe Carson, mais *moi*, je ne peux pas m'empêcher de le regarder – Yeux d'argent. Il a ce genre de bouche dont on se demande quel effet elle ferait, et une mâchoire carrée, et… *Arrête, Wynn ! Tu as renoncé aux hommes, tu te souviens ? À part pour le sexe, et tu ne t'approcheras pas de ce Casanova !*

Je me mordille la lèvre inférieure et je fais comme si le gars assis en face de moi ne me chamboulait pas comme il semble chambouler mon rancard.

Quand tout le monde s'est couché sauf Carson, ce dernier montre sa main tandis que le gars retourne ses propres cartes et croise les bras. Il a une quinte flush. Avec un as.

Je cligne des yeux.

Que vient-il de se passer, exactement ?

Mon rancard a perdu ? Et il m'a vendue à cet inconnu dans la bataille ?

La victoire fait briller les yeux du gars.

–Vous voulez rapprocher votre chaise ? me demande-t-il, indiquant lentement d'un signe de tête la place à côté de lui.

Je ne sais vraiment pas dans quoi je me suis embarquée, mais je décide de faire de mon mieux pour m'en sortir, alors je me lève, je tourne les talons, m'apprêtant à partir, et je dis à Carson :

– Je ne vais pas sérieusement…

Yeux d'argent se lève à son tour, fait le tour de la table et, soudain, son torse est un mur contre lequel je manque de m'écraser alors que je tente de partir.

– Restez, dit-il à voix basse, sa main chaude et puissante se refermant autour de mon poignet.

Mon corps entier réagit à ce contact.

Je retire vivement ma main comme s'il m'avait brûlée, un peu inquiète de l'effet qu'il a sur moi.

Il est tellement grand que je dois tendre le cou pour le regarder.

– Écoutez, Carson m'a peut-être offerte à vous, mais je n'ai rien accepté pour ma part.

– Dites-moi votre prix, dit-il.

Mon Dieu ! Il sent très, *très* bon, le savon, l'eau de Cologne et la victoire.

– Mon prix pour quoi ?

– Pour poser votre superbe cul sur cette chaise, juste à côté de moi, et pour jouer.

J'expire.

– C'est tout ?

– Pour le moment.

Ses lèvres s'incurvent à nouveau, très légèrement, et je ressens une bouffée de désir. *Bon sang !*

J'ai vu *Proposition indécente*. Pour être honnête, j'ai fantasmé sur Robert Redford pendant quelque temps. J'estime qu'Hollywood et mon subconscient sont responsables si j'ai l'impression que ce ne serait pas une mauvaise idée de faire exactement ce qu'il me suggère. Après tout, je n'accepterais que de poser mon *superbe* cul sur cette chaise et de jouer. Trouve-t-il vraiment que j'ai un superbe cul ?

Je me surprends à répondre :

– Très bien, c'est d'accord.

Le gars fait signe à la serveuse, lui demande de mettre ma chaise à côté de la sienne, et m'emmène m'y asseoir. Il pose son corps viril, délicieusement parfumé, tout de noir vêtu à côté du mien, et demande que l'on distribue les cartes. Quand c'est fait, il pousse sa pile de cartes dans ma direction.

– Jouez.

– Quoi ?

Il soutient mon regard de ses yeux argentés et perçants.

– Vous m'avez très bien entendu.

– Vous êtes fou.

Il se laisse aller en arrière sur sa chaise et place une main derrière sa tête.

– J'ai entendu pire.

– Je suis désolé, Wynn, dit mon rancard en se levant pour partir.

– Wynn, répète l'homme de sa voix grave.

Je me tourne vers lui en rougissant.

– Ne m'appelez pas comme ça.

– Expliquez-moi pourquoi.

– Parce que c'est mon prénom et que je ne connais pas le vôtre. Je suis totalement désavantagée.

– Playboy.

– Hein ?

– On l'appelle Playboy, dit mon rancard avant d'être escorté jusqu'à la sortie.

Playboy sourit.

Abasourdie, incrédule, je secoue la tête.

– Waouh ! Décidément j'ai une sacrée chance avec les hommes.

– Ne vous en faites pas. Je ne paie pas pour coucher. Corrigez-moi si je me trompe, mais je viens de vous débarrasser du pire rancard que vous ayez jamais eu.

– À vrai dire, ce n'était pas si nul que ça. Puisque vous étiez là.

– Et je suis excitant ?

– Non. Plutôt… comme un film d'horreur.

– Elle joue cette manche pour moi, dit-il aux autres gars assis autour de la table. Ça ne dérange aucun d'entre vous que je lui montre comment faire ?

– Vas-y, Playboy, acquiescent-ils d'une seule voix.

Il tapote le feutre vert du bout du doigt et indique d'un signe de tête les cartes dans ma main.

– Voyons voir notre main.

– *Ma* main, le contredis-je.

– Ce qui est à vous est à moi, murmure-t-il tandis que je lui montre les cartes.

Il me murmure à l'oreille quelles cartes rendre et combien en demander. Je suis ses instructions, et ne me retrouve qu'avec une paire.

– Pourquoi est-ce que c'est moi qui joue ? demandé-je alors que nous perdons et que l'on nous distribue un nouveau jeu.

– Parce que je perdais avant votre arrivée.

– Nous perdons en ce moment même.

Il me regarde d'un air pensif, puis je reçois les nouvelles cartes.

– De toute évidence, vous avez besoin d'encore un peu d'entraînement.

Il me prend les cartes des mains et commence à jouer.

– Restez ici et ne me distrayez pas. Distrayez les autres.

Sentant à son ton qu'il ne tolérerait aucune réplique, je joue avec mes cheveux, enroulant mes mèches rousses autour de mon index tout en regardant fixement chacun des joueurs, avec suffisamment d'insistance pour leur faire lever les yeux.

– À la réflexion, arrêtez ça.

– Hein ? Vous êtes incompréhensible.

Je lui lance un regard furibond, qu'il me rend.

– J'ai du mal à me comprendre moi-même, là. Arrêtez de tripoter ces satanés cheveux, c'est tout.

Il gagne la partie et les huit suivantes. Sa pile de jetons est si grosse qu'on n'arrête pas de lui apporter des jetons de plus forte valeur pour l'aider à garder de l'espace sur la table.

Quand tout est terminé, les hommes assis avec nous commencent à se disperser, mais nous ne bougeons pas. Nous avons commandé d'autres boissons, nos chaises sont tournées de sorte que nous sommes presque face à face et il me demande de lui en dire plus à mon sujet.

Je hausse les épaules négligemment.

– Vous connaissez mon prénom. Wynn. J'ai trente ans. Je suis propriétaire d'une galerie d'art. Je viens de sortir d'une relation et je ne crois plus du tout en l'amour.

– Hmm. Je pense que vous avez laissé de côté le meilleur. Comme ce que vous faites ici.

Je bois une gorgée de whisky.

– Je dois admettre que vous êtes redoutable... mais j'essaie encore de comprendre pourquoi je suis ici.

– Vous supposez que je vais croire que vous ne saviez pas que je serais ici ?

– Pardon ?

– Vous supposez que je vais croire que vous n'avez pas envie de moi et que vous ne tentiez pas d'attirer mon attention ? C'est inventif, je le reconnais. Je suis curieux.

– Waouh ! Quelle arrogance ! Euh, non. Vous êtes bien trop scandaleux pour que je vous ramène à la maison ou pour vous présenter à ma mère. Mais je suis bien décidée à vivre de nouvelles expériences...

J'invente ces conneries au fur et à mesure, je le jure.

– Surtout parce que je viens de sortir d'une relation de quatre ans. Je suis bien décidée à utiliser les hommes comme ils aiment nous utiliser, *nous*.

– Vraiment ?

– Vraiment. Vous ne vous demandez jamais pourquoi vous avez tant de femmes à vos pieds ?

J'indique d'un geste vague la serveuse déconfite qui me fusille du regard, de loin.

– Je suis tellement perplexe que je n'en dors pas la nuit.

Il est amusé. Son ton taquin m'amuse aussi, mais je continue.

– Eh bien, c'est parce que vous savez vous y prendre. Je veux vous voir à l'œuvre. Comme ça, je saurai quand on me fait le coup.

– C'est bien vrai ?

Il n'y croit pas.

Merde, alors ! Il a un air railleur.

– Oui, c'est tout à fait vrai. Vous ne me croyez pas ?

Il sourit, encore amusé.

– Eh bien, pour une raison ou pour une autre, je ne crois pas un seul des mots qui sortent de votre jolie bouche.

La façon dont ses yeux se posent sur ma bouche éveille en moi quelque chose de brûlant.

– Waouh, ce que vous êtes blasé ! Que croyez-vous que je veuille ?

Il se gratte le menton. Le bruit râpeux de sa barbe naissante est sensuel, dans l'obscurité.

– Quoi que cela puisse être, je vais vous le fournir.

– Très bien, dis-je, sachant que je n'ai rien à cacher. Découvrez ce que vous voulez et laissez-moi découvrir ce dont j'ai besoin : comment vous jouez avec les femmes.

– Sûrement pas, la Rouquine.

– Pas même alors que je me suis habillée comme une pute pour entrer ici ? dis-je pour le titiller.

– Regardez autour de vous, la Rouquine. Vous avez l'air d'un moine dans une boîte de strip-tease. Vous êtes la pute la plus prude que j'aie jamais rencontrée.

– Très bien. J'aurais peut-être dû remonter un peu l'ourlet de ma robe. Laissez-moi simplement vous regarder draguer une femme. N'importe quelle femme. Faites signe à l'une d'entre elles d'approcher.

– Vous voulez me regarder draguer une femme ? demande-t-il, incrédule.

– Oui.

Je parcours la foule des yeux et repère une serveuse voluptueuse qui lui a beaucoup tourné autour, et qui mourrait de joie s'il s'intéressait à elle, j'en suis sûre.

– Elle.

– Je n'ai pas envie de la draguer.

– D'accord, alors qui avez-vous envie de draguer ?

Il me regarde fixement.

– Je ne drague personne, la Rouquine.

– Mais vous jouez pour vous envoyer en l'air.

– Pas ce soir.

– Pourquoi ?

Il hausse les épaules.

Puis il tend le bras, me fait me lever et pose une main sur mes reins pour me mettre en mouvement. Je vacille un peu, mes sens échappant à tout contrôle tandis que je le suis vers la sortie. Je ne comprends pas.

– Et pourquoi pas ce soir ? demandé-je dans un souffle.

– Vous êtes Wynn Watson, n'est-ce pas ? Propriétaire de galerie et collectionneuse de rancards.

– Je ne suis pas du tout une…

Comment connaît-il mon nom de famille ? Soudain, cela me frappe.

Je suis profondément choquée. Mon cerveau a besoin d'un moment pour se réorganiser.

– Tu es Cullen Carmichael ! Le flambeur. Queutard, antimonogame et frère du fiancé de ma meilleure amie Livvy.

– La vie est assez surprenante.

Il me regarde, me fait ouvrir la paume et pose un jeton de dix mille dollars au creux de ma main.

– Tiens, mon chou. Ne dépense pas tout d'un seul coup. Garde-le jusqu'à notre prochaine partie.

– Jamais, merci. Et je vais l'investir, peut-être. Probablement. Je demanderai des conseils d'investissement à ton frère.

– Je t'en prie, dit-il.

– Non, c'est *moi* qui t'en prie.

Un petit rire étonnamment doux lui échappe. Il incline légèrement la tête et m'observe attentivement.

– Merci, dit-il avec sérieux.

Soudain, comme ça, il me dépose un baiser sur les lèvres.

– Sois sage et rentre chez toi, maintenant, ajoute-t-il en me tapotant le bras.

– Est-ce que c'était… ? Tu me draguais ?

– Je ne drague pas.

– Est-ce que tu jouais…

– Je te le dirai quand la partie commencera. Rentre chez toi, maintenant.

Il ouvre la porte d'un Uber qui s'est matérialisé à nos côtés et, comme il est déjà 3 heures du matin, je monte dedans sans protester.

Cullen Carmichael ! À Chicago pour le mariage, évidemment. J'ai été assez stupide pour ne pas faire le rapprochement tout de suite. *Seigneur !*

Je n'arrive pas à croire qu'il m'ait *achetée*. Comme… une voiture. Comme s'il me méritait et qu'il pouvait obtenir tout ce qu'il désirait. Et la façon dont il jetait négligemment les jetons sur la table, comme s'ils ne représentaient rien alors qu'il a misé l'équivalent des gains de ma vie entière en une seule partie…

Je retourne le jeton dans la paume de ma main et allume la lampe torche de mon téléphone pour l'examiner.

Dix mille dollars !

Je me demande ce qui se passerait s'il m'apprenait à jouer avec mon argent. Je serais enfin en mesure de rembourser mon emprunt, après avoir passé des années et des années à renégocier des délais supplémentaires.

Non. Je perdrais tout, et ensuite ? Je n'aime pas parier ; c'est totalement superficiel. Je crois au travail, pas à la chance.

Je ne crois plus non plus à l'amour… ou, du moins, c'est ce que je me répète.

Même maintenant, je suis tentée de fantasmer sur ce que ce serait que de faire l'amour avec Cullen Carmichael, et cette seule pensée me coupe le souffle. *Arrête, Wynn. Arrête d'idéaliser tous les hommes que tu rencontres. Ils n'en valent pas la peine. Aucun homme n'en vaut la peine, surtout pas celui qu'on appelle Playboy.*

⋆ ⋆ ⋆

L'euphorie de la nuit disparaît en même temps que s'efface mon sourire au moment où j'entre dans mon appartement – l'appartement que je loue depuis que j'ai quitté celui d'Emmett. Parfois, la douleur est si paralysante que je me plie en deux dans mon lit. Les nuits sont dures. La solitude est partout. Sur l'oreiller libre à côté du mien. Dans les draps froids, qui ne se réchauffent qu'à ma place. Dans le silence de mon appartement.

Cependant, les matins ne sont pas beaucoup mieux. Parfois, la nuit, je baisse ma garde. Je me détends. Parfois. Je me réveille, en sécurité dans mon lit, je regarde fixement le ventilateur blanc au-dessus de ma tête. Et, l'espace d'un instant, je me sens bien. Jusqu'à ce que je me souvienne. Il ne veut plus de moi. Et la torture recommence alors. Je me force à me lever, à vivre, mais à peine. Je me force à manger ; à manger, pas à me régaler. Je me force à prendre une douche, puis à me sécher. À m'habiller, à faire semblant d'être normale. Humaine. Je me force à aller de l'avant, alors qu'une partie de moi reste bloquée sur tout ce que j'avais, et qui s'est effondré le jour où il m'a dit qu'il n'était plus amoureux de moi. L'amour. Le véritable amour. Le bonheur. L'avenir, auquel j'aspirais. Je n'ai plus rien de tout cela aujourd'hui.

Ce sont les week-ends qui sont le pire. Les jours où je ne travaille pas, il n'y a rien pour me distraire et m'empêcher d'y penser. Je ressasse la même chose encore et encore comme une victime en état de choc. Je cherche de nouveaux indices. D'autres signes indiquant que quelque chose de mauvais était sur le point de se produire.

Je passe la nuit à m'agiter, et le lendemain, je me lève à midi, me fais une tasse de café et allume mon ordinateur portable pour traîner sur Internet, redoutant le mariage qui a lieu ce soir même. Ce n'est pas tant l'événement en soi que j'appréhende que le fait qu'il me rappelle ce que je n'ai plus. C'est horriblement déprimant de n'avoir aucun avenir, du moins, sur le plan sentimental.

Je ne suis pas seule. Un million d'autres femmes sont indubitablement dans le même bateau. Elles se sont réveillées ce matin pour se rendre compte que le reste de leur vie ne se passera pas comme elles l'avaient espéré. C'est un jour différent des autres parce que leur espoir d'un heureux dénouement s'est évanoui.

Au moins, j'ai encore la galerie, la Fifth Street Gallery.

Ça me plaît. C'est Pepper, la plus extraordinaire assistante qui soit, qui a trouvé ce nom.

Je bois une gorgée de café quand, soudain, j'entends un cliquetis de clés. Je pose ma tasse au moment où deux de mes meilleures amies, Gina et Rachel, font irruption dans mon appartement.

– D'accord. On le savait ! On savait que tu n'étais pas en train de te préparer.

Rachel et Gina, l'une blonde, l'autre brune, toutes deux mariées et heureuses en ménage, claquent la porte derrière elles et entrent avec fracas.

Je proteste tandis qu'elles referment vigoureusement mon ordinateur portable et m'obligent à me mettre debout.

– Je vous ai dit que je vous appellerais si j'avais besoin d'aide !

– Tu n'aurais jamais appelé.

– Qu'est-ce que tu en sais ? demandé-je à Gina.

– Parce que tu ne le fais jamais. Nous allons nous occuper de ta coiffure.

Rachel se dirige vers la penderie, en sort un sweat et un pantalon de survêtement et me les tend.

– Allez, viens, tu te sentiras magnifique, et quand tu verras Emmett, ce soir, tu lui feras regretter tout ce qu'il rate.

– Je suis rentrée tard et je n'ai presque pas dormi de la nuit ! On peut remettre ça à plus tard ? Je ne suis pas déprimée, je vous le jure !

– C'est ce qu'on verra, dit Rachel d'un air dubitatif, pressant les vêtements contre ma poitrine.

– Oh ! Je vous déteste.

– Tu nous adores.

Je grommelle et commence à me changer.

– Oui, je vous adore, mais pour votre information, je suis une belle jeune femme célibataire et j'ai ma vie bien en main. J'ai vendu deux tableaux hier et j'ai eu un rancard hier soir, alors tout va très bien, je vous assure.

– C'est vrai ? Oh, Wynn, c'est génial ! s'exclame Rachel, écarquillant les yeux et sautillant, surexcitée.

Pendant ce temps-là, Gina m'apporte mes baskets et mon sac à main.

– C'est un bon parti ? demande-t-elle, visiblement sceptique.

– Non. Oh mon Dieu, non ! Il m'a vendue.

Je me dirige vers l'évier avec ma tasse vide pour la laver avant de partir.

– Il t'a *quoi* ?

– Il m'a vendue. C'était une partie de cartes. Et j'ai rencontré un autre gars. C'était inattendu, mais… eh bien, il était canon. Alors, au moins, mes hormones ont fait un peu d'exercice.

– Wynn !!!

Leur enthousiasme me fait sourire et je décide de ne rien dire d'autre. D'une part, parce qu'elles risqueraient de s'inquiéter et qu'il n'y a aucune raison de se faire du souci au sujet de Cullen et de moi. Vraiment ! Je ne vais pas tomber amoureuse d'un mec comme ça – je ne vais tomber amoureuse d'aucun mec, d'ailleurs. D'autre part, parce que Cullen Carmichael me fait l'effet d'un vilain petit secret qui, pour une raison étrange, est maintenant mon vilain petit secret à *moi*.

Chapitre 2
CARRÉ

WYNN

Nous retrouvons Livvy devant Accents, l'un des salons de beauté les plus sélects de la ville.

– Entrez, je suis à vous tout de suite, nous dit sa propriétaire, Alessandra.

Elle fait signe à d'autres coiffeuses. L'endroit, généralement bondé, est aujourd'hui vide, et nous nous rendons compte toutes les quatre en même temps que le fiancé de Livvy, Callan, a l'intention de gâter sa future épouse et ses amies comme si nous étions les seules femmes sur la planète.

Stupéfaite, Gina se tourne vers Livvy.

– Tu étais au courant ? lui demande-t-elle.

Le salon est rempli de roses teintes en couleur lavande.

– Non !

Riant de plaisir, Livvy prend une rose dans l'une des compositions florales. Elle la hume d'un air rêveur, tandis que je prends l'une des truffes somptueuses mises à notre disposition.

– Quelqu'un va s'envoyer en l'air, ce soir, plaisante Gina.

– Nous nous inquiéterions pour elle et pour son couple si ce n'était pas le cas, dis-je avec un petit rire.

– Je parlais de Callan, dit Gina avec un sourire en coin.

Je ris de plus belle.

Pourtant, mon ventre se noue brusquement, comme si un trou noir s'était ouvert en moi et qu'il ne restait plus que ce vide.

Je ne veux pas être jalouse de mes amies. J'ai des amies formidables et je veux être toujours là pour elles. Certes, je regrette parfois de ne pas avoir trouvé Le Bon, moi aussi, mais cela ne signifie pas que je ne le rencontrerai jamais… n'est-ce pas ? Malcolm vénère le sol que foule Rachel, Gina mène Tahoe par le bout du nez comme l'homme fou d'amour qu'il est devenu et Callan adore Livvy et lui réserve toujours les meilleures surprises.

Mes amies ont décroché le gros lot avec ces hommes, et moi, j'ai gagné le jackpot parce que ces trois filles sont mes plus chères et plus proches amies.

– Que la fête commence ! dit Gina en s'asseyant et en pivotant dans son fauteuil.

Une serveuse apparaît avec du champagne. Je suis la première à en prendre une coupe, que je vide d'un trait comme une alcoolique. Je vais effectivement avoir besoin d'alcool.

Rachel lève son verre.

– À l'amour, et aux hommes sexy en diable !

Alors que nous trinquons, une pensée importune s'impose à moi et j'en frissonne.

Je ne pense pas aux hommes sexy en diable qui ont courtisé mes amies et qui ont obtenu d'elles qu'elles s'engagent pour la vie. Mes pensées sont plus profondes, plus torrides, plus sauvages.

Yeux d'argent. Une mâchoire carrée. Quelque chose d'obsédant.

Excitant. Électrique. Absolument magnétique.

Perdue dans mes souvenirs de la veille au soir, je m'assieds sans même m'en rendre compte.

La coiffeuse rassemble mes cheveux et les tient sur ma nuque.

– Cherchons-nous un look doux et sexy, ou élégant et osé ?

Tandis que je réfléchis à sa question, elle explique :

– La contradiction naturelle est un moyen subtil d'aiguiser la curiosité d'un homme.

– Et voilà ! dis-je à Gina avec un sourire narquois. La raison pour laquelle je vais seule à ce mariage !

Gina se retourne et regarde sa coiffeuse.

– Nous ferons la même chose que Wynn. La mariée est la seule qui ait le droit d'être prévisible, aujourd'hui.

– Elle est tout sauf ça, dis-je en riant, regardant Livvy, dont les magnifiques cheveux blonds reçoivent déjà l'attention de sa coiffeuse.

C'est la plus bavarde et chaleureuse de nous quatre, et elle ne fait pas exception à la règle aujourd'hui, racontant à la coiffeuse comment Callan a fait sa demande.

Penser à Callan me fait penser à son frère.

Oh ! Yeux d'argent serait ravi de savoir que je pense à lui.

Hier soir, cet homme à la fois exaspérant et sexy m'a fait *tout* oublier. Il a manifesté son intérêt pour moi, m'a fait prendre part à sa partie de poker et m'a donné l'impression d'avoir ma place là-bas. Quand Emmett m'a-t-il donné l'impression d'avoir ma place où que ce soit ? Il ne voulait même pas de moi dans sa cuisine ! C'est pour cela que je n'aurais pas dû accepter de sortir, hier soir. Il faut vraiment que j'oublie totalement les hommes et que je me concentre sur la Fifth Gallery, mon seul véritable amour.

– Tu réfléchis trop, me chuchote discrètement Gina avant de remettre une mèche de cheveux bruns derrière son oreille.

Elle dit quelque chose à sa coiffeuse, puis se lève de son fauteuil pour venir voir ma nouvelle coiffure.

– Nous nous faisons toutes pomponner pour la soirée de nos vies… et ce *sera* la soirée de nos vies, Wynn, tu seras la coqueluche des hommes !

– Comment ça ? Évidemment que je suis la coqueluche des hommes, je suis la seule célibataire parmi nous, maintenant !

– Je veux dire que tu vas être sublime et que nous voulons qu'Emmett souffre en te voyant, ce soir !

– Oublie ce connard d'Emmett. Sa cuisine était dégueulasse, sans vouloir t'offenser, Wynn. Je la mangeais seulement pour toi, dit Rachel avec malice en s'approchant de nous, superbe, comme d'habitude. Tu es mieux sans lui. Crois-moi. Quand tu rencontreras l'homme de ta vie, tu sauras que c'est lui sans l'ombre d'un doute.

– Oh ! Je n'en ai plus grand-chose à faire. Après mon rancard d'hier soir, j'ai décidé de me concentrer sur mon travail et d'oublier complètement les hommes.

Quand je commence à me demander malgré moi si Yeux d'argent va venir accompagné, je m'arrache à mes pensées et je centre mon attention sur Livvy, qui s'écarte de son fauteuil, parfaitement coiffée et prête à mettre son voile.

– On dirait un ange ! dis-je, prenant sa main dans la mienne quand elle arrive à ma hauteur. Le monde de Callan va s'arrêter de tourner dès qu'il va te voir.

– Tu me fais rougir, dit-elle en s'éventant le visage.

Rachel la serre dans ses bras.

– Elle te fait pleurer !

– Attention à sa coiffure ! s'écrie Alessandra.

– Tu vas être tellement heureuse, dis-je.

Tandis que nous nous extasions devant Livvy, je pense à Callan et à son amour pour elle. Louer le salon d'Alessandra a dû lui coûter cher, c'est sûr, mais il ne l'a pas fait pour impressionner les autres. Il veut que Livvy passe une journée inoubliable.

– Tu es heureuse ? lui demande Gina.

– Je suis aux anges !

Tout en attendant la manucure, Livvy énumère les projets d'avenir de Callan.

– Il veut une maison à la campagne où nous pourrons aller le plus souvent possible pour échapper à la ville… et il parle d'enfants. Tout le temps.

Elle se tait et me regarde d'un air soucieux.

Je cligne des yeux, m'apercevant soudain qu'elle se contient à cause de moi. Parce qu'elle sait que j'ai toujours voulu… eh bien, tout ceci. Une partie de moi souffre parfois d'entendre parler de ce genre de choses, parce que cela me semble hors de portée ; mais en même temps, si je n'en entends pas parler, je vais rater les points forts de la vie de mes amies et je ne peux pas accepter cela. Quel genre de meilleure amie serais-je si je n'étais pas là pour la regarder s'éloigner dans le soleil couchant ? Je veux savoir comment se termine son histoire. Je veux être témoin de la joie, et de cette façon, je retrouverai peut-être la foi.

– Vas-y, dis-je avec un sourire pour l'encourager à continuer.

Je lui prends la main et la serre dans la mienne, comme pour lui dire : *Je suis contente pour toi et je ne manquerais ton grand jour sous aucun prétexte !*

Et c'est vrai. Je survivrai à ce mariage coûte que coûte. Le champagne coulera à flots, et si Emmett se montre, j'en boirai en quantité.

Chapitre 3

FESTIVITÉS

WYNN

Cinq heures plus tard, nous sommes au mariage, avec nos superbes coiffures. Je me tiens dans une roseraie avec les autres demoiselles d'honneur, mes sœurs de cœur. À cause des arbres touffus, nous ne pouvons qu'entrapercevoir les hommes.

Je me mets sur la pointe des pieds pour chercher du regard Yeux d'argent, mais je ne le vois pas, alors je me force à abandonner. La plupart des hommes présents sont mariés, de toute façon.

Callan est un marié fringant. Vêtu d'un smoking noir, d'une chemise au col pointu et d'un nœud papillon, il a l'air tout à fait prêt à se lancer dans l'inconnu, à faire le bond prodigieux que tant d'hommes ont peine à faire.

Celui qu'Emmett évitait à tout prix.

Il n'a rien de commun avec Emmett.

Callan a l'air… gonflé à bloc. Je crois qu'il a eu envie d'épouser Livvy dès qu'il l'a vue pour la première fois.

Maintenant, il attend l'amour de sa vie et je sais qu'elle meurt d'envie de courir dans ses bras.

Livvy est plus que prête pour le grand jour. Et si Callan est très élégant, elle est absolument sublime.

La musique commence.

Soudain, je suis prise de panique. J'ai l'impression que mes jambes vont se dérober sous moi alors que je dois me diriger vers l'arche ornée de lierre qui conduit aux jardins.

Avant que cela ne se produise, Cullen apparaît à mes côtés. Dès que je le vois, je *sens* sa présence. Il glisse son bras sous le mien et la chaleur de son corps m'enveloppe aussitôt.

Il n'était pas à la répétition du mariage, la semaine dernière ; je ne savais pas qu'il serait mon cavalier.

J'étais censée avancer seule. Je suis heureuse de ne pas avoir à le faire, mais je refuse de le lui montrer.

Je resserre mon étreinte autour de son bras quand il murmure :

– Je croyais que Livvy était ta meilleure amie.

– C'est le cas.

Il hausse un sourcil, sans cesser de regarder droit devant lui.

– Quelqu'un aurait dû te prévenir. C'est malpoli d'être plus belle que la mariée.

Ma peau devient brûlante. Un feu intérieur la consume lentement. Je suis mal à l'aise, mais j'ai besoin d'en entendre davantage. Je me demande ce que Playboy manigance.

Tandis que nous suivons lentement Gina et Tahoe, il effleure le dos de ma main. Je frissonne mais m'efforce de garder mon calme.

– Arrête de me draguer, dis-je dans un murmure.

– Ça, c'était hier soir. Ce soir, la partie commence. Je vais te charmer.

– Ici ?

Je marque malgré moi un temps d'arrêt, mais il m'aide à continuer à avancer.

– Arrête, dis-je.

– Je ne peux pas m'en empêcher.

– Ça ne marche pas.

– Ça marchera.

Notre procession touche à sa fin.

– C'est ce qu'on verra.

Nous nous séparons.

Cullen va se tenir à côté de Callan. Je tourne à gauche pour attendre la mariée, déstabilisée après ce bref échange.

Nos regards se croisent, se détournent l'un de l'autre, se croisent à nouveau. S'il n'arrête pas immédiatement, je serai une vraie boule de nerfs quand Callan et Livvy seront déclarés mari et femme.

Je regarde nos amis remonter l'allée centrale pour venir soutenir Callan et Livvy.

La bande est là, au complet.

C'est quelque chose que j'aime, chez nous : nous sommes très attachés les uns aux autres.

Mon regard cherche encore à croiser celui de Cullen, sans que je sache vraiment pourquoi. Je dois être masochiste. Je baisse les yeux. Quand je prends conscience de ce que je suis en train de faire, je m'empresse de les relever.

Ses lèvres tressautent et je me maudis.

Je reluque un mec au mariage de ma meilleure amie. Pire encore : je songe à le faire avec le frère du marié.

Jusqu'où m'abaisserai-je ?

Un murmure parcourt la foule. Je détourne brusquement les yeux de lui.

Rachel et Malcolm se tiennent sous l'arche. Ils sont si beaux, ensemble, qu'ils voleraient presque la vedette aux mariés.

Rachel tient par la main leur petit garçon de trois ans, et leur petite fille, dans les bras de Malcolm, montre son père du doigt et dit :

– Mon papa !

On prend des photos. Une blogueuse lifestyle connue griffonne des notes tandis qu'une reporter du *Times* sort son smartphone, prend une photo et envoie rapidement un e-mail.

La fille de Rachel et de Malcolm vient de faire le buzz. Des rires étouffés se font entendre. Cullen la regarde, visiblement amusé. Maintenant, je suis totalement sous le charme.

Tandis que nous attendons la mariée, l'orchestre joue *Never Tear Us Apart* et c'est charmant. Absolument parfait.

Entendre Livvy et Callan prononcer leurs vœux me fait verser quelques larmes. Il dit qu'il veut décrocher la lune pour elle, qu'elle est ce qu'il y a de plus important dans sa vie, et, pour une raison ou pour une autre, je pleure encore quand la *Marche nuptiale* s'élève.

Je pleure parce que je suis heureuse pour eux, et triste pour moi.

Je pleure parce qu'il y a encore quelques mois, j'imaginais qu'un jour, un jour *proche*, je me tiendrais devant l'autel avec l'homme qui m'aimait – un homme qui avait le visage, les yeux et les cheveux d'Emmett – et qu'il dirait « Oui, je le veux ».

Je n'arrive pas à croire que j'en sois là, que je sois la seule célibataire parmi mes amies. Non seulement je n'ai plus Emmett, mais je ne crois vraiment plus que le rêve de me marier, d'aimer et d'être aimée « jusqu'à ce que la mort nous sépare » se réalisera un jour, pour moi.

Pendant la réception, je vais aux toilettes pour retoucher mon maquillage et je me gronde intérieurement : *Ne fais pas ta pleurnicheuse, Wynn. C'est le grand jour de Livvy. Réjouis-toi pour elle. Change-toi les idées. Ne pense pas à Emmett.*

C'est plus facile à dire qu'à faire… jusqu'à ce qu'*il* arrive.

Cullen.

Je l'aperçois et, aussitôt, mon envie de pleurer se trouve remplacée par l'étrange envie d'être époustouflante.

Je ne sais pas pourquoi je veux être époustouflante, mais peut-être est-ce seulement pour lui faire un peu de concurrence.

Parce qu'il est tellement *beau.*

Tout bas, je dis à Rachel :

– S'il est pompier en plus d'être joueur de poker, mets le feu à ma robe, d'accord ?

Elle rit, puis le regarde d'un œil de connaisseuse. Elle est mariée à l'homme le plus désirable de Chicago, alors… elle sait.

– Ouais. Canon…

Elle boit une gorgée de vin, les yeux pétillants tandis que nous continuons à l'observer.

– … mais ne t'approche pas de lui.

J'ai envie de me passer la langue sur les lèvres et une image de moi en train de passer ma langue sur les lèvres de Cullen s'impose à moi.

Où ai-je la tête ?

Pour être honnête, je ne sais pas si j'ai envie de vendre mon âme à Cullen Carmichael, mais il est aussi séduisant que le diable, ce soir. Même sa chemise, sous son smoking, est noire, et il porte le noir comme personne.

Je garde un œil sur lui tout au long de la réception (qui est soudain déplacée à l'intérieur, à cause de la pluie).

Je ne fais pas *exprès* de garder un œil sur lui ; mais une partie de mon subconscient semble assez curieuse à son sujet pour remarquer qu'il ne boit que de l'eau, qu'il a fumé un demi-cigare avant que les parents de Livvy ne l'obligent à l'éteindre et qu'il n'a ri qu'une seule fois… de son frère, qui complimentait sa femme, alors c'était plutôt un rire moqueur.

Au bout d'un moment, après lui avoir jeté plusieurs coups d'œil, je me rends compte que je lui accorde trop d'attention et je fais un effort pour l'ignorer – jusqu'à ce que mon ex arrive.

Emmett.

Mon bon à rien d'ex-petit ami qui, en fait, n'est pas un bon à rien mais qui m'a simplement brisé le cœur en mille morceaux, si nombreux et si minuscules que je n'arrive pas à les rassembler.

Je vois sa tête blonde à l'autre bout de la pièce, tandis qu'il félicite Livvy et Callan.

Emmett serre Livvy dans ses bras. Il est superbe, et une tornade se déchaîne en moi. Essayant de m'éloigner le plus possible, je me dirige vers ma table en traînant les pieds, et c'est à ce moment-là que je vois le nom d'Emmett sur le marque-place juste à côté du mien. Je cligne des yeux, regardant à nouveau les cartons.

Oh non, non, non, pas Emmett à côté de moi !

Nous nous sommes tous les deux dit ce que nous avions à nous dire. Nous avons discuté de tout ce dont nous devions discuter.

C'est *fini*.

Complètement affolée, je jette un coup d'œil autour de moi et m'aperçois que toutes mes amies sont soit en train de bavarder avec leurs maris respectifs, soit occupées à se mêler aux autres invités. Je reporte mon attention sur la disposition consternante des cartons, consciente que ce n'est pas de la faute des mariés. Ils ont été très pris par les préparatifs et l'organisatrice du mariage n'a tout simplement pas entendu parler de notre horrible rupture, qui remonte à trois semaines.

Je fais donc ce que n'importe qui ferait. Je cherche le marque-place de Cullen sur la table voisine et je l'échange avec celui d'Emmett.

Non seulement je n'aurai pas à supporter d'être placée juste à côté – *juste à côté* – de l'homme que j'ai aimé pendant quatre ans et qui m'a brisé le cœur de façon spectaculaire, mais je vais avoir l'occasion d'être assise à côté d'un homme qui semble célibataire – ce n'est qu'une supposition, bien sûr, mais il me paraît trop taciturne pour qu'une femme veuille s'attacher à quelqu'un comme lui pour la vie. Et, surtout, c'est un mec dont je ne me soucie pas et que je n'ai pas besoin d'impressionner.

Je suis donc en train d'échanger les cartons, tout en regardant Cullen, qui traverse nonchalamment la pièce, un verre à la main.

Je ne suis pas tout à fait sûre qu'il me plaise. Ce n'est pas qu'il est désagréable à regarder, c'est que je ne suis pas sûre de bien l'aimer. Il me rend trop nerveuse pour que je *l'aime bien*, mais il m'intrigue suffisamment pour que je n'arrive pas à le chasser de mes pensées depuis hier soir.

Il se dirige maintenant vers moi d'un pas désinvolte et mon cœur se met à battre la chamade dans ma poitrine.

Il tire sa chaise à l'aide de son pied et s'assied. Il a un air un peu renfrogné. Comme si je l'agaçais et je ne sais pas pourquoi, mais il m'agace aussi.

Je ne vois même pas comment un mec peut être aussi torride et ne pas désagréger le sol sous ses pieds.

L'air autour de lui semble inflammable.

– Wynn.

– Cullen.

Il n'ajoute rien, il se contente de me sourire.

– Qu'est-ce qu'il y a de drôle ?

– Je n'étais pas placé ici.

– Comment le sais-tu ?

– J'ai vérifié.

– Je… Oh.

Je lui lance un coup d'œil étonné. Son expression stoïque ne révèle rien.

– Et tu étais déçu ?

Waouh ! Attends une seconde. Il a *vérifié* ? C'est plutôt cool.

– Terriblement, répond-il d'un ton qui pourrait très bien être ironique.

Je lève les yeux au ciel.

– Je ne vois vraiment pas pourquoi je prends la peine de te parler.

– Parce que ton ex nous regarde.

Mon cœur fait un bond dans ma poitrine. Je ne saurais pas dire si c'est parce que Cullen s'est penché vers moi ou si c'est parce qu'il a raison. Emmett nous regarde.

– Et alors ?

– Alors tu l'aimes encore.

Cullen a un petit sourire satisfait, ses beaux traits acérés se raillent de moi et ses yeux de braise me narguent.

– Qu'a-t-il fait ? Il a refusé d'acheter l'une de tes œuvres d'art lors d'une exposition particulièrement importante ?

Je ne connais même pas ce gars et j'ai envie de le gifler. Au lieu de cela, j'entre dans son jeu et je lui demande :

– Te moquerais-tu de mon amour pour l'art ?

Irritée, je me lève avec impatience pour aller me chercher un verre de vin. Il me suit du regard jusqu'à l'autre bout de la pièce.

Un nœud douloureux se forme au creux de mon estomac alors que je prends un verre sur le plateau d'un serveur, avant de retourner m'asseoir à côté de lui.

– Ce que je fais a bien plus de valeur que ce que tu fais, dis-je en le regardant d'un œil noir.

– Je suis tenté de te prouver le contraire… mais pour ça, il faudrait que je t'emmène à Las Vegas avec moi. Pour que tu me regardes gagner ma place à une table de neuf joueurs aux championnats de Texas Hold'em.

– À Las Vegas ? Je n'y suis jamais allée.

– Je ne suis pas sûr d'avoir envie que tu sois à mes côtés pour la finale. Je ne suis pas sûr d'avoir envie que tu sois à mes côtés tout court.

Il pose sur moi ce regard argent insondable et troublant, et se penche en avant avec un sourire malicieux.

– Mais tu sais quoi ? Tu m'as porté bonheur.

– Et toi, tu es exactement ce dont j'avais besoin pour me sortir de l'impasse relationnelle dans laquelle j'étais. Tu me donnes envie de ne plus *jamais* être dans une relation.

– Je suis ravi de t'inspirer, la Rouquine. Tu m'inspires aussi, apparemment.

– Moi ?

– Tu inspires mon jeu.

– Ah oui, les cartes. Parce que ton travail est tellement plus important que le mien.

– Tu n'as pas passé assez de temps à jouer pour en être sûre.

– Et tu ne connais rien à l'art. L'art est largement supérieur.

– J'aimerais être d'accord avec toi, mais nous aurions tort tous les deux, et je préférerais parier, dit-il en me regardant. Tu passes un peu de temps avec moi quand je suis au travail. Je passe un peu de temps à t'aider dans ton travail. Nous votons pour le meilleur. Le gagnant rafle tout.

– Comment ça, *le gagnant rafle tout* ?

– Cent mille dollars ? suggère-t-il.

L'idée me fait frissonner.

– Certainement pas ! Je ne parie pas d'argent. Je travaille dur pour chaque centime que je gagne.

– Tu n'as rien d'autre qui m'intéresse.

Mon œil ! Tout homme veut *quelque chose.*

– Vraiment ? Tu es à ce point avide d'argent, hein ?

– Mes appétits sont sans limite.

Ça, je veux bien le croire. Ce mec serait prêt à parier sur à peu près n'importe quoi.

Au début, l'idée m'excite, jusqu'à ce que je réfléchisse à ce sur quoi il parie. Il a probablement un club privé où il propose des paris sur les mariages et les divorces, les naissances et les morts. Cette dernière pensée me coupe le souffle. C'est affreusement macabre. Pourtant, je sais que c'est vrai : s'il y a un pari à faire, Cullen le fera.

Je me demande quel genre de pari il fait sur moi.

– Continue à jouer pour de l'argent et tu finiras par connaître vraiment la faim.

Même s'il m'agace terriblement, Cullen Carmichael m'intrigue, aussi. Et maintenant que je suis assise à côté de lui, je me montre grossière. Est-ce parce qu'Emmett nous regarde et que je veux qu'il sache qu'un homme peut s'intéresser à moi même si je le rembarre totalement ?

Et pourquoi Emmett s'en soucierait-il ?

Pourquoi est-ce que *je* m'en soucie ?

– Comment peux-tu détester quelque chose que tu ne comprends pas ?

Cullen approche sa chaise et pose un bras sur la table.

– J'en comprends suffisamment. Peut-être que c'est une façon géniale de gagner sa vie.

Géniale pour lui, je présume, mais je ne voudrais pas vivre de cette façon.

– La vie d'un joueur professionnel est pleine de hauts et de bas. Un instant, tu roules sur l'or, et l'instant d'après, tu n'as plus de quoi payer tes factures d'électricité. Quel genre de vie est-ce là ?

Il y a un long silence tandis qu'il réfléchit à ce que je viens de dire. Puis il déclare, carrément :

– Tu vas venir à Las Vegas avec moi.

– Quoi ?

Je secoue la tête, certaine de n'avoir jamais rien refusé aussi vite.

– Non. Jamais de la vie.

– C'est le seul moyen pour que je te prouve que tu te trompes.

Il se laisse aller en arrière sur sa chaise comme si c'était décidé.

– Les flambeurs ont des problèmes bien à eux, mais je ne suis pas un *flambeur*. Je suis bien plus méthodique, *moi*.

– Très bien. Je vais mordre à l'hameçon. Explique-toi.

– Le poker, c'est différent. Quand on est doué pour ça…

Il me regarde d'un air lourd de sous-entendus que je ne suis pas près d'oublier.

– … et je suis très, *très* doué… cela peut être une carrière lucrative avec des avantages qui te feraient halluciner.

– C'est vrai, ça ?

– Tu veux parier ?

Soudain, j'ai envie de faire tout un tas de choses avec cet homme, mais parier n'en fait pas partie.

– Tu n'es pas satisfait avec tous tes millions et tes propriétés un peu partout dans le monde ? Tu en veux encore plus ?

– Je veux tout ce que l'argent peut acheter.

– Eh bien, j'ai peut-être des choses que l'argent ne peut pas acheter. Par exemple un très joli décolleté.

– Mon chou, je vois des décolletés tous les jours, et beaucoup plus plongeants que le tien. Franchement, je décroche déjà.

Il bâille et je suis blessée dans mon amour-propre.

– Mes fesses. J'ai de belles fesses.

Sérieusement, après une rupture atroce, je n'ai vraiment pas besoin que ce gars me donne des complexes, mais j'ai mordu à l'hameçon et je n'arrive plus à m'arrêter.

– Si tu gagnes, je ferai tout ce que tu me diras de faire. Un défi. Et si je gagne, l'inverse, ajouté-je.

– C'est trop vague. Je ne joue jamais sans connaître le prix.

– Laisse-moi réfléchir.

Il passe le bout de sa langue sur ses lèvres.

– Éblouis-moi par ta créativité.

– Je te ferai une fellation.

Il s'étrangle avec sa boisson et repose violemment son verre.

– C'est assez créatif pour toi ?

Je souris et me lève, décidant de le laisser réfléchir. J'ai envie d'ajouter quelque chose comme « Je fais tapis », pour utiliser l'expression apprise au poker hier soir.

– Hé là ! Hé !

Debout en un éclair, il m'attrape le coude et me fait tourner sur moi-même, se dressant devant moi.

– Est-ce que ça signifie que si c'est *toi* qui gagnes, je pourrai te lécher ?

– Quoi ?

– Dis-moi.

Une nouvelle lueur brille dans ses yeux, toujours aussi insondables.

– Hum. Oui. Ça ne me ferait pas de mal.

Pendant quelques secondes, il reste parfaitement immobile. Ses yeux sont plongés dans les miens, et cette lueur éclatante m'hypnotise. Seule la puissance de son étreinte sur mon coude me maintient debout, tant je suis sous le choc de son intérêt pour moi.

Je doute de mon propre charme, mais il me dévore pourtant du regard comme s'il voulait de moi en guise de petit déjeuner, de déjeuner et de dîner.

– Arrête, dis-je dans un souffle.

Perplexe, il continue à me regarder fixement.

– Pourquoi ?

Je pousse un soupir exaspéré.

– On nous regarde.

Je m'aperçois en prononçant ces mots que tout le monde nous regarde. En particulier Emmett, depuis sa table, l'air à la fois déconcerté et inquiet, et la jeune femme assise à côté de lui. Ce n'est peut-être pas sa petite amie, mais tout de même. Cela me fait mal de penser que la place à côté de lui était autrefois la mienne.

Je reporte mon attention sur le regard d'argent rivé sur moi.

– Emmett nous regarde.

– Qu'il regarde !

– Non. Oui, d'accord, dis-je, cédant. Danse avec moi.

– Je ne danse pas. J'ai besoin d'un verre.

Il s'apprête à partir, mais se retourne alors vers moi comme s'il était décontenancé.

– Tu veux lui faire prendre conscience de ce qu'il rate ? Il le sait, crois-moi.

Je presse les lèvres l'une contre l'autre et je hoche la tête, ne sachant que faire pour avoir l'air de n'être pas affectée. Soudain, je me sens affectée.

Je m'étais dit que je n'allais pas engager quelqu'un pour m'accompagner uniquement pour rendre Emmett jaloux. Je m'étais dit que je me comporterais comme une adulte. Pourtant, je me sens vulnérable et abandonnée, comme s'il avait bien fait de me quitter parce qu'il avait trouvé mieux.

Cullen me regarde, fronce les sourcils et lève une main pour la glisser sous mes cheveux. Puis il se penche vers moi et pose ses lèvres sur les miennes.

Il m'embrasse avec fougue. Je perds toute notion du temps, je n'ai plus conscience que du goût, de la chaleur, de la puissance de sa bouche. De la voracité de sa bouche.

Il s'écarte brusquement de moi, un peu haletant. Il m'effleure la main du bout des doigts, prolongeant ce moment. Son regard me parcourt brièvement.

Le martèlement de mon cœur se change en grondement de tonnerre.

Le feu qu'il a déclenché est impossible à maîtriser.

Je passe une main sur son torse et je sens le contour de ses abdominaux. Ma gorge se serre.

– Qu'est-ce que je disais ? demandé-je, hébétée, secouant la tête pour reprendre mes esprits. Ah oui, ça me revient ! C'est *toi* qui étais sur le point de t'excuser.

– De quoi ?

– De ne pas danser.

– Je ne suis pas désolé de ne pas danser. Je suis le mec accoudé au bar, pas celui sur la piste de danse.

– Pour m'avoir embrassée, alors.

Ses yeux perçants se posent sur ma bouche.

– Je ne suis pas désolé non plus.

Toute émotion suscitée par son baiser a quitté son visage.

La facilité avec laquelle il est capable de cacher ses réactions ne fait qu'amplifier mon envie de l'embrasser à nouveau, pour voir son regard retrouver l'intensité qu'il avait il y a quelques instants. Je dois penser à autre chose si je ne veux pas devenir folle.

– Tu t'investis beaucoup dans ce petit jeu, dis-je soudain. Je me demande si tu as vraiment envie de sentir mes lèvres autour de toi. Je vais peut-être te laisser avec ton pantalon autour des chevilles après un coup de langue.

– Tu ne pourras pas résister au goût.

– Waouh ! Tu es un vrai playboy, hein ?

– Je suis digne du surnom, bébé.

– Eh bien, on verra si tu gagnes et si j'ai l'occasion de te goûter.

– Ça ne me dérangerait pas que ce soit *toi* qui gagnes et *moi* qui te goûte.

Un éclair de surprise me frappe et une sensation de chaleur m'envahit.

Il m'adresse un sourire aussi joyeux que le crépuscule, ses yeux de braise remplis de promesses.

Je prends pleinement conscience de la puissance de son corps, je me sens submergée quand il plonge ses yeux dans les miens.

Mon corps entier est en émoi.

– Tu vas mettre dans ta valise la robe que tu portais hier soir ?

– Oui.

– Et les bottines ?

– Oui, ce sont mes préférées.

– Et les longues boucles d'oreilles en or que tu avais ?

– Je…

Est-il toujours aussi observateur ?

J'entends alors Valentine, l'un des amis de Rachel, me demander :

– Tu veux danser, Wynn ?

– Elle ne danse pas, gronde Cullen.

– Elle adore danser, réplique Valentine.

– Plus maintenant.

La température de l'air vient-elle de chuter de trente degrés ? J'ai soudain l'impression qu'il fait froid, mes tétons sont tout durs sous ma robe bustier.

Cullen me ramène à notre table et je sens qu'Emmett me suit du regard tandis que je retourne la situation dans ma tête. Cullen et moi avons donc mis au point un petit jeu stupide consistant à évaluer le travail l'un de l'autre. Surtout, il va retrouver sa chance et je vais sortir de ma routine. L'idée de passer du temps avec un homme que je n'ai vraiment pas envie d'épouser est rafraîchissante. L'idée de quitter la ville également.

– Je passerai te prendre à 8 heures, dit Cullen. Tu viens à Las Vegas avec moi. C'est compris ?

– Bien sûr que c'est compris, je suis tout à fait partante… mais je ne peux m'absenter que dimanche et les quatre jours suivants, et ensuite, tu reviendras avec moi pour m'aider à préparer mon exposition.

Je me sens espiègle et je ne m'en veux même pas. Je souris encore des heures plus tard, quand Rachel et Malcolm me reconduisent chez moi.

Pendant qu'ils parlent du mariage, je regarde à travers la vitre et me mordille la lèvre inférieure pour réprimer mon sourire.

Bon sang ! J'ai échangé des obscénités avec le frère du marié. J'ai accepté de partir en voyage avec lui. Pire encore : j'ai exigé qu'il m'aide à organiser mon exposition.

Je me demande si mes hormones ont joué un rôle dans tout cela. Emmett me regardait. Notre rupture est encore très fraîche dans mon esprit, et trop douloureuse pour que je m'attarde dessus. Je travaille sans relâche, j'essaie de m'occuper, de me changer les idées, de ne penser à rien, de ne rien ressentir – et Cullen Carmichael est une distraction comme une autre.

Et puis, j'ai hâte de gagner et d'obtenir ma récompense. Emmett avait beau être chef et aimer savourer le goût des choses, il ne m'a jamais fait de cunni. Il y a de quoi être vexée. Eh bien ! Maintenant, un homme semble savourer cette perspective et cela me donne la sensation d'être désirable.

J'aime ça.

J'en ai besoin.

Même si je décide en fin de compte de ne vouloir aucune récompense.

Chapitre 4

LE PARI

WYNN

Le lendemain, il passe me chercher dans une voiture de sport Mercedes Benz noire. J'hésite à croiser son regard quand je sors, tandis qu'il prend ma valise et la met dans le coffre de la voiture. Je le laisse ouvrir la portière pour moi et je sens son regard posé sur moi quand je monte côté passager. Il balaie des yeux ma robe-chemisier rose et mes sandales.

Il s'installe au volant et son eau de Cologne se mêle à l'odeur agréable du cuir de la voiture. J'expire et je m'efforce d'ignorer son parfum, mais je ne peux pas vivre sans respirer, alors je prends une autre inspiration et je suis agacée de constater que je le sens encore.

Il met le contact et me regarde, les sourcils froncés. Je lui lance un coup d'œil et me demande à quoi il pense, puis il reporte son attention sur la rue et nous voilà partis.

– Il y a quelque chose qui cloche dans ma tenue ? lui demandé-je.

– Non.

– *Non*, c'est tout ?

Il me lance un regard oblique et ses yeux se promènent à nouveau sur mon corps.

– Non, vraiment pas.

Je rougis.

– Alors, nous allons réellement à Las Vegas, dis-je pour briser la glace.

– On dirait bien.

Je presse les lèvres l'une contre l'autre pour me retenir d'ajouter quoi que ce soit.

– Dis-moi ce que tu ressens vraiment. Que penses-tu vraiment de moi ?

La question me surprend. Je ne sais pas ce que je pense de lui, ni pourquoi son physique me tient captive ou pourquoi son regard me laisse un peu haletante.

Les gens ne se rendent pas vraiment compte du point auquel l'amour crée une dépendance, jusqu'à ce qu'ils tombent eux-mêmes amoureux. Une fois qu'on a plongé, on a un besoin maladif de cette émotion, comme d'une drogue, et on se sent perdu si on en est privé. C'est une émotion que je n'ai pas l'intention d'éprouver à nouveau.

Mais cette distraction aux yeux d'argent est très tentante.

– Rien n'est sacré ni intouchable, pour toi. Je parie que tu utiliserais ta propre mère en guise de mise, si tu en avais l'occasion.

– Tu veux parier ?

Surprise, je hausse les sourcils. *Seigneur !* Il est vraiment incorrigible. Je lui donne une tape sur le bras et je manque de me faire mal aux doigts.

– Arrête d'essayer de me faire tomber dans ton addiction, dis-je en riant. Tu es fou ! Pourquoi est-ce que tu aimes tant ça ?

Il hausse les épaules.

– Ça me titille, je suppose. Ça me fait réagir à presque tous les niveaux.

– Et le reste, les jolies serveuses de Las Vegas s'en occupent ?

Il hausse un sourcil interrogateur et me lance un coup d'œil soupçonneux.

– Tu es sûre de n'y être jamais allée ?

– Je sais tout sur Las Vegas sans jamais y avoir mis les pieds.

Nous arrivons à l'aéroport et il se gare devant un gros avion blanc sur le côté duquel il y a une bande noire et argentée. Cullen descend de la voiture tandis qu'un pilote s'en approche d'un pas vif et m'ouvre la portière.

Bouche bée, je regarde le gigantesque avion. Je m'empresse de me ressaisir tandis que Cullen m'entraîne avec lui, glissant sa main dans la mienne. C'est surréaliste, d'être cette fille-là, de suivre un mec un peu dangereux, un peu mystérieux, et bien trop séduisant, dans son avion. Cet avion, ce mec, m'emmènent loin de tout.

Pour une fois, j'ai envie de m'amuser. D'être libre. D'oublier la douleur qui m'enserre la poitrine. De remplir ce vide de tout ce que je pourrai trouver. Je ne me demande pas qui gagnera notre pari. Je suis simplement heureuse de quitter la ville. De me changer les idées. De donner à mon cœur un peu de répit.

– Après toi, dit Cullen en indiquant l'escalier d'un geste, tandis que le pilote emporte nos valises à l'arrière de l'avion.

Je sens ma gorge se serrer car, regardons les choses en face, je ne suis encore jamais montée dans un engin comme celui-là. Je suis stupéfaite de constater à quel point c'est agréable d'éviter les complications de la sécurité de l'aéroport.

Je monte donc à bord du jet privé. Il y a huit sièges en cuir, tous aussi larges que des sièges de première classe sur un vol commercial, tous équipés d'une petite télévision et d'une table brillante en acajou. Je ne sais pas lequel choisir, alors je me laisse tomber dans un siège tourné vers le cockpit et Cullen s'assied à côté de moi. J'attache ma ceinture de sécurité et j'expire, et quand nos regards se croisent, j'ai un peu la tête qui tourne.

Il porte un jean noir et la façon dont il est assis étire le tissu sur les muscles de ses cuisses.

Je lève les yeux, avec l'intention de détourner le regard, mais mon attention est retenue par les contours de ses muscles abdominaux, visibles sous son tee-shirt noir à manches longues. Il est encore une fois tout en noir, chaque partie de sa personne sombre, tentante et différente de tout ce que j'ai pu connaître jusque-là.

Emmett était blond, et c'était un chef cuisinier qui aimait expérimenter toutes sortes de choses, un touche-à-tout. Ce gars-là a l'air d'être tout le contraire. Il est ténébreux comme le diable et quelque chose dans son apparent besoin de tout contrôler me laisse à penser qu'il est très discipliné. Même, aussi insensé que cela puisse paraître, dans les jeux d'argent.

– Très joli, dis-je en indiquant l'intérieur de l'avion d'un geste vague.

– J'aime les jolies choses.

Ses yeux s'attardent sur moi.

Je détourne le regard et je m'efforce de respirer normalement, ce que je semble avoir du mal à faire en sa présence.

– Combien de fois as-tu perdu cet avion au jeu ?

– Celui-ci, en particulier ?

Il incline légèrement la tête, l'air pensif.

– Zéro. D'autres comme celui-ci ? ajoute-t-il en plissant les yeux. Environ six fois.

– Que fais-tu quand tu le perds ? Tu prends un vol commercial ?

– J'emprunte de l'argent et j'en gagne un autre. Un encore mieux.

– Est-ce aussi ce que tu fais quand tu perds une femme ?

– Évidemment.

Il a encore ce ton moqueur qui m'empêche de savoir s'il est sérieux ou non. Puis il se penche vers moi et plonge ses yeux insondables dans les miens.

– N'est-ce pas ce que tu es en train de faire ?

Il y a un silence. Mon cœur se met à marteler ma poitrine quand il lève la main et remet une mèche de cheveux derrière mon oreille. La peau qu'il effleure du bout des doigts me brûle.

– Peut-être, dis-je.

– Nous décollons dans deux minutes, monsieur Carmichael, dit le copilote.

– Parfait, répond Cullen sans détacher ses yeux de moi.

Je soutiens son regard et me demande ce qui se passe. Il m'agace et m'excite à la fois – et c'est nouveau, pour moi.

– Alors, comment as-tu commencé à jouer de l'argent ?

Il y a un autre silence.

– C'est un sujet délicat ?

– Pas vraiment. Je préférerais simplement parler de toi.

Il se laisse aller en arrière dans son fauteuil.

– D'art ?

– J'ai grandi avec l'art. C'est quelque chose qui m'attire. Tu aimes les jolies choses ? Eh bien, moi, j'aime les belles choses.

– Tu dois avoir une haute opinion de toi-même.

– Hein ?

Je comprends soudain ce qu'il veut dire, rougis et souris.

– Quel beau parleur !

– Je suis honnête.

– C'est dur d'accepter un compliment quand on vient de rompre après une relation de quatre ans.

– Tu as intérêt à apprendre. Je n'aime pas que mes compliments tombent dans l'oreille d'une sourde.

– Je ne suis pas sourde, j'ai juste des raisons pour ne pas croire un gars qui répond au surnom de Playboy.

– Je ne l'ai pas choisi.

– Mais tu t'en sers.

– J'en ai d'autres.

Je hausse les épaules comme si je ne mourais pas d'envie de les connaître.

– Tant mieux pour toi. Parlons de ça. Je préfère parler de toi et de poker que de parler de moi.

– Tu évites de m'en dire plus à ton sujet. Ce n'est pas grave, la Rouquine. Je suis patient. C'est ce qui fait de moi un excellent joueur. Je sais toujours quand il faut suivre, quand il faut relancer.

Waouh, bon sang !

Je souris nerveusement et détourne les yeux.

Il reste silencieux.

– À quoi penses-tu ? lui demandé-je dans un murmure.

– Je pense à notre petit défi – et au fait que c'est le premier que je fais que je vais peut-être faire exprès de perdre.

Il me regarde fixement.

– Tu es sans vergogne.

Cependant, je pensais exactement à la même chose. À avoir ses lèvres sur… sur les miennes.

Le silence se prolonge.

Il tend la main et me caresse la joue avec son pouce. Ce contact me grise et me plaît, et je suis surprise de constater à quel point. Je ne veux pas repenser au baiser de Cullen au mariage, mais c'est pourtant le cas. J'en ai les papilles qui picotent.

– Qu'est-ce que tu portes sous cette robe rose ? me demande-t-il.

La question me trouble.

– Devine.

– Pourquoi est-ce que je devinerais alors que je peux en avoir le cœur net ?

Ma bouche s'entrouvre tant je suis choquée et, soudain, j'attends, avec un mélange d'impatience et de nervosité, tandis qu'il glisse une main sous ma robe, sur ma petite culotte.

Ses yeux s'assombrissent à mesure que sa main descend et je me sens nue, exposée.

Il s'approche, ses doigts dansent plus bas, provoquant une fièvre sulfureuse.

– De la dentelle, murmure-t-il, ses yeux argentés s'embrasant en plongeant dans les miens, ses doigts avançant avec douceur et curiosité. De la dentelle très fine. Un tout petit string.

Il décale légèrement sa main, touchant maintenant l'endroit le plus sensible.

– Mouillée. Tu vas *clairement* t'envoyer en l'air ce soir.

– Vraiment ?

J'essaie de prendre un ton badin pour cacher mon trouble.

– Je serais prêt à le parier.

Mon sourire s'évanouit car je sais à quel point cet homme prend ses paris au sérieux.

– Franchement, cela ne fait pas partie du jeu.

– *C'est* le jeu.

– Non, Cullen. Je…

Je secoue la tête, m'efforçant de me ressaisir.

– À quoi bon parier des rapports oraux si c'est pour en avoir déjà ensemble tous les soirs ?

– Le sexe, ce n'est pas oral.

Il retire sa main, se lèche le doigt et se laisse aller en arrière dans son fauteuil, tandis que je serre les cuisses l'une contre l'autre, me demandant combien de femmes se sont envoyées en l'air avec lui dans son jet privé.

Chapitre 5

HIGH ROLLER

WYNN

Je suis encore perturbée quand nous arrivons et totalement perplexe au sujet de Cullen Carmichael. Il est tantôt taciturne et calme, tantôt franc et déterminé. Passer des heures dans un avion seule à côté de… d'une force comme lui a quelque chose d'épuisant, et pourtant, je ne suis pas du tout fatiguée. Je me sens plutôt euphorique. Peut-être est-ce Las Vegas qui me fait cet effet.

Un chauffeur en uniforme vient nous accueillir comme nous descendons de l'avion.

– Monsieur Carmichael, dit le chauffeur.

– Oliver, je vous présente mademoiselle Watson. Elle va passer la semaine avec moi.

– Enchanté, mademoiselle Watson, me dit le chauffeur en ouvrant pour nous la portière arrière d'une Audi noire et brillante.

Il met nos valises dans le coffre pendant que Cullen s'assied à côté de moi sur la banquette arrière, puis nous prenons la route.

Il est près de midi et j'admire le Strip avec un enthousiasme grandissant.

– Waouh ! Cette ville est… vraiment stupéfiante. Et tellement près de l'aéroport !

– Nous sommes dans le désert, dit Cullen en relevant des messages sur son téléphone, sans prendre la peine de lever les yeux. Ce serait inutile d'obliger les gens à traverser des étendues désertiques pour aller de l'aéroport au centre-ville.

– Où allons-nous, monsieur ? À la maison, ou…

– À l'hôtel, dit Cullen en rangeant son portable. Je vais beaucoup jouer. Je veux que mademoiselle Watson puisse monter se reposer chaque fois qu'elle aura envie de faire un break.

– Vous vous sentez en veine, monsieur Carmichael ? demande le chauffeur. Après le mois dernier, je ne pensais pas…

– Oui, je me sens en veine, Oliver, l'interrompt encore Cullen. Emmenez-moi sur le champ de bataille !

Il me fixe de ses yeux de platine tout en parlant, et même si le chauffeur le regarde avec un sourire dans le rétroviseur, il l'ignore et continue à m'observer assez intensément pour me déstabiliser et me faire rougir.

Nous arrivons à l'hôtel et quand Cullen descend de la voiture et me tient la portière ouverte, je commence à m'extasier sur l'entrée somptueuse de l'établissement. Jetant un coup d'œil par-dessus mon épaule, je le surprends alors en train de me dévorer du regard.

– Tu ne profitais tout de même pas de ce que j'étais en train de descendre de voiture pour me mater ?

– Des jambes comme les tiennes sont faites pour être vues, répond-il.

Nous entrons et sommes accueillis par un bel homme d'une trentaine d'années vêtu d'un pantalon de toile et d'un polo.

– Cullen ! Content de te voir.

Ils se serrent la main, se donnent une tape amicale dans le dos.

L'espace d'un instant, je pense que ce sont de vieux amis, puis Cullen dit :

– Est-ce que j'ai le temps de monter dans la chambre ?

– Oui, répond l'homme.

Il me regarde.

– Mike, je te présente Wynn.

Cullen plisse les yeux d'un air soupçonneux et ajoute :

– Elle est avec moi.

Comme s'il avait besoin de marquer son territoire !

–Veille à ce qu'elle ne manque de rien.

Mike sort une carte noir et argent de sa poche.

– Nous avons fait faire ceci pour vous, mademoiselle…

– Wynn. Appelez-moi Wynn.

À en juger par sa grimace, Cullen aurait préféré quelque chose de moins familier.

– Mike est dans le développement des joueurs. Si tu as besoin de quoi que ce soit, demande à lui parler.

– Jour et nuit, précise Mike.

Eh bien ! N'est-ce pas commode ?

– Tout ce qu'elle veut, dit Cullen d'un ton plus ferme.

– C'est compris.

Mike est sérieux et moi, je suis amusée.

Un groom s'approche.

– Monsieur Carmichael. J'ai vu votre chauffeur, dehors. Je vais m'occuper de vos bagages.

– Merci, répond Cullen en lui glissant un billet roulé dans la main.

Mike et lui discutent d'un tournoi à venir, puis nous partons. Tout en marchant, il me dit :

– Sers-toi de la carte pour tout ce que tu voudras – à manger, un rendez-vous au salon de beauté, n'importe quoi.

– J'ai de l'argent.

– Ton argent ne te servira à rien ici.

Il a d'abord l'air offensé, puis son visage se radoucit.

– J'ai plein de bons de fidélité. Sers-t'en, s'il te plaît.

– Qu'est-ce que c'est ?

– Des cadeaux en échange de la fidélité d'un joueur.

– Ah, alors c'est comme ça qu'un joueur se maintient à flot. Quand il a perdu tout son argent, le casino le prend en pitié et envoie à sa femme, à la maison, un chèque adressé à la compagnie d'électricité.

Il ne rit pas.

– C'est plus un pourcentage de tes mises, qui peut être utilisé ici, pour payer la chambre, un massage, faire du shopping, tout ce que tu veux.

– C'est bon à savoir.

J'attends une seconde avant d'ajouter :

– J'appellerai la réception pour demander une chambre si tu m'énerves.

– Ça n'arrivera pas, la Rouquine.

– Si jamais ça arrive, dis-je en apercevant la vitrine d'une boutique à ma droite tandis que nous nous dirigeons vers les ascenseurs, je saurai où aller.

Je me laisse distraire par une petite robe blanche et je me demande combien de bons de fidélité elle lui coûterait.

Comme s'il lisait dans mes pensées, il dit :

– Ne t'inquiète pas. Tu ne risques pas d'utiliser tout le crédit dont je dispose.

Avant que les portes de l'ascenseur ne se referment, Mike nous rattrape et tend deux tickets de concert à Cullen.

– J'ai oublié de vous donner ceci.

– Merci, Mike, dit Cullen, agitant les tickets alors que les portes se ferment.

Seigneur, ce mec !

Il est cool sans même essayer de l'être, incroyablement sexy.

– Tout le monde est aux petits soins pour toi, dis-je tandis qu'il me donne les tickets.

– Mike touche un pourcentage sur mes gains, dit-il, haussant les épaules comme si cela n'avait aucune importance. Il me simplifie la vie, c'est tout. Et puis, je laisse de gros pourboires.

Il n'y a personne d'autre dans l'ascenseur et nous continuons à monter en silence, regardant les numéros des étages se succéder. Sans que je puisse m'expliquer pourquoi, le silence entre nous commence à être gênant.

Ce gars est vraiment difficile à cerner et absolument irrésistible. Une éternité semble s'écouler avant que je sente sa main se poser sur mes reins. À ce contact, je lève aussitôt le visage vers lui, et je m'aperçois qu'il me regarde.

Soudain, il penche la tête et dépose un baiser sur mes lèvres. Je ne m'y attendais pas. Il est tellement grand que je dois me mettre sur la pointe des pieds pour l'embrasser, mais cela n'a pas l'air de le déranger.

Ce n'est qu'un baiser rapide, mais je m'empresse de détacher mes lèvres des siennes car l'excitation me noue déjà le ventre et je veux m'assurer de pouvoir garder la tête froide en sa présence. Je repose les talons sur le sol.

– Est-ce qu'on peut y aller ?

– Où ?

Il regarde fixement ma bouche comme s'il s'apprêtait à m'embrasser avec fougue.

Je brandis les tickets entre nos visages.

– Je connais ces groupes.

– Dans ce cas, nous irons.

– Super !

Il me sourit.

Soudain, j'ai besoin de ce baiser, celui que j'ai interrompu de crainte d'en avoir trop envie. Je me mets sur la pointe des pieds quand Cullen se penche pour le réclamer.

Le baiser commence lentement, mais se fait de plus en plus torride, s'intensifiant à mesure que Cullen me mordille et goûte ma bouche. Soudain, mes mains sont glissées dans ses cheveux, les siennes sont sur ma taille. Le monde semble basculer et je ne peux pas m'empêcher de savourer le baiser de cet homme.

Je ne sais pas pourquoi je le lui rends, sinon parce que c'est délicieux et qu'on dirait véritablement que Las Vegas est un monde à part. C'est comme si je pouvais embrasser impunément Cullen, ici, maintenant, puis laisser tout cela derrière moi, dans cet ascenseur, dans cet hôtel, dans cette ville, ainsi que tous les regrets que je pourrais alors avoir.

– Tu as envie de m'embrasser, alors tu m'embrasses, dis-je, haletante.

– Très bien. Tu es perspicace.

Je me rends compte qu'il me taquine, de sa voix grave, terriblement rocailleuse, et je voudrais qu'il me sourie.

Il me prend la main et caresse ma paume avec son pouce tout en m'entraînant vers notre suite.

Ma peau me brûle partout où il la touche. Nerveuse, je retire ma main de la sienne tandis que nous entrons dans le penthouse le plus grand et le plus spectaculaire que j'aie jamais vu. D'ailleurs, je n'en avais encore jamais vu en vrai, seulement dans les films.

Il y a un coin-cuisine et des baies vitrées du sol au plafond. Un salon, un billard, des lustres en laiton doré, une moquette à motifs marron et beige, des boiseries foncées, du cuir italien. Superbe ! Je pourrais vivre ici.

Maintenant, je vois l'intérêt de son métier, mais je ne l'admets pas.

Songeant à notre pari, je prête attention à la lithographie accrochée au mur. Elle est coûteuse. Je le vois au numéro de l'œuvre et à la signature. Les artistes qui ont une signature indéchiffrable et artistique sont souvent ceux à suivre. C'est comme s'ils savaient dès l'instant où ils réalisent leur première œuvre qu'ils sont sur un gros coup, qu'ils ont trouvé un filon, quelque chose qui va distinguer leurs œuvres des autres.

C'est dommage que Cullen n'aime pas l'art autant que moi. Je pourrais peut-être l'arracher aux tables de poker pour le traîner jusqu'à une galerie.

– Waouh ! Je pourrais vivre i…

Je tourne sur moi-même, me heurte à son corps chaud et puissant, il penche la tête et me fait taire d'un baiser.

Il m'embrasse avec une telle ardeur que j'en perds toutes mes facultés mentales et que mon cœur s'emballe.

Il détache ses lèvres des miennes, laissant ma bouche brûlante, et plonge ses yeux dans les miens. Il commence à déboutonner lentement ma robe-chemisier, jaugeant ma réaction du regard.

– Seulement les premiers boutons, dis-je d'une voix râpeuse.

Je ne sais pas pourquoi j'ai l'impression que maintenir en quelque sorte une barrière entre lui et moi me protégera ou, du moins, empêchera mes émotions de prendre trop d'ampleur, mais c'est ainsi. Je me sens relativement en sécurité alors que seule ma poitrine est exposée, assez en sécurité pour tendre le cou vers lui et l'embrasser pendant qu'il me caresse les seins.

Ses mains se referment sur mes seins gonflés de désir et je suis surprise par la douceur avec laquelle il les caresse. Son pouce avance lentement vers mon téton, puis il l'effleure jusqu'à ce qu'il durcisse et pointe douloureusement. Pendant ce temps, sa langue tournoie avec la mienne. Il a un goût de menthe et la chaleur qui émane de son corps est exquise.

– Nous ferions probablement mieux d'être juste amis, dis-je, repoussant soudain sa main.

– C'est ce que tu veux ?

– Je crois que c'est ce dont nous avons tous les deux besoin.

– Je ne suis pas sûr d'être d'accord.

– Tu penses avec ton pénis, là.

– T'entendre prononcer le mot *pénis* ne m'aide pas vraiment.

Je sens mes joues s'empourprer.

– Cullen.

Il m'observe un moment et une chaleur telle que je n'en ai encore jamais ressenti apparaît dans ses yeux tandis qu'il me regarde tripoter nerveusement mes cheveux.

– Réfléchis-y, dit-il. En attendant, je te laisse remettre ta petite robe noire. Tu l'as emportée ?

– J'en ai une autre qui est très jolie…

– Non. Mets la noire.

Il pose ma valise sur la table du salon et l'ouvre.

– Qu'est-ce que tu fais ?

Il en sort la robe noire que je portais quand je l'ai rencontré et me l'apporte.

Il me regarde intensément.

– Je t'aide à te préparer.

Je me sens étourdie et comme hypnotisée quand il s'approche à nouveau de moi. Je sens ses doigts se poser sur les boutons de ma robe rose. Il les défait tous vivement, jusqu'à ce que la robe tombe autour de mes chevilles.

Je me tiens là, à me faire déshabiller par Cullen Carmichael. *Bon sang !*

– Ma robe noire est en tissu extensible alors je peux simplement l'enfiler et…

– Les bras, dit-il.

Je les lève aussitôt et les glisse dans les manches, puis je passe la tête dans l'encolure. Il tire sur la robe pour la faire tomber sur mon corps.

Ensuite, il m'apporte mes chaussures. Il défait la boucle de mes sandales, me les retire.

Il prend l'un de mes pieds nus entre ses mains.

Je sens qu'il observe mes orteils, caresse ma voûte plantaire avec son pouce. La gorge serrée, le souffle court, je le regarde m'enfiler mes chaussures à talons, l'une après l'autre. Il m'habille méthodiquement, presque rituellement. Il retourne vers ma valise, ouvre ma trousse à bijoux.

– Ah ! Voilà.

Il trouve mes boucles d'oreilles parmi six autres paires, me les apporte.

Il écarte mes cheveux de mes oreilles et en passe une, puis l'autre.

Je ne peux pas prétendre que le regarder travailler méthodiquement, se concentrant sur chaque accessoire, ne m'affecte pas. Je ne peux vraiment pas dire que c'est quelque chose de commun ou de normal, car de toute ma vie, *aucun* homme ne m'a jamais habillée. Ou déshabillée comme cela. Avec douceur mais aussi avec un tel sérieux. Avec une si experte précision. De la même façon, on ne m'a jamais regardée comme ses yeux de braise me regardent. Il tourne autour de moi d'un pas lent. Une fois. Deux fois. Il se frotte le menton, comme s'il vérifiait que je suis bien cette fille – la fille qu'il a rencontrée à la partie de poker clandestine.

Il hausse un sourcil, l'air pensif.

– Il ne manque rien ?

– Non. Tu as été très minutieux.

Il est tellement sérieux que j'ai presque envie de rire.

– Bien.

Mon sourire s'évanouit quand il se dirige vers sa propre valise, qu'il en sort une chemise noire et qu'il retire son tee-shirt pour l'enfiler.

J'aurais vraiment préféré qu'il ne se mette pas torse nu devant moi… mais bon !

Inspire profondément, Wynn !

Il est sublime.

Et alors ? Tu le savais déjà.

Je ne savais pas que son torse était si sculptural et musclé, mais… je m'en remettrai.

Il boutonne rapidement sa chemise, se passe une main dans les cheveux et se dirige vers le coffre-fort de sa chambre. J'entends des cliquetis, puis je l'entends donner des instructions à quelqu'un au téléphone, et il réapparaît. Il a l'air prêt à faire des affaires. Des affaires de dur à cuire.

– Nous allons jouer ?

À cette perspective, j'ai une montée d'adrénaline.

– Nous allons jouer.

Il ne rit pas, tourne une fois de plus autour de moi pour m'examiner, se frottant encore le menton. Il s'arrête dans mon dos et fait passer mes cheveux sur l'une de mes épaules, respirant mon parfum tout en glissant un doigt sur ma nuque.

– Parfait, dit-il.

– Je n'avais encore jamais été habillée par un homme, auparavant. Seulement déshabillée.

– C'est une première pour moi aussi. D'habiller une femme.

Il me remet les cheveux dans le dos avant de revenir face à moi.

– Tu fais ça de manière experte.

– C'est un peu pareil que de déshabiller une femme.

Il me regarde une dernière fois, puis me prend la main.

– Allons-y. Je sens que je vais avoir beaucoup, beaucoup de chance, ce soir.

★ ★ ★

Nous prenons l'ascenseur pour aller au casino.

Je ne sais pas quoi faire.

Il vient de me déshabiller.

Est-ce que cela l'a troublé ? Je lui jette un coup d'œil, dans l'ascenseur. Il a l'air calme et serein. Les mains dans les poches, il regarde les numéros des étages décroître. Quelle déception !

Je me demande si nous devrions en discuter davantage. De l'idée d'être amis.

Je lui envoie peut-être d'étranges signaux et je ne voudrais pas qu'il me prenne pour une allumeuse.

Je ne m'explique pas pourquoi ce qu'il pense de moi est si important, mais c'est pourtant le cas.

– Tu as des questions sur…

– Plein. Mais je sais quand t'en poser, et quand te laisser me parler.

Il me répond sans me regarder, les yeux rivés sur les numéros des étages.

Les portes de l'ascenseur s'ouvrent à l'étage du casino et je pousse un soupir de soulagement. *Ouf !* Tout va bien, alors. Nous sommes amis. Je sors de l'ascenseur et il me saisit le poignet. Son étreinte est chaude, ferme, et il me fait tourner sur moi-même pour lui faire face.

– Mais tu me parleras.

Sa voix est douce, son ton impérieux, peut-être même un peu arrogant, mais la vérité est que je *veux* lui parler.

Il devrait le savoir. J'ai de plus en plus pleinement conscience que j'ai terriblement envie de lui, et c'est important qu'il le sache. Car, même s'il me dévore du regard comme aucun autre homme ne l'a jamais fait, les choses pourraient changer. Ce que j'ai à lui dire pourrait changer les choses.

Le casino est très animé. Ce n'est pas difficile de voir l'attrait du lieu. L'air y est frais et électrique, vibrant d'énergie et d'effervescence. Des lumières multicolores, de la musique et des tintements de clochettes, des cris aigus et des rires.

– La table de craps, me dit Cullen tandis que nous passons devant l'une des tables de jeux. Ça a l'air marrant, hein ?

Il se penche vers moi et me mordille le lobe de l'oreille.

– C'est parce que ça l'est !

Un croupier séduisant, qui porte une chemise à manches longues et un gilet bleu roi, fait tournoyer un long bâton.

– Cullen, mon pote ! Ça fait plaisir de te voir !

– C'est réciproque, Leroy.

Cullen lance un coup d'œil dans ma direction.

– Prends soin de ma protégée quand elle est à ta table.

Leroy a l'air sidéré, mais il se ressaisit assez vite pour répondre :

– Confie-la-moi.

– Jamais de la vie, me dit Cullen quand nous nous sommes un peu éloignés.

Je ris tout bas, amusée par l'enthousiasme inhabituel dont il fait preuve ici, au casino, ainsi que par son adorable manifestation de possessivité. C'est touchant. Et très, *très* sexy. Troublée, je me demande dans quel autre domaine il est passionné.

Je vais le découvrir.

Nous traversons la salle de poker principale et nous nous arrêtons devant une porte dorée avec une partie en verre biseauté, sur laquelle les lettres VIP sont écrites en noir. Il glisse sa carte magnétique dans le lecteur pour l'ouvrir et tend le bras.

– Après toi.

Il y a cinq tables dans la pièce et des joueurs sont assis autour de deux d'entre elles. C'est une partie de poker aux mises élevées et un tournoi est sur le point de commencer. Le prix du droit d'entrée est exorbitant. Un employé donne les détails à Cullen, mais il est distrait. Il me regarde comme s'il s'attendait à ce que je dise quelque chose, mais les mots me manquent. Je suis impressionnée par cette vie et il n'a même pas encore commencé à jouer.

Il est très populaire. Sans rien dire, il glisse sa main sur la mienne, m'entraîne plus près de la table et un groupe de jeunes hommes, tous en jean, l'un portant un chapeau de cow-boy, nous remarquent. Ils regardent Cullen comme s'il revenait d'entre les morts.

L'un d'eux siffle.

– Playboy est de retour.

Cullen me lâche la main pour les saluer.

– On ne s'attendait pas à te revoir de sitôt. Tu rattrapes ce que tu as perdu à Atlanta ou à Chicago ?

– À Albany, je parie, dit quelqu'un d'autre, lançant un jeton noir à l'homme qui a parlé le premier.

L'homme accepte le pari d'un hochement de tête, observe Cullen et reporte son attention sur l'autre joueur.

– Ça marche. Je parie sur Chicago.

– Tu as gagné. Maintenant, prépare-toi à perdre, dit Cullen d'un ton neutre, sans sourire.

Les quatre hommes rient d'un rire sans joie. À vrai dire, l'un d'entre eux a l'air particulièrement inquiet et il serre la mâchoire si fort qu'il va sûrement avoir besoin d'une visite chez le dentiste.

– Tu ne nous as pas présentés, dit l'un des gars avec un signe de tête dans ma direction.

Comme s'il voulait les empêcher de me regarder, Cullen m'entraîne vers les chaises un peu à l'écart de la table.

– Ce n'est pas malpoli de ne pas m'avoir présentée ?

– Ce qui serait malpoli, ce serait qu'ils me portent la poisse.

Je me rends compte que ce n'est pas le genre d'homme à se laisser entraîner dans des défis sauf ceux qui l'intéressent, et j'ai un sourire admiratif.

– Tu te sens vraiment en veine ?

– Tu en doutes ? me demande-t-il.

Il laisse son regard se porter vers le plateau de jetons qu'on lui apporte. Il signe un papier, et on pose les jetons devant lui.

– Bonne chance, lui dit le croupier.

– Waouh ! OK. J'ai besoin de m'asseoir, dis-je quand Cullen reporte son attention sur moi.

Il me regarde prendre place sur une chaise avec une lueur d'approbation dans les yeux.

– C'est parti.

Il penche la tête et me dépose un baiser sur les lèvres.

– Cullen, on a dit qu'il vaudrait peut-être mieux que nous soyons…

– Chut. Sois sage et regarde.

Il pose une main sur ma nuque et me saisit les cheveux pour m'obliger à plonger mes yeux dans les siens.

– Et quand je dis *regarde*, ajoute-t-il, je veux dire *regarde-moi*. Ne joue pas avec tes cheveux.

– Ah oui, c'est vrai, parce que c'est sexy ! dis-je d'un ton badin.

– Beaucoup trop sexy.

Ses mots sont lents et lourds, comme s'ils restaient bloqués dans sa gorge.

Il me relâche et retourne à la table prendre sa place, repliant les manches de sa chemise sur ses coudes.

Je l'observe en silence, m'efforçant de ne pas gigoter et de ne rien faire pour me faire mettre dehors. Je voudrais qu'il y ait quelqu'un d'autre à observer et à imiter, une autre petite amie d'un joueur, par exemple.

Oh non, je n'ai pas osé laisser mes pensées aller dans cette direction !

Merde, alors !

Je suis en train de perdre pied. Cullen représente un grand danger, un précipice d'incertitude.

Je suis foutue !

Son visage est à moitié dans l'ombre, à moitié dans la lumière, et je me contente de le regarder jouer, fascinée. Il ne contracte pas la mâchoire, n'agite pas les doigts, ne fait rien qui puisse révéler son jeu. Je n'ai jamais vu quelqu'un d'aussi indéchiffrable.

Ce n'est que lorsqu'il lève les yeux que j'y vois une petite lueur de possessivité ; mais elle est si fugace, elle disparaît si vite que je me demande si je me suis fait des idées.

Je suis ici parce que j'en ai envie. Cullen s'est montré persuasif, c'est sûr, mais c'est moi qui ai pris la décision de fermer à clé mon appartement, de m'éclipser de ma vie quotidienne et de partir en jet privé avec un homme qui sait comment obtenir ce qu'il veut.

Il me veut, *moi*.

Et je frissonne légèrement. Parce que je le veux aussi.

Néanmoins, il vaudrait peut-être mieux essayer de me désintoxiquer de tout cela. Et de me concentrer sur le pari. *Tu as fait un pari intéressant, Wynn, et tu vas pouvoir te le taper en guise de récompense – la sienne, ou la tienne. Ouais ! C'est gagnant-gagnant.* Mon ego exige que je gagne, car le poker n'est pas mieux que l'art.

C'était un peu absurde de sa part de suggérer le contraire.

Pourtant, on peut dire qu'il élève le poker au rang d'art quand on le regarde et qu'on le voit prendre ses jetons et les pousser devant lui. Il se redresse lentement et j'ai le sentiment de connaître ce mouvement. C'est un geste calculé, qui a pour but d'intimider les autres joueurs.

Cela ne fonctionne pas.

Un autre joueur fait tapis aussi. Il lui manque une douzaine de jetons noirs, voire plus, mais personne ne le lui fait remarquer. Il doit y avoir des règles mais je ne les connais pas.

Quand c'était à mon rancard qu'il manquait des jetons, c'est moi qui ai servi de mise. Je suppose que ce joueur-ci n'a pas de petite amie à mettre en jeu.

Comme s'il lisait dans mes pensées, Cullen m'adresse un clin d'œil entendu, très sexy.

Et l'espace d'une milliseconde, je prétends que Cullen Carmichael est à moi.

* * *

Il joue pendant trois heures et gagne environ deux cent trente mille dollars. Il me lance deux jetons de dix mille dollars de manière si enjouée que mes doigts picotent quand je les attrape. Il m'entraîne ensuite vers l'ascenseur. Tandis que nous montons vers notre chambre, je lui jette plusieurs coups d'œil à la dérobée mais son visage reste toujours aussi impénétrable. Je me demande s'il a envie de me déshabiller.

Ai-je envie qu'il me retire cette robe ?

Qu'est-ce que je raconte ? Après la journée que nous avons passée ensemble, je me déshabillerais entièrement pour lui. Et cela me plairait.

C'est trop précipité, Wynn. Reste forte.

Ce dialogue intérieur m'ennuie quand le côté le plus raisonnable de ma conscience prend le dessus.

Cullen ouvre la porte de la suite et pose une main dans le creux de mon dos pour me guider à l'intérieur.

Pourquoi tout ce qu'il fait me paraît-il aussi sexy ?

Je m'empresse de m'éloigner de lui et me dirige droit vers le bar pour prendre une petite bouteille d'eau dans le mini-réfrigérateur.

– Je vais me coucher, dis-je, écoutant la voix de la raison. Bonne nuit.

Le portable de Cullen se met à vibrer. Je l'entends dire : « Une seconde », puis jurer quand je referme derrière moi la porte de ma chambre.

Ah ! Je t'ai eu. Je ne voulais vraiment pas être soumise à la tentation, alors il valait mieux que je m'échappe.

Notre pari n'en sera que plus gratifiant.

Impressionnée par la suite, je regarde l'immense lit *king size* et les lumières de la ville qui clignotent au-dehors.

Je me douche dans la grande baignoire en marbre, puis je m'allonge sur le lit dans ma robe de chambre avec une serviette autour de la tête. Je regarde l'heure et m'aperçois qu'il est tard, à Chicago, alors je sors mon ordinateur portable et relève mes e-mails.

Je fais ensuite ce que tout propriétaire de galerie devrait se jurer de ne jamais faire : je cherche différents hashtags pour voir si des gens parlent de l'événement.

C'est le cas ! Et je suis ravie d'avoir vérifié.

Quand j'ai terminé, je soupire et je regarde fixement la porte fermée. Je m'en approche à pas feutrés et l'entrouvre de deux ou trois centimètres pour jeter un coup d'œil au-dehors. J'entends l'eau de la douche s'arrêter dans la chambre de Cullen et, quelques instants plus tard, je l'entends jouer au billard dans le salon. Je resserre la ceinture de mon peignoir et je sors. Il me sent approcher mais reste concentré sur la boule blanche.

Clic ! Il envoie trois boules d'un coup dans les poches. Il change de position et vise.

– Je dois reconnaître que tu es pleine de surprises. Je ne te voyais pas comme une fuyarde.

– Je… C'est faux.

Je lève les yeux au ciel.

– Bon, d'accord, je me suis peut-être enfuie une minute. Mais je suis là, maintenant.

Il réalise un autre coup parfait puis il appuie le menton sur la queue. Il me scrute de ses yeux magnétiques.

Ce mec a un charisme impressionnant, une assurance ténébreuse.

Je sais que c'est le genre d'homme qui a des attentes, mais il ne révèle rien de ce qu'elles sont. Il utilise son énergie à son avantage.

Je le dévore des yeux.

– Qu'en as-tu pensé ?

– De Las Vegas ?

– Ou de moi.

Il tente un nouveau coup. Raté.

– Les deux m'attirent, dis-je, relevant le défi tacite.

Il s'immobilise.

Quand il se tourne enfin vers moi, j'en ai le souffle coupé. Une force tumultueuse l'entoure maintenant. Pas seulement maintenant. Il est impressionnant quel que soit le contexte, où que nous nous trouvions. Il entre dans une pièce et la fait sienne. Et je sais au plus profond de mon âme qu'il prendrait une femme de la même façon.

Savoir cela devrait me faire fuir en courant. Au lieu de cela, je vais m'arranger pour le faire fuir, *lui*. Je sais ce que j'ai à dire, quoi lui confier pour y parvenir.

Attention, Wynn. Il ne faudrait pas le décourager complètement. Si ?

Je réfléchis aux conséquences de cette éventualité, puis je dis calmement :

– Emmett et moi nous sommes dit que nous nous aimions. Je suis sortie avec lui pendant des années. Je me suis installée chez lui. J'ai même cru que j'étais enceinte, mais c'était une fausse alerte.

Je vais m'asseoir sur le canapé, décidant de ce que je vais lui dévoiler, exactement.

– J'ai été… déçue quand j'ai appris que je n'étais pas réellement enceinte.

C'est un euphémisme.

– Il savait à quel point j'avais envie d'être mère, alors je parle de *fausse alerte*, mais je n'étais pas particulièrement effrayée. Ce qui m'a brisé le cœur…

– Il a été soulagé quand il a appris que tu n'étais pas réellement enceinte ?

Je hoche la tête. La tristesse menace de me submerger de plus belle. Pas à cause de la réaction d'Emmett. C'était secondaire. C'est ce qui s'est passé ensuite qui était désolant.

– J'ai attendu qu'il fasse quelque chose, mais il était de plus en plus distant. Nous avons rompu. Je n'arrivais pas à croire que tout ce que nous partagions était un mensonge, mais c'était pourtant le cas. Nous nous sommes remis ensemble et pendant quelque temps, il a semblé faire des efforts.

Je secoue la tête.

– Cela n'a servi à rien. Je me suis donné tellement de mal ! Je me suis efforcée de préparer de bons repas, d'être belle, d'être de bonne humeur, je ne montrais même pas quand j'étais fatiguée. Notre relation ne tenait plus qu'à un fil.

Cullen pose la queue de billard, croise les bras, me regarde.

– Ses sentiments avaient changé. Alors j'ai déménagé.

Je dois lui parler d'Emmett, mais pas parce que cela me définit, ni parce que j'ai envie de repenser à cette période difficile. Cela va plus loin.

– Il a dit qu'il ne pouvait pas passer à l'étape suivante, mais je sais que c'est à cause de moi.

– Mais non.

– Bien sûr que si. Les choses ont changé, après. Bizarrement, je me suis sentie déçue quand je me suis rendu compte que je n'étais pas enceinte.

J'y suis presque, je m'apprête à ouvrir les vannes et à tout déverser.

Pourquoi ? Pourquoi ai-je envie de dire à cet homme, cet homme séduisant, présent et disponible, quelque chose de si personnel ? De si réel ?

Il fronce les sourcils.

– Je suis désolé.

– Moi aussi, dis-je dans un murmure.

Je dois lui en dire suffisamment sans tout lui dire. Je résiste à l'envie d'ajouter quelque chose comme : *En gros, je ne peux pas avoir d'enfant, ce qui n'est pas si terrible. Et puis, je peux toujours adopter.*

Les mots restent coincés dans ma gorge et je me rappelle la douleur déchirante que j'ai éprouvée le jour où j'ai découvert que j'étais stérile. Que je n'aurais jamais de petite fille avec mes cheveux ni de petit garçon avec le sourire d'Emmett.

– C'est un idiot, dit Cullen.

Il semble lutter intérieurement.

– C'est tout ce que je dirai à son sujet. Quant à toi, tu…

Il marque un temps d'arrêt, reprend d'un ton bourru :

– Tu es parfaite. Tu n'as pas besoin de lui.

Intérieurement, je hurle : *Mais si ! Je ne peux pas adopter un enfant toute seule, c'est encore plus dur !*

Il me regarde essuyer une larme.

– Enfin, bref. C'est pour ça que je pense avoir besoin d'un ami plus que de quoi que ce soit d'autre. Juste un ami. Et je suis sûre, étant donné ta réputation, que tu n'as aucun mal à mettre dans ton lit des femmes qui te désirent. Mais je doute qu'il y ait beaucoup de gens qui… eh bien, qui ne t'apprécient pas uniquement parce que tu laisses de gros pourboires, comme tu l'as dit. Je ne suis pas là pour ça.

– Non, tu es ici parce que tu me détestes – parce que tu méprises ce que je fais. Et je vais éclairer ta lanterne et te montrer à quel point cela peut être exaltant. Tu es partante ?

Cela me plaît qu'il m'arrache à mon état lamentable et qu'il évoque la perspective de bons moments.

– Oui.

– Prouve-le-moi. Viens ici, dit-il avec un signe de tête désinvolte pour me faire approcher.

Son air aguicheur m'attire.

Il est trop appétissant pour être ignoré, alors je m'approche de lui, le cœur battant la chamade.

Il pose une main sur ma nuque et m'attire vers lui.

– Embrasse-moi, dit-il d'une voix rauque.

Nos lèvres sont toutes proches.

Je referme les bras autour de ses larges épaules et je l'embrasse comme s'il risquait de m'échapper. Je ne veux pas qu'il s'en aille. Je ne veux pas être évincée.

Il m'embrasse avec fougue.

J'aime ça. J'en ai besoin. Car cela me fait me sentir désirable, et j'ai besoin de me sentir à ma place, surtout après avoir mis mon cœur à nu.

Ses baisers ne me donnent pas l'impression d'avoir été achetée ou vendue, gagnée ou perdue. Je me sens à l'aise, en sécurité, et… Je ne peux même pas y penser. C'est terrifiant de laisser mon esprit vagabonder dans cette direction.

Je commence à me sentir un peu trop bien, *chez moi*.

– Cullen…

– Chut, murmure-t-il. Laisse-moi avoir ceci, t'avoir, toi.

– Non.

Mais il est déjà lancé.

Ses doigts sont glissés dans mes cheveux. Ses lèvres effleurent ma joue, mon oreille. C'est trop, trop tôt, et bien trop troublant.

Je lui rends ses baisers, incapable de m'en empêcher. Comment pourrais-je résister à l'irrésistible, assouvir l'inassouvissable ?

Ce mec est un joueur professionnel, un homme qui veut gagner à tout prix.

Je suis haletante quand je détache enfin mes lèvres des siennes. Dans tous mes états.

Nous prenons une minute, nous donnons un peu d'espace. Puis je lui demande :

– Nous sommes d'accord ?

– Hmm ?

Il se passe le pouce sur les lèvres.

– Pour être amis ?

– Nous sommes d'accord, répond-il d'une voix rauque.

J'ai plombé l'ambiance.

Je l'ai fait exprès.

– Mais, Wynn ?

Cullen me regarde avec un sourire vorace.

– Je suis du genre à embrasser mes amies sur la bouche. Je préfère te prévenir.

– Je crois que nous ferions vraiment mieux de…

– Oh, c'est ce que nous ferons.

– Tu ne m'as pas laissée finir.

– Tu as oublié ce que tu allais dire.

Il glisse à nouveau une main sur ma nuque et m'attire brusquement contre lui pour recommencer à me tourmenter avec cette bouche torride. Il se débat comme s'il jouait, je me débats parce que je ne joue pas.

Avant que je ne m'écarte de lui, il presse ses lèvres contre les miennes avec plus de force et y dépose un baiser violent au goût de menthe.

– Bonne nuit, dit-il avec un sourire.

Il me met une petite tape sur les fesses et je me retourne pour regagner ma chambre d'un pas chancelant.

Est-ce moi qui me joue du joueur ou vient-il de se jouer de moi ?

♥ ♥ ♥

Je passe presque toute la nuit à me tourner et à me retourner dans mon lit. Chaque fois que je ferme les yeux, je vois Cullen avec son sourire détaché, je pense à son tempérament égal. Mes doigts brûlent de le toucher. Ma respiration est saccadée tant je suis en manque.

Bon sang ! Je suis toute moite et excitée. Ce n'est pas seulement un fantasme ou une image dans ma tête. Il est bien réel et il est là.

À l'autre bout du couloir.

Je suis tellement troublée que je ne peux pas rester dans mon lit plus longtemps. Il est 4 heures du matin et s'il est endormi, je vais peut-être me blottir contre lui, prendre son bras pour le poser sur ma taille et me reposer.

Dormir, juste dormir.

Je traverse le salon à pas feutrés, avec la porte de sa chambre en ligne de mire quand, soudain, j'entends le déclic d'un verrou. Je tourne les talons et repars comme une flèche vers ma chambre. J'appuie l'oreille contre la porte après l'avoir refermée derrière moi.

– Je l'ai laissé à la réception. Demande à parler à Mike, demain matin, il s'en occupera.

Je fronce les sourcils, intriguée. Cullen a-t-il participé à une partie de poker privée ? A-t-il perdu ? Pourquoi ne m'a-t-il pas demandé de l'accompagner ?

Il aurait dû emporter son porte-bonheur avec lui.

J'entends des glaçons tinter dans un verre, ce qui en dit long sur son agacement croissant.

– Écoute, maman, je suis fatigué. Je ne voudrais pas être irrespectueux, mais si tu te souciais tant de « la famille », tu aurais dû assister au mariage de Callan. Au moins, rencontrer sa future femme… Je pense qu'elle te plairait.

Maman ? Il jouait avec sa mère ?

Il y a un silence.

– Comme je te l'ai dit, l'argent est à la réception. Mike gère mes affaires et il sera ravi de l'encaisser pour toi quand il arrivera. À 11 heures.

Il y a un autre silence.

– Parce qu'il n'y a pas d'urgence.

Il a l'air exaspéré.

Un long silence s'ensuit, cette fois. Je ne crois pas que Cullen parle d'une partie de poker.

– Je te rappelle toujours, maman.

Un instant plus tard, sa voix se radoucit lorsqu'il dit :

– Parce que tu es ma mère. Peu importe ce que tu fais ou ne fais pas, je t'aime. Va dormir, maintenant. Tout va s'arranger, mais il n'arrive jamais rien de bon après 3 heures du matin à Las Vegas.

La question est discutable et j'espère avoir l'occasion de lui prouver qu'il se trompe.

Un jour, peut-être. Mais pas aujourd'hui. Mieux vaut ne pas se mêler des histoires entre une mère et son fils. De plus, j'ai entendu dire des choses horribles au sujet de la mère de Cullen. J'adorerais le réconforter, mais il préférera sûrement dormir seul, cette nuit.

Chapitre 6

LA ROUSSE

CULLEN

Il y a quelques mois…

– Qui est cette rousse ?

Je regarde la rousse qui entre dans la boîte de nuit pour que mon frère sache de qui je parle.

Callan suit mon regard.

– C'est Wynn.

– Wynn comment ?

Je la dévore du regard, savourant déjà la sensation de son corps sous mes mains.

– Wynn tout court, et elle est prise, mec.

Je me lève, m'apprêtant à partir. J'ai un avion à prendre. Cependant, pour une raison obscure, mes yeux s'attardent sur elle alors même que je donne à mon frère une tape dans le dos pour lui dire au revoir.

– Préviens-moi si elle se libère.

Ce n'est qu'une fois dans l'avion que je fais le rapprochement. *Wynn… Comme le verbe* « to win », *« gagner » en anglais.*

Je jette quelques glaçons dans mon verre. Un doigt de whisky, une tranche de citron, et la première gorgée me brûle l'œsophage.

Nous sommes sur le point de décoller quand je m'en rends compte.

J'aurais dû me présenter.

Une femme comme Wynn devrait être avec un gagnant. Il lui faut quelqu'un qui l'adore et lui achète de jolies choses, quelqu'un qui aime l'exhiber en lui faisant découvrir le monde. Pour une raison obscure, j'espère qu'elle a déjà tout cela. L'homme qui réchauffe son lit devrait s'estimer heureux et la gâter.

J'envoie un texto à Callan :

Est-ce qu'elle est heureuse ?

Qui ?

La Rousse.

Qu'est-ce que ça peut te faire ?

Réponds-moi.

Je suppose. Pourquoi ?

Elle n'en avait pas l'air.

Très bien, je vais mordre à l'hameçon. De quoi une fille comme Wynn est-elle censée avoir l'air ?

D'être TRÈS satisfaite sexuellement. Renseigne-toi pour savoir si elle est heureuse.

Il ne me répond que des heures plus tard.

Livvy dit qu'elle n'a pas fait l'amour depuis des mois. Voilà, tu es content ?

J'écarte mon bras de la fille rousse qui se trouve dans mon lit.

Très.

Wynn. C'est un prénom qui sonne bien.

– Tu veux que je te porte un peu chance avant de partir ? me demande ma partenaire.

– Ça ira, dis-je.

Je ne veux pas être méchant, mais je suis prêt à laisser tomber celle qui n'était rien de plus qu'un bouche-trou, le pauvre succédané d'une femme que je ne connais même pas.

Je ne suis pas un mec qui se contente de pis-aller, mais hier soir, j'ai pris un pis-aller en espérant en tirer satisfaction.

Et ça n'a pas marché.

Chapitre 7

BOULOTS

WYNN

Je me réveille tard, surprise d'avoir tant dormi. Voyant qu'il est près de midi, je bondis du lit, me brosse les dents, me coiffe et mets un peu de rouge à lèvres avant de sortir à pas feutrés. Mon cœur sombre quand je m'aperçois qu'il n'y a aucun signe de Cullen dans la suite. Je jette un coup d'œil dans sa chambre, constate que son lit est défait et, pour une raison obscure, regarde fixement le creux dans son oreiller pendant un petit moment. Soudain, on frappe à la porte. Je vais ouvrir et me trouve face à un homme en uniforme qui se tient à côté d'une grande table roulante couverte d'une nappe en tissu.

– Le petit déjeuner, madame, dit-il en me demandant d'un geste la permission de pousser le chariot dans la pièce.

– Entrez, je vous en prie.

Je m'écarte pour le laisser passer et salive en sentant une odeur de bacon. Je signe la note sur le compte de la chambre, lui réponds poliment quand il me souhaite une bonne journée et, une fois qu'il est parti, je m'assieds et balaie du regard les plats en argent. *Tout ça, pour moi toute seule ?* Il y a plein de choses, du pain perdu, des œufs avec des pommes de terre sautées et du bacon, des gaufres avec des fruits rouges en accompagnement.

– Voilà une journée qui commence bien !

Je me sers un café avec bonheur, verse un peu de sirop d'érable sur les gaufres et attaque mon petit déjeuner.

C'est alors que je vois le petit mot posé contre l'un des plats.

Il y a de l'argent à dépenser au casino sur ta table de chevet. Viens me retrouver aux tables de jeux.

CC

Pourquoi est-ce que je viens de frissonner ?

Je relis le petit mot et murmure :

– Je pourrais y prendre goût...

À ses baisers « amicaux » aussi.

Ne commence pas, Wynn.

Tu as un pari à gagner.

Cela m'ennuie de l'admettre, mais si l'attrait du métier compte dans notre pari, Cullen va gagner haut la main uniquement grâce aux avantages du sien, et je n'ai même pas encore commencé à faire du shopping !

Tout en mangeant, j'essaie de ne pas repenser à la façon dont je me suis confiée à lui hier soir, à la façon dont il m'a fait me sentir acceptée – bien plus qu'*acceptée*, putain ! *désirée plus que toute autre chose*. Pour une raison ou pour une autre, je mange le plus vite possible. Quand j'ai fini mes gaufres, je bois un demi-verre de jus d'orange, puis je me rue dans ma chambre, pressée de descendre. Je préfère ne pas me demander pourquoi.

Tu n'as pas envie de lui. Tu as simplement envie de gagner.

Je continue à me mentir et à me préparer psychologiquement afin de me mettre dans un état d'esprit va-t-en-guerre pour gagner mon pari tandis que j'enfile un jean, un pull confortable et mes bottines préférées, puis j'attache mes cheveux en queue-de-cheval et je mets une paire de longues boucles d'oreilles. Je m'approche ensuite de la table de chevet et je vois les trois jetons de dix mille dollars qu'il m'a laissés.

Waouh ! Je n'ai jamais connu personne qui se sépare si facilement de son argent.

Je les glisse dans la poche arrière de mon jean et me demande si j'ai envie d'acheter quelque chose. De m'acheter l'un des tableaux que je vais exposer dans ma galerie la semaine prochaine. De m'acheter des chaussures, ou un sac à main, ou d'investir cet argent en demandant conseil à son frère, Callan. Tout en descendant pour aller au casino, je me dis que je veillerai à prendre rendez-vous avec lui quand Livvy et lui rentreront de leur voyage de noces.

Dès que je sors de l'ascenseur, j'aperçois Mike, dans le hall. Il avance à grandes enjambées dans ma direction.

– Mademoiselle Watson… Wynn, dit-il avec un sourire en coin. Est-ce le matin ou l'après-midi, pour vous ?

– Le matin. Et pour vous ?

– Le soir, répond-il. La nuit a été intéressante.

– Je sais déjà qu'il vaut mieux ne pas poser de questions. Ce qui se passe à Las Vegas…

– Reste rarement à Las Vegas ! dit-il en m'emboîtant le pas. Avez-vous besoin de quoi que ce soit ?

– Je viens juste de prendre mon petit déjeuner.

– Dans ce cas, vous êtes prête pour vos rendez-vous au salon de beauté.

Il tient son téléphone portable sous mes yeux et je vois mon adresse e-mail dans sa liste de contacts.

– Monsieur Carmichael m'a demandé de prendre quelques rendez-vous pour vous. N'hésitez pas à ne garder que ceux qui vous tentent et à annuler ceux qui ne vous intéressent pas.

Je suis surprise. Cullen pense à tout. Une certaine admiration naît en moi. Je commence à me sentir choyée et très gâtée.

– Merci pour votre aide, Mike.

– Tout le plaisir est pour moi.

Il marque un temps d'arrêt, me lance un coup d'œil rapide, et me demande :

– Vous n'auriez pas une sœur, par hasard ?

Je ris.

– Des meilleures amies. Et elles sont toutes mariées.

– On ne peut pas gagner à tous les coups !

Il esquisse un signe de tête en direction de la salle de poker.

– Il est en train de jouer. Amusez-vous bien, mademoiselle Watson.

– Wy…

Mais il s'éloigne déjà, pour aller passer le bras autour des épaules d'une dame plus âgée qui se tient devant une machine à sous et s'extasie sur ce qu'elle vient de gagner.

Quelque chose dans l'ambiance du casino fait battre mon cœur. Ou peut-être est-ce le fait que je me dirige droit vers la salle de poker et que je suis nerveuse à l'idée de le voir.

Il y a chez Cullen quelque chose qui me trouble.

Moi et les battements de mon cœur.

Moi et mes hormones.

Je l'aperçois à une table, tout au bout de la pièce. Mon pouls s'accélère. Il joue avec deux autres hommes, penche la tête pour jeter un coup d'œil rapide à ses cartes. Je réprime un frisson inattendu et, tout en me dirigeant vers lui, m'ordonne intérieurement d'arrêter de le reluquer.

Il porte une chemise blanche et un jean bleu. Malgré moi, mes yeux remarquent tous les détails de la façon dont il est assis, décontracté, le regard concentré. Il jette quelques jetons au milieu de la table.

Cet homme est une énigme. On pourrait croire que jouer pour de l'argent est la seule chose qui l'intéresse. Gagner des paris. Mais jusque-là, il s'est montré adorable avec moi. Quand je me suis confiée à lui, hier soir, il m'a écoutée, et il a eu l'air d'être… touché par ce qu'il a entendu.

Je m'approche de la table tandis qu'il met ses jetons en tas. Je ressens un picotement dans la nuque et ma gorge se serre quand je m'aperçois qu'il me regarde. Il me trouble d'une façon qui tantôt m'exalte, tantôt m'effraie.

– Un dieu du jeu a déposé quelques jetons sur ma table de chevet, alors je me suis dit que j'allais venir voir s'il avait une bonne partie à me conseiller, dis-je d'un ton badin en guise de salutation.

Il me regarde de la tête aux pieds d'une manière qui embrase aussitôt toutes les cellules de mon corps.

– Alors, tu es prête à jouer ?

Sa voix grave et basse caresse sensuellement ma peau.

– Certains jeux nécessitent plus d'intimité que nous n'en avons pour le moment.

Il se lève et tire une chaise pour moi, faisant un geste pour qu'on échange mes jetons contre des jetons de plus faible valeur.

Je prends place et regarde Cullen se rasseoir sur la chaise à côté de la mienne.

– Si tu cèdes à ta nervosité, tu ne maîtriseras jamais la partie, dit-il en me regardant intensément.

Je souris et j'acquiesce d'un hochement de tête, mais l'anxiété agite mon esprit. Les cartes m'intimident. Les autres hommes assis autour de la table m'intimident. J'essaie de rester immobile tandis que nous misons et la donneuse distribue les cartes. J'écarquille les yeux en regardant les miennes.

– Traite les cartes comme tu traites les hommes de ta vie, dit-il en cachant son jeu. Fais ça, et je miserai sur toi aussi longtemps que tu le souhaiteras.

– Pardon ?

Je lui jette un coup d'œil, les sourcils froncés.

– Joue, bébé. Je t'expliquerai plus tard.

– Ce ne sera pas la peine, dis-je, contente que ce soit lui qui n'arrive pas à déchiffrer mon expression, pour une fois.

Il me prend le poignet. Un mélange d'anxiété et de frustration me noue le ventre quand il referme sa main sur moi. En dépit de mes craintes, je sens mes joues s'empourprer tandis qu'il glisse lentement les cartes sur le feutre. Sa main guide la mienne.

– Couche-toi.

– D'accord.

– 7-2 non assorti est la pire main de départ que l'on puisse avoir au Texas Hold'em.

– Compris.

Ses lèvres sont à deux centimètres de mon oreille.

– Les deux prochaines devraient être meilleures.

– Je comprends mieux pourquoi on t'appelle Playboy, dit un type à l'air grincheux tout en frottant le feutre du bout de l'index.

Cullen l'ignore, concentré sur moi.

– Tu as besoin d'aide.

– Je crois que c'est bon.

– Il y a autre chose qui doit être bon.

Son regard argent est plein de promesses.

– Souviens-toi que la chance peut tourner d'une seconde à l'autre. Ça peut très bien être ton moment.

Je hoche la tête et j'attends les cartes suivantes. Je suis bien décidée à *maîtriser* le truc, comme il dit.

La tension sexuelle gênante entre nous s'intensifie encore. Je me sens rebelle, mais j'ai du mal à me séparer de mon argent, même si c'est de l'argent que j'ai eu spécialement pour jouer.

Nous jouons quelques manches. Il gagne. Je perds. Jusqu'à ce que…

Je regarde mes cartes.

Des as. *Oui !*

Cullen ne sait pas ce que j'ai et il fronce les sourcils dès que je relance.

– Tu es sûre de vouloir faire ça ?

– Oui.

– Hmm…

Il se frotte la mâchoire, m'observant attentivement.

– Je suis.

Il ne se couche pas ?

Je tourne vivement la tête pour le regarder et j'espère qu'il voit cela comme un avertissement. Il a l'air amusé.

– Tu aurais dû te coucher, dis-je avec un soupir. Je n'hésiterai pas à te battre à ton propre jeu.

– Vas-y, chérie.

– Vous pouvez arrêter de jacasser, tous les deux ?

C'est encore le type grognon.

Il n'y a que du pique dans le flop – 3-9-10 – et à ce que je vois, c'est bon pour moi.

Allez, mise, Wynn ! Vis dangereusement !

Le joueur grincheux fait tapis.

– Sois sûre de toi, me chuchote Cullen.

Je jette un coup d'œil à la donneuse stoïque, mais son visage impassible ne me révèle rien. Elle va être aussi étonnée que moi quand les prochaines cartes vont tomber.

J'ai assez regardé Cullen jouer, maintenant, pour savoir que je suis encore une rivale.

– Oui, je suis sûre de moi.

C'est risqué et je ne pense pas aux cartes. Je pense à Cullen. Car, si le poker est un jeu très compliqué, notre petit jeu me déconcerte encore davantage.

Il m'observe attentivement et, quand il passe sa langue sur ses lèvres et baisse les yeux vers ma poitrine, il ne pense pas au sexe. Pas maintenant.

Il pense à ce que j'ai entre les mains, à ce que je ne veux pas qu'il ait.

La victoire.

Et soudain, je me désintéresse de la victoire.

Soudain, j'ai envie de la lui donner. J'ai envie de *tout* lui donner.

Comme s'il savait que je mène un combat intérieur, il jette ses cartes, en laissant une se retourner : le valet de cœur.

Il a un petit sourire en coin. Je joue.

Trois mains plus tard, j'ai gagné cinq mille dollars et je ne peux plus miser. C'est trop stressant. J'ai toujours eu une vie confortable, grâce à mes parents. À la galerie, je vends des œuvres d'art qui représentent des milliers de dollars. Mais je suis prudente avec l'argent et je fais attention à mes dépenses. J'aimerais avoir des économies, mais je n'y arrive jamais car il faut toujours investir davantage dans la galerie.

Je ne suis pas faite pour dépenser de l'argent avec une telle insouciance. Je m'excuse donc, lui souhaite bonne chance et empoche mes jetons, m'apprêtant à partir. Cullen se lève d'un bond pour me retenir.

– Reste avec moi.

– Pourquoi ?

– Je suis persuadé que tu me portes chance. Reste à mes côtés.

– Tu n'as même pas bien joué, là. J'ai gagné plus que toi.

– Ton pull est transparent, dit-il, regardant mes seins d'un air entendu. J'ai réglé le problème.

Je referme sa veste haute couture – beaucoup trop grande pour moi – sur ma poitrine. Comparée aux serveuses qui passent à côté de nous, j'ai l'air d'une bonne sœur. Comment un petit téton pourrait-il être aussi perturbant ?

Et pourquoi est-ce que je *rougis* ?

– N'importe quel homme aurait de la chance de t'avoir à ses côtés. Je me sens en veine, aujourd'hui. Tu es partante, Wynn ?

Je plisse les yeux, me délectant de la lueur de possessivité dans son regard. Je me demande s'il pense réellement que je lui porte chance ou s'il veut seulement que je reste auprès de lui pour pouvoir me tourmenter.

– Qu'est-ce qui te pousse à vouloir que je reste ?

– La folie.

Je ris, et son sourire fait frémir tout mon corps.

– Il semblerait que j'aime ta compagnie. Dieu seul sait pourquoi.

Je hoche la tête. Il pose une main au creux de mes reins et m'entraîne vers la table.

Tout mon corps réagit malgré moi à ce contact.

– Pourquoi poses-tu tes mains sur moi, Cullen ?

Ses mains me troublent profondément.

– Tu aimes quand je te touche. Pas quand qui que ce soit d'autre le fait. Pourquoi ? me demande-t-il.

– Je n'aime pas quand tu me touches, je ne déteste pas ça, c'est tout. Et je ne veux pas que l'on me touche. J'ai renoncé aux hommes.

– J'ai une théorie…

– Épargne-moi.

– Écoute-moi jusqu'au bout.

Je le regarde.

– Tu éprouves de l'attirance sexuelle pour moi.

Je sens ma gorge se serrer.

– Et alors ? En dehors de notre pari, cela ne signifie pas que j'aie l'intention de faire quoi que ce soit.

– Non, mais moi, oui.

– Vraiment ? Tu prendrais le risque de déclencher ma colère juste pour m'ajouter à ton tableau de chasse ?

– Le risque représente la moitié du plaisir.

Je pouffe de rire.

– Tu es sérieux ?

Il me caresse la main du bout des doigts, encore et encore.

– Je n'ai pas fait l'amour depuis quelque temps, dis-je dans un murmure. Parfois, je me demande si je peux encore être excitée.

– Je t'exciterai, moi.

Il me fait asseoir sur ma chaise, se penche en avant et m'effleure la nuque du bout des lèvres. Ce contact me fait frissonner. De même que sa promesse. Je me ressaisis, me rappelant que tout ceci n'est que dans l'intérêt de notre petit pari stupide – et qu'il faut que je gagne car ma fierté en dépend.

Quelques parties plus tard, il a empoché cinquante mille dollars et nous sortons pour nous balader sur le Strip. Nous nous arrêtons dans un petit snack pour manger des frites. C'est facile de bien l'aimer.

Il est mystérieux, mais c'est aussi quelqu'un de bien, c'est évident. Je n'ai pas besoin de coucher avec lui. Si je couche avec lui et que je m'attache, je risquerai d'avoir le cœur brisé. Quand je suis avec lui, je ne pense pas à Emmett.

Et je ne peux pas renoncer à lui, la seule personne qui peut faire disparaître ma douleur.

★ ★ ★

Cet après-midi, après avoir déjeuné dans un café au Bellagio, nous sommes de retour aux tables de jeux. J'observe quelques parties, jusqu'à ce que Mike apparaisse derrière nous.

– Auriez-vous oublié ? me demande-t-il.

Cullen lève les yeux vers lui, cache son jeu et hausse un sourcil interrogateur, l'air agacé.

– Elle a un rendez-vous au salon de coiffure, explique Mike. Avec Gigi.

– Gigi ?

Le nom me plaît.

Cullen lève les yeux au ciel. Je devine qu'il connaît Gigi avant même qu'il ne demande :

– Personne d'autre n'était disponible ?

– Je vais voir, s'empresse de répondre Mike, prêt à satisfaire toutes les exigences de Cullen, en sortant son téléphone portable.

– Ce n'est pas la peine, dis-je en me levant. Je suis sûre que Gigi est très bien.

Je regarde Cullen avec un petit sourire narquois. Je suis curieuse, maintenant. Avec un prénom comme *Gigi*, je devine aisément pourquoi il ne veut pas que je la rencontre.

– À tout à l'heure.

Je tourne les talons.

– À tout à l'heure, répond-il en me regardant m'éloigner jusqu'à ce que je quitte la pièce.

Je suis bien contente qu'il ne puisse pas voir mes joues cramoisies.

C'était gentil de sa part de dire que je pouvais m'offrir tout ce que je voulais. Quand j'arrive au salon de beauté, je découvre qu'on y propose à peu près tout, des épilations à la coloration des cheveux en passant par les manucures, les soins des pieds et les massages. *Seigneur !* Je suis au paradis. On propose même le maillot brésilien et je l'envisage, mais je suis plus intéressée par le soin capillaire et le massage des mains, car j'adore ça.

J'entends l'une des esthéticiennes dire à Gigi :

– C'est elle.

Gigi est petite, bien faite, blonde, et elle a une poitrine généreuse. Elle correspond tout à fait à l'idée que je me fais de la petite amie d'un joueur professionnel. Je ne sais pas pourquoi, mais je ne suis pas surprise et je ne suis pas non plus le moins du monde intimidée.

Peut-être a-t-elle eu une aventure avec Cullen. J'en ai bien conscience mais, au fond, je sais qu'en ce moment, c'est moi qu'il veut.

– Pourquoi est-ce que ça ne m'étonne pas ?

– Je m'appelle Wynn, dis-je en tendant la main.

Elle la serre dans la sienne, mais je vois que cela lui coûte.

– Gigi. Par ici.

Je la suis au fond du salon tout en me rappelant que ce n'est pas le salon d'Alessandra et que je ne peux pas m'attendre à un service exceptionnel accompagné d'une chaleur sincère.

Pendant une heure, Gigi me fait tourner la tête en tous sens et s'occupe de mes pointes, qui ont été coupées il y a une semaine mais qui sont déjà « affreuses et ingérables ». On m'envoie ensuite me faire masser, puis on me fait attendre dans une grande cabine, sans que je sache pourquoi, jusqu'à ce qu'une couturière arrive avec un mètre ruban.

– Oh, bonjour… Je m'appelle Wynn.

– Delia.

Elle glisse sa toute petite main dans la mienne.

– Je connais mes mensurations, dis-je tout bas, pensant pouvoir lui faire gagner du temps.

– Mes ordres sont très stricts. Vous accompagnez Cullen Carmichael, n'est-ce pas ?

– Oui.

– Il a un don pour gâter ceux qui l'entourent. N'est-ce pas ?

Je me demande si je peux la sonder un peu. Je n'hésite pas longtemps.

– Nous sommes bons amis mais je n'ai jamais rencontré ses autres petites amies.

– Ses autres petites amies ?

Elle jette un coup d'œil par-dessus son épaule, puis chuchote :

– La seule personne que Cullen envoie ici, c'est sa mère. Gigi s'occupe d'elle. Je pensais qu'elle vous l'aurait dit.

– Eh bien, il joue sûrement dans d'autres casinos. Il envoie peut-être ses petites amies là-bas.

Elle me fait tourner sur moi-même, lance le mètre ruban par-dessus mon épaule et le tend, puis elle se penche à nouveau vers moi.

– Je vous assure, Cullen Carmichael gâte sa mère, et c'est tout. Toutes les jeunes femmes ici rêvent de lui mettre le grappin dessus, si vous voyez ce que je veux dire, mais il ne donne pas suite à leurs propositions. Il y en a qui disent que c'est parce qu'il ne couche pas là où il joue, mais maintenant que vous êtes là, elles reconsidèrent la question…

– Dans ce cas, c'est que je suis spéciale.

Je plaisante, évidemment, mais Delia semble ne pas le prendre comme cela.

– C'est ce que je crois, dit-elle, me faisant encore tourner sur moi-même. Voilà, c'est fini ! Maintenant, allons faire du shopping ! Ça vous dit ?

Une heure plus tard, je suis épuisée. Dès que je suis entrée dans la boutique du casino, tous les regards se sont braqués sur moi. La gérante m'a emmenée dans un grand dressing tout en aboyant des instructions à tous ceux qui l'entouraient.

C'est une boutique de luxe, comme on en trouve sur Rodeo Drive. Cela me plaît d'avoir l'impression que l'on me connaît et de savoir que les bons de fidélité de Cullen sont à ma disposition, mais j'aimerais aussi flâner dans les rayons, regarder les chemises, essayer les petites robes moulantes, enfiler des tee-shirts déchirés.

J'aimerais m'amuser.

Les gens qui m'entourent sont là pour travailler.

Ils voient en moi un chèque de commission, un moyen de payer leur loyer.

L'après-midi se change en un embrouillamini d'activités.

Un serveur apporte du vin et un plateau de fromages très généreux. Les tailleurs sont pendus à droite, les robes du soir à gauche. Les maillots de bain sont empilés sur un fauteuil. Les sacs à main et les chaussures sont posés rapidement sur deux bancs. Après tout cela, quelqu'un dit :

– Auriez-vous été plus à l'aise dans votre suite ? Nous pouvons monter, si vous préférez.

– Vous plaisantez ?

J'enfile une robe argentée et regarde mon reflet dans le miroir. Elle est trop courte à mon goût, mais je pense à Cullen.

– Je vais prendre celle-ci.

Je prononce ces mots d'un ton si catégorique que la gérante manque de trébucher en se précipitant pour m'apporter un collier assorti. Ses assistantes s'affairent aussi, me glissant des bagues aux doigts, des bracelets aux poignets.

– Cette tenue est parfaite ! s'exclame la gérante en joignant les mains. Il va tomber à la renverse en vous voyant.

Avant que je puisse dire quoi que ce soit, elle tire les rideaux et crie :

– De la lingerie ! Il nous faut de la lingerie !

À ce moment précis, je reçois un texto.

Qu'est-ce que tu fais ?

J'essaie des vêtements.

Tu t'amuses bien ?

Je souris et frémis légèrement.

J'ai l'impression d'être l'héroïne de *Pretty Woman* et je me demande si c'est comme cela que les vendeuses me voient. Comme une maîtresse plus que comme une amie.

Oui. Mais j'ai besoin que tu viennes à ma rescousse, maintenant. Je crois que j'ai fait assez de shopping pour le restant de mes jours !

Je range mon portable.

– Euh… Mon… ami, Cullen… va me rejoindre ici, alors nous pourrions peut-être nous occuper de la lingerie une autre fois ?

La vendeuse me regarde comme si j'avais perdu la tête. Elle pointe le doigt en direction de Cullen, qui est adossé contre un mur. Il remet son portable dans la poche de sa veste. Il a l'air… délicieux.

Je sursaute.

Oh mon Dieu !

Depuis combien de temps se tient-il là ?

– Elle va s'occuper de la lingerie maintenant, dit-il, ses yeux de braise rivés sur moi, me mettant au défi de protester. Le blanc, le noir et le rose translucide lui vont très bien.

– Oui, monsieur.

La gérante file comme une flèche.

Je ne peux rien faire d'autre que le regarder…

Le regarder approcher à grandes enjambées.

Regarder ses muscles parfaitement dessinés se contracter sous sa chemise.

Le regarder me prendre la main.

Le regarder m'entraîner dans le dressing.

Le regarder m'observer sans un mot comme je l'observe sans un mot. Le monde qui nous entoure semble disparaître. Comment fait-il cela ?

– Tu étais déjà là quand tu m'as écrit, dis-je d'un ton accusateur.

– Oui, répond-il avec une lueur amusée dans les yeux.

Il passe un doigt sur la robe argentée décolletée.

– Une raison particulière pour que tu aies choisi celle-ci ?

– Tu ne l'aimes pas ?

Je fais un pas en arrière et tournoie pour la lui montrer.

– Je trouve qu'elle met en valeur mon…

– Ton cul est parfait quoi que tu portes.

– Mon décolleté, dis-je, redressant les épaules. C'est ça que j'allais dire.

– Oui, ce décolleté a été la source de nombreuses pensées coquines.

– Tu m'as pourtant fait comprendre que tu n'étais pas convaincu, dis-je avec impertinence. Tu m'as dit que tu *décrochais*, si ma mémoire est bonne.

Il me passe un bras autour de la taille et m'attire vers lui.

– J'ai menti.

Ses lèvres se posent sur les miennes avec voracité et possessivité. Je suis à bout de souffle et il est mon seul oxygène.

Je n'ai plus envie de faire du shopping. Tout ce que je veux, c'est cet homme. Cet homme, et son corps sur le mien. Cet homme et ses yeux d'argent ne regardant que moi.

Nous nous écartons l'un de l'autre tandis que quelqu'un place un fauteuil de l'autre côté du rideau. La gérante chasse Cullen pour l'éloigner de moi tandis que ses employés empilent des sous-vêtements sur un autre fauteuil.

Derrière les rideaux, j'entends Cullen dire :

– Il y a une robe blanche dans la vitrine.

– Celle ornée de diamants ? demande quelqu'un.

– Oui. Faites-la monter dans notre suite. Elle est à sa taille.

Comment connaît-il ma taille ? J'en ai le souffle coupé. Et des diamants ? Ai-je bien entendu *diamants* ?

Je me tords les mains et regarde la lingerie que l'on m'a apportée, songeant que cela promet d'être intéressant. Je pourrais peut-être enfiler une autre robe, d'abord.

C'est donc ce que je fais.

J'enfile une mini-robe à fleurs. Il y a de la dentelle au bord du décolleté et de l'ourlet, qui m'arrive à mi-cuisse. Le dos nu révèle ma taille. Je jette un coup d'œil par-dessus mon épaule et décide que c'est flatteur.

La gérante revient, remonte la fermeture Éclair pour moi et chuchote :

– Je crois que monsieur Carmichael s'attendait à quelque chose d'un peu plus osé.

Elle a raison, mais il aime ce petit jeu et je découvre que c'est un homme très patient.

J'écarte les rideaux de la cabine des deux mains, sortant comme une danseuse de revue pour l'aguicher.

Il se passe lentement le pouce sur les lèvres, regarde fixement mes jambes et me fait signe d'approcher.

Travaillant à ma démarche, je m'exécute tandis qu'il recourbe le doigt pour m'attirer à lui.

Je m'appuie aux accoudoirs du fauteuil pour me pencher vers lui.

Ses yeux sont rêveurs, comme embrumés, pleins de désir.

Il me pose les mains sur les hanches et dit d'une voix rauque :

– Je m'attendais à quelque chose de plus… révélateur.

Je ris alors qu'il fait glisser ses mains dans mon dos. La fermeture Éclair descend. Ses paumes chaudes effleurent ma peau.

– De la lingerie noire. Tout de suite.

– Tu es tellement exigeant !

– Et tu aimes ça.

J'*adore* ça.

– Seulement parce que c'est toi qui paies.

Je m'écarte de son fauteuil et regagne la cabine, sans me rendre compte qu'il me suit.

Les rideaux bougent et il entre derrière moi.

– Je peux m'agrafer toute seule.

– J'ai envie de toi, murmure-t-il, caressant du bout des doigts la peau nue de mes bras.

Ses cuisses frôlent les miennes comme il se penche et glisse une main sous ma robe.

Ses doigts inquisiteurs se posent sur ma petite culotte en soie.

Son expression change et je retiens mon souffle en sentant son doigt se glisser en dessous.

– Arrête. Tu vas…

– Dis-le.

– M'exciter.

Ma respiration s'accélère. Je ne peux rien y faire. J'ai envie de sentir ses doigts en moi. Je retrouve un semblant de bon sens, suffisamment pour murmurer :

– Je ne peux pas essayer d'autres vêtements si tu… fais ça.

Ses traits changent et il se colle lentement contre moi pour me tenter.

– J'ai envie de te prendre, là, maintenant…

Mes tétons sont tout durs, mes jambes, flageolantes.

Il y songe. Je le vois à la façon dont son expression s'assombrit, dont ses paupières s'alourdissent, mais il finit par plisser les yeux et lève la tête.

– Bon sang !

Il s'écarte lentement de moi, comme si cela lui coûtait.

Je lève moi aussi les yeux. Il y a des caméras de sécurité dans les cabines d'essayage ? *Sérieusement ?*

Étant donné ce que je rate, je suis furieuse.

Il hausse négligemment les épaules, puis il me fait un clin d'œil, me tend un cintre avec la lingerie qu'il veut que j'essaie et sort de la cabine.

Je m'adosse au mur, reprends mon souffle.

Bouche bée devant le body sexy qu'il veut que j'essaie maintenant, je m'efforce de me libérer de mes inhibitions.

C'est la lingerie la plus affriolante que j'aie jamais portée et je ne peux pas m'empêcher d'espérer qu'il va aimer – *adorer* – ce qu'il va voir.

Je viens d'enfiler le body quand une main se glisse entre les rideaux pour faire pendre devant moi une paire de chaussures à talons aiguilles noires avec des brides dorées.

– Sérieusement, Cullen ?

– Sérieusement, la Rouquine.

Sa voix est rauque.

Et cela m'excite.

Le body noir est soutenu par de la dentelle et des sangles en cuir qui se croisent tout en haut et se rejoignent sur ma nuque. Mon torse est exposé, mes côtes sont cachées, mon dos nu. Le porte-jarretelles me fait me sentir… sexy, mais une fois que j'ai enfilé les talons aiguilles…

Oh mon Dieu !

Je comprends, maintenant, pourquoi les couples achètent de la lingerie ensemble.

Je passe la tête entre les rideaux et croise son regard curieux.

– Ne sois pas timide.

– Je ne peux pas me pavaner là-dedans.

– Mais si, dit-il de sa voix grave.

– Bon, je l'ai essayé, dis-je, m'éclaircissant la gorge, et il me va. Maintenant, je vais me rhabiller et nous pourrons y aller, j'en ai pour deux minutes.

Je me réfugie derrière les rideaux mais j'entends Cullen approcher à grandes enjambées.

Il écarte les rideaux et entre dans la cabine.

– Nom de Dieu !

Il regarde ma poitrine et une étincelle passe dans ses yeux. Il me tient à bout de bras et siffle.

– Tu as raison. Tu as des seins magnifiques.

– Chut !

En réalité, je raffole de ce compliment sexy, auquel je ne m'attendais pas.

Nous nous regardons fixement. L'air entre nous semble brûlant.

Mon corps est en feu.

Le regard de Cullen s'embrase.

Il commence à s'agenouiller. À mes pieds. Il descend, de plus en plus bas, pose un genou sur le sol, glisse une main sur ma cuisse, écarte le bas du body noir – et me caresse le clitoris avec le pouce.

Je me raidis, me cambre vers lui, haletante.

Je le veux, maintenant. À tout prix. Sans réserve, et au mépris de l'intimité.

– Tout va bien ?

Je m'immobilise.

Bon, d'accord, je me suis peut-être un peu trop laissée emporter.

Cullen lève les yeux vers moi et éclate de rire, si fort qu'il tombe en avant, le visage enfoui dans mon ventre.

– Euh… oui… Nous sortons tout de suite.

Je lance à Cullen un regard furibond.

– Prenez votre temps, ma chère, répond la gérante d'un ton amusé.

Cullen se relève lentement.

– Tu as entendu la dame.

Il me pose une main derrière la tête et presse ses lèvres contre les miennes pour me voler un baiser.

Le contact est bref. Beaucoup trop bref. Il est hypnotique, exquis. Tout comme Cullen.

– Je te laisse.

Je lui prends la main et l'attire à nouveau vers moi pour l'embrasser de plus belle.

Dès que nos lèvres se séparent, je dis :

– J'aime quand tu ne peux pas t'empêcher de me toucher.

– Tu ferais mieux de t'y habituer, répond-il.

Là-dessus, il sort de la cabine, me laissant seule avec mes pensées coquines… et elles sont toutes tournées vers l'homme le plus torride que je connaisse.

* * *

Cet après-midi, après être allée faire du shopping et une fois que Cullen a encaissé ses jetons, nous sortons.

– Qu'as-tu envie de faire ? me demande-t-il.

– Je ne sais pas. Surprends-moi.

Il m'emmène en direction d'une limousine noire. J'ai pleinement conscience des gens dehors qui le regardent m'ouvrir la portière et monter après moi.

Le chauffeur garde son sérieux en s'asseyant au volant et en réglant les rétroviseurs.

– Où allons-nous, monsieur Carmichael ?

À moitié choquée, à moitié habituée, je demande à Cullen :

– Est-ce que tu connais tout le monde ?

Il a un pétillement malicieux dans les yeux.

– Je circule.

– Je veux bien te croire, dis-je avec un sourire tandis qu'il dit un seul mot au chauffeur.

– Summerlin.

– Bien, monsieur.

– Et, Tim ? J'ai été content de vous voir.

Il appuie sur un bouton et la vitre opaque qui nous sépare du conducteur s'élève.

– Moi aussi, monsieur.

Les yeux rieurs du chauffeur sont la dernière chose que je vois avant que nous soyons coupés du monde.

– Qu'est-ce que tu…

– Ça.

Cullen me glisse une main dans les cheveux, me fait incliner la tête en arrière et passe son pouce sur ma lèvre inférieure.

– J'ai envie de te toucher. Je te veux pour moi tout seul.

La gorge serrée, je l'observe et me demande si j'ai déjà vu un homme me dévorer ainsi du regard.

– Où allons-nous ?

– Tu verras.

Il passe une main sur mon bras et prend ma main dans la sienne, m'enveloppant de sa chaleur.

– À… À quelle heure devons-nous retourner au casino ?

– Nous y avons fait ce que nous avions à faire pour aujourd'hui.

Il me regarde et garde ma main dans la sienne.

– Pour le reste de la journée, nous allons prendre du bon temps, sainement, purement et simplement.

– Toi, faire quelque chose de sain et de pur ?

Je ris et secoue la tête avec un *tss-tss* désapprobateur.

– Merci pour les vêtements et les bijoux… C'était la meilleure séance de shopping de ma vie !

Il passe sa langue sur sa lèvre supérieure.

– C'était ta façon de me rappeler à quel point tu es sexy en noir ?

J'affiche un grand sourire.

– Peut-être un peu.

– Peut-être beaucoup.

Je jette un coup d'œil à ses lèvres, incapable de me retenir, mais je m'empresse de relever les yeux. Cullen m'empoigne les cheveux de sa main libre et baisse la tête, effleurant ma bouche avant de glisser sa langue entre mes lèvres. Je gémis, lui aussi, puis il s'écarte de moi et relâche mes cheveux. La frustration embrase ses yeux.

– Je suis désolé, je m'étais promis de bien me comporter.

– Vraiment ? Tu t'étais promis ça ?

– Oui.

Son pouce décrit de petits cercles sur le mien et mes lèvres brûlent de sentir à nouveau les siennes.

– Ce soir, je me comporte bien.

– Pourquoi ?

– J'ai une surprise pour toi.

Il a l'air content de lui.

– Dis-moi.

– Je vais plutôt te montrer.

– Et si je n'aimais pas les surprises ?

– Dans ce cas, dis-moi ce que tu aimerais, dit-il en se penchant vers moi et en prenant mon menton entre son pouce et son index. Puisque tu es une fille si sage, je vais t'accorder un vœu.

– Un peu comme un bon de fidélité ? dis-je pour le taquiner.

C'est plus fort que moi.

– Les avantages en nature sont ma spécialité, dit-il, faisant glisser un doigt entre mes seins. C'est toi qui choisis… mais tu as quinze secondes. Ensuite, je retire mon offre.

– Juste au moment où je me dis que je peux obtenir tout ce que je veux de toi, tu te couches.

– On ne joue pas, Wynn.

Il me regarde d'un air sombre. Mon sourire s'évanouit.

– Le compte à rebours commence…

Il jette un coup d'œil à sa montre et enclenche le chronomètre.

– … maintenant.

– Tu as dit qu'on ne jouait pas, Cullen, dis-je d'un ton plaintif.

Il me regarde.

– Que veux-tu, Wynn ?

– Je n'en sais rien !

– Si, tu le sais.

Ses yeux brillent. Il se penche en avant et attend.

– Je veux gagner ce pari, c'est vrai, mais ce n'est pas pour ça que je veux gagner. C'est une question d'honneur.

– Huit secondes.

– Oh ! Je ne sais pas… Tu es tellement vorace !

– Tu n'imagines pas à quel point !

– Très bien. Peut-être que je veux gagner aussi à cause de ça, dis-je, fléchissant.

– Dis-le. Trois. Deux. Un…

Je crie :

– Parce que je veux sentir ta bouche entre mes cuisses !

Il reste silencieux. Il semble essayer de voir si je suis sincère. Une lueur ardente brille dans son regard. Je me mords la lèvre inférieure. Je n'arrive pas à croire que j'aie admis cela à haute voix.

– Tu es un joueur. À quoi tu joues ? Qu'est-ce que tu veux, *toi* ? lui demandé-je, me renfrognant soudain.

– Tu le sais très bien.

Sa voix est incroyablement douce, elle n'est plus qu'un murmure.

– Très bien. Tu veux la meilleure fellation de ta vie, dis-je dans un murmure, exagérant mes talents. Mais la partie n'est pas encore terminée…

Nous nous regardons fixement. L'air entre nous semble crépiter.

Ses yeux se posent sur ma bouche et j'ai l'impression de sentir ses lèvres sur les miennes. Encore. J'ai envie de goûter tout son corps. De lécher sa peau.

Il esquisse un sourire.

– Peut-être, dit-il alors que la voiture s'arrête.

– Nous sommes arrivés, monsieur.

La voix du chauffeur me fait sursauter.

Cullen sourit et ouvre brusquement la portière, descend et me tend la main.

– Viens, la Rouquine.

Rougissant parce que ce surnom commence à me paraître étrangement intime, je lui donne la main et il m'aide à sortir de la voiture.

– Qu'est-ce que c'est ?

Je reste bouche bée devant un manoir de deux étages. Le chuintement d'un arroseur automatique attire mon attention sur une grande pelouse impeccable et sur le chemin de pierre qui conduit à la porte d'entrée.

– Ma maison.

– Quoi… ?

Déconcertée, je me demande pourquoi il m'a amenée ici.

– Tu me courtises, maintenant ?

Ses lèvres s'incurvent légèrement tandis qu'il me pose une main sur la nuque et m'entraîne avec lui.

– Peut-être…

* * *

Cullen me fait entrer dans la maison. J'admire le sol de marbre noir, l'imposant escalier, les murs couleur crème lambrissés et ornés de moulures somptueuses, le plafond voûté, et pour la première fois de ma vie, j'envisage de changer de métier.

Sur la gauche, il y a un bureau richement meublé. Les étagères sont chargées de livres reliés et de babioles peintes à la main. Les tableaux contemporains accrochés aux murs laissent à penser que Cullen était déjà collectionneur bien avant que nous nous rencontrions. Les cadres noirs sont tous surmontés de spots en métal.

Il y a un piano à queue blanc sous un lustre aux pampilles en cristal.

– Tu joues du piano ?

– Non. Il était dans la maison quand je l'ai achetée.

J'hésite à le croire mais il ne sourit pas : il dit la vérité. Je suis contente, je commence à réussir à le cerner.

– C'est magnifique.

Je tourne sur moi-même avec bonheur et aperçois une immense pelouse, derrière la baie vitrée du salon.

– C'est ton jardin ?

– Oui. Tout ici m'appartient.

Il garde les yeux rivés sur moi en parlant et ses paroles autant que l'intensité de son regard me font frissonner.

– Pas tout, dis-je d'un ton badin.

Il secoue la tête.

– Pas encore.

Douloureusement consciente de rougir, je lui lance un coup d'œil rapide et m'efforce de cacher le fait que tout en moi se demande ce que ce serait d'être sienne. Il est si puissant. Ce serait écrasant, dévorant. Incroyable.

C'est fascinant de l'observer, quel que soit son environnement. C'est la première chose qui m'a attirée chez lui lors de la partie de poker clandestine. Sa présence abrite tout ce pouvoir et toute cette influence. Même ici, dans une ville connue pour ruiner les hommes ordinaires et dépouiller les gosses de riches de leurs millions, Cullen est un géant, une pointure.

Les casinos le voient comme cela.

Je le vois comme cela.

Mais je le vois aussi, *lui*, Cullen Carmichael, l'homme qui a tout pour lui mais qui a quand même l'air – je ne sais pas… – un peu seul, peut-être ?

Il a en lui une force fascinante. Il la conserve dans son cœur et la dégage quand il joue au poker.

Je frissonne à l'idée de tout ce qu'il pourrait accomplir dans le monde des affaires, mais en même temps, je commence déjà à comprendre que son mode de vie ressemble plus à celui d'un artiste qu'à celui d'un homme d'affaires. Un artiste peint parce qu'il ne peut ni dormir, ni manger, ni profiter de la vie tant que son pinceau n'a pas fini de caresser la toile. Il ne peut pas abandonner sa peinture, ses outils de travail, tant que son œuvre n'est pas terminée. Quand c'est fait, il recommence, car seul l'art nourrit son esprit, guérit son âme.

Il vit pour cela.

C'est pour cela qu'il joue au poker. Le jeu coule dans ses veines ; mais est-ce pour autant une vocation ? Une vocation peut-elle se réduire au fait de gagner à un jeu de cartes ?

Peut-elle être trouvée dans ma galerie ? Je veux savoir ce qu'il pense quand il prend ses cartes, quand il mise, quand il suit et quand il relance. Se coupe-t-il volontairement du monde et, si tel est le cas, pourquoi m'a-t-il laissée entrer ?

Pourquoi moi ?

Je chasse cette pensée de mon esprit comme Cullen enfonce ses mains dans ses poches et m'observe tandis que je parcours le salon du regard.

Il y a une photo dans un cadre en argent sur une desserte. C'est celle d'un petit garçon, qui ne doit pas avoir plus de dix ans. Il a de très beaux yeux argent et les cheveux un peu plus clairs que ceux de Cullen aujourd'hui. Mes cheveux roux étaient un peu plus clairs aussi quand j'étais enfant.

– C'est toi ?

Je prends la photo, passe l'index dessus et remarque un autre cadre avec une photo du même petit garçon. Je repose la première et m'approche de l'autre pour la regarder. Il fait de la balançoire dans un jardin public.

– Où est Callan ? Tu n'as pas de photo de toi avec ton frère ?

Je ris.

– Je serais collée à ma sœur, si j'en avais une. Je suppose que c'est pour ça que j'ai des amies !

– Ce n'est pas moi, dit-il en me prenant le cadre des mains et en le reposant. Tu as faim ?

– À vrai dire, maintenant que tu me poses la question… Passer la journée à jouer m'a épuisée. Toute cette adrénaline !

Je lui souris et il m'emmène vers les portes qui donnent sur le jardin. Nous sortons et je m'aperçois que le jardin est entièrement éclairé. Il y a une table dressée pour deux, avec une longue nappe blanche et des couverts en argent.

Le ciel du désert est teinté d'orange, de bleu, de vert et d'or, et projette une lueur rougeoyante sur les rochers déchiquetés du canyon.

La vue est splendide et me coupe le souffle, mais pas autant que l'homme qui semble admirer le panorama, lui aussi, comme s'il le voyait pour la première fois.

– Superbe, dis-je dans un souffle.

Il me lance un regard oblique.

– Je sais ce que tu ressens.

Je suis parcourue de délicieux frissons.

– Monsieur Carmichael ?

Un homme qui porte un costume noir et des gants blancs s'approche avec une bouteille de vin.

– Tout est prêt, Hollis ?

– Tout est prêt, Monsieur.

– Wynn, je te présente Hollis. Mon…

– Majordome, dis-je machinalement, incapable de dissimuler mon incrédulité.

Cullen hausse les sourcils, visiblement amusé, et esquisse un petit sourire insolent très séduisant.

Je me tourne vers son majordome et nous échangeons quelques civilités. Il est originaire de New York mais a passé quelque temps à Chicago quand il faisait l'école hôtelière.

Cullen me tire une chaise et je prends place, me demandant si tout ceci est bien en train de se produire ou si je suis en train de rêver.

Je le regarde s'asseoir en face de moi. Seule la petite table rectangulaire nous sépare. Il déplie sa serviette d'un mouvement vif.

– Je ne suis pas chef cuisinier, mais j'en connais un ou deux bons dans le coin.

– Je n'en doute pas. Tu es sûr de ne pas en connaître trois ?

Je ne peux pas m'empêcher de le taquiner. Je ris doucement, me sentant presque timide.

– Tu n'aurais pas dû te donner tout ce mal…

J'aurais aimé cuisiner pour lui. C'est une idée bizarre, alors je la garde pour moi.

Tu es en train d'être courtisée, Wynn. C'est normal que tu aies ces idées idiotes !

Il fait signe à quelqu'un derrière moi.

– Les repas sont l'un des points forts de mes journées. Je suppose qu'après être sortie avec un chef, c'est la même chose pour toi.

Un homme petit et corpulent vêtu d'un uniforme blanc de chef cuisinier assorti d'une toque apparaît et s'incline légèrement pour me saluer.

– Enchanté, mademoiselle Watson. Je m'appelle Henri et je serai votre chef ce soir. Puis-je vous indiquer mes spécialités ?

Je hoche la tête et je sens le regard de Cullen posé sur mon profil tandis que j'écoute Henri énumérer une demi-douzaine de plats, tous plus appétissants les uns que les autres.

Comme j'hésite, songeant que le saumon au romarin, le chateaubriand grillé, la limande-sole en croûte de parmesan et les coquilles Saint-Jacques au beurre d'agrumes ont tous l'air d'être divins, Cullen intervient.

– Pourquoi ne nous apporteriez-vous pas un peu de tout, Henri ? Comme ça, mademoiselle saura ce qu'elle aime. Elle ne le saura qu'en goûtant…

Il jette un coup d'œil dans ma direction.

– … n'est-ce pas ?

– Bien sûr, monsieur, répond Henri. Avec plaisir.

Il s'incline avant de partir et je sens les effets du regard intense de Cullen partout dans mon corps.

Oui, je suis bien en train d'être courtisée.

Cullen sourit d'un air mystérieux.

– J'aurais aimé t'éblouir avec mes talents de cuisinier, mais je n'en ai pas beaucoup.

– Ça fait longtemps que je n'ai pas cuisiné, moi non plus. Emmett voulait cuisiner tout le temps. Il me chassait pratiquement de ma propre cuisine.

Il sourit, puis ses sourcils s'abaissent et il secoue la tête.

– Je comprends qu'il ait voulu te *chasser*… En ce qui me concerne, je fais le contraire. Je te chasse vers ma cuisine, il semblerait.

Je ris.

– Je serais ravie d'aider le chef en cuisine. De le voir à l'œuvre.

Les yeux de Cullen pétillent, il pose sa serviette sur la table et repousse sa chaise, puis il me tend la main. Je retiens un petit rire nerveux en y glissant la mienne.

– Eh bien, allons-y ! dit-il.

– Vraiment ?

– Bien sûr. Qui suis-je pour interdire à une femme enthousiaste l'accès à ma cuisine ?

– Quel gentleman ! Tu as le même raisonnement pour ton lit ? lui demandé-je sur le ton de la plaisanterie.

Son rire me trouble profondément tandis qu'il se penche vers moi pour me murmurer à l'oreille :

– Je te veux dans mon lit, la Rouquine. Après cette question, je suis tenté de t'entraîner à l'étage pour te montrer à quel point.

J'aime cette façon de penser, mais je me garde bien de rebondir sur cette remarque.

Nous entrons dans la cuisine, en pleine effervescence.

– Monsieur Carmichael…

Une femme qui porte un tablier blanc semble stupéfaite de le voir là.

– Mademoiselle Watson aimerait que nous vous aidions.

Il prend un tablier accroché à une patère derrière la porte, me fait tourner sur moi-même et me le met. Ses doigts effleurent ma peau quand il le noue sur ma nuque et ce simple contact suffit à me donner la sensation que mes jambes vont se dérober.

Les membres du personnel de cuisine nous font de la place devant l'îlot central.

– Je vous en prie, monsieur Carmichael, c'est avec plaisir. Voulez-vous couper le pamplemousse en tranches ?

J'ai l'impression qu'ils sont aimables mais qu'ils auraient préféré que la cuisine reste réservée au personnel. Malgré tout, c'est agréable d'être accueillis dans une cuisine en pleine activité.

– Volontiers.

Je souris à Henri quand il pose deux pamplemousses devant nous, puis je prends une planche à découper, un couteau, et je commence à couper des tranches avec précaution. Je suis un peu maladroite, mais très heureuse.

Je regarde Cullen commencer par éplucher son pamplemousse et je me sens un peu lésée.

– Menteur, dis-je à voix basse avec un petit rire.

Il rit tout bas, lui aussi.

– Quoi ?

– Tu sais cuisiner.

– J'ai presque toujours été célibataire, je n'ai pas toujours eu la stabilité financière… pas jusqu'à récemment… Évidemment que je sais cuisiner, me murmure-t-il à l'oreille.

Je ferme les yeux. Je suis sortie avec un chef, j'ai failli me marier avec lui et pas une seule fois je ne me suis tenue à ses côtés pour préparer le dîner avec lui.

Je crois que Cullen avait prévu de me courtiser avec un repas raffiné, avec sa splendide maison. Bien sûr, tout cela est envoûtant, mais ce qui me chamboule réellement, c'est la façon dont il se moque gentiment de ma maladresse tandis que je découpe mon pamplemousse, son souffle caressant mon oreille et la façon dont sa main frôle la mienne quand il repose son fruit parfaitement épluché. Il vient alors se tenir derrière moi et m'aide à couper le mien. J'ai soudain pleinement conscience qu'il serait extrêmement facile de tomber follement amoureuse de cet homme, de ce joueur professionnel torride, de ce dieu Carmichael. Cette soirée le montre sous un jour absolument irrésistible.

Après avoir savouré un festin de rois, nous nous dirigeons vers la terrasse, où un feu brûle dans un brasero. Des étincelles s'élèvent dans l'air et le bois crépite en se consumant.

– Je pourrais jurer avoir entendu un coyote.

– Tu es en sécurité ici.

Bien sûr. C'est un quartier résidentiel fermé.

Pour flatter son ego, je réponds :

– Évidemment. Je t'ai à mes côtés.

Je passe mon bras sur le sien tandis que nous marchons.

– Un jour, je t'emmènerai dans le Grand Canyon.

Je lève les yeux vers lui. *Prévoit-il un autre rendez-vous ? Peut-être un autre séjour à Las Vegas ?*

C'est agréable de l'entendre faire des projets. Emmett ne voulait jamais rien prévoir, ce qui aurait dû me mettre la puce à l'oreille.

Nous arrivons sur la terrasse confortable et je retire mes sandales avant de grimper sur une méridienne douillette. C'est tellement facile de faire comme chez moi quand je suis avec Cullen.

Il s'allonge sur le dos et cela me paraît tout naturel d'être couchée là, tournée vers lui. Ses doigts se referment sur ma hanche et il m'attire plus près de lui.

Seigneur ! Sa chemise sent bon le bois et la terre, ses mains savent où se poser et comment me faire me sentir désirée.

– Cullen…

J'indique discrètement le personnel de maison qui débarrasse la table, derrière nous.

– Nous ne sommes pas seuls.

– Ils ont l'habitude.

– Oh, vraiment ? dis-je en riant. Ça, je veux bien le croire !

Il me regarde d'un drôle d'air avant de répondre :

– Je ne reçois pas ici, mais ils sont bien occupés par d'autres soirées privées.

– Oh… D'accord. Eh bien, je suis…

– Surprise que ton joueur professionnel ne soit pas le dingue que tu imaginais ?

Surprise, oui, mais surtout heureuse. Soudain, j'ai envie de l'embrasser et de voir son sourire s'élargir.

– Je vais vous embrasser, maintenant, monsieur Carmichael.

– Je t'attends, dit-il d'une voix rauque, s'écartant un peu de moi pour m'obliger à faire un effort.

Je m'appuie sur son épaule et pose mes lèvres sur les siennes. Notre baiser ne tarde pas à se faire explosif. Il a un goût de sel, de vin, de miel, de fruits et d'épices.

Sa langue danse brièvement avec la mienne, puis il me relâche et me passe un bras autour des épaules.

– Tu as passé une bonne journée, aujourd'hui ? Mike a veillé à ce que tu aies tout ce dont tu avais besoin ?

Il m'écarte les cheveux du visage.

Ce contact me trouble d'autant plus maintenant qu'il a l'air de n'être pas pressé, d'être décontracté.

– Il a été génial.

– Tu as prévu quelque chose pour demain ?

Je lui lance une œillade brûlante et, pour mon plus grand plaisir, il me la rend.

– Mike m'a dit qu'il prévoirait une partie de golf.

– Dans ses rêves, dit Cullen d'une voix tendue. Heureusement pour moi, tu ne joues pas au golf.

– Mais j'ai toujours eu envie d'apprendre.

– Vraiment ? demande-t-il d'un ton railleur. Dans ce cas, je vais devoir me libérer pour t'y emmener.

– Mais n'est-ce pas pour cela que Mike est là ?

– Mike touche un pourcentage sur mes gains. Il n'a pas besoin de l'avantage supplémentaire de ta compagnie.

– Ah… J'adore quand tu es jaloux.

– Dans ce cas, je suis horriblement jaloux.

Je ris, mais il me fait taire d'un baiser fougueux. Mon corps entier s'embrase sous ses yeux de chrome. Sa paume se pose contre ma tête tandis que sa langue écarte mes lèvres et m'invite à le goûter.

Quand nous nous écartons l'un de l'autre, il dit :

– Alors, demain, une manucure, peut-être une coiffure, encore un peu de shopping, et après-demain, le concert ?

– Si c'est ce que tu as envie de faire.

Il s'immobilise.

– Tu préférerais faire autre chose ?

– Je pense que tu le sais.

– Tu parles du pari ? me demande-t-il.

Je ne parlais pas du pari, mais il vaut probablement mieux que je fasse comme si c'était le cas.

– Oui…

Je rougis et détourne le regard.

Il plisse les yeux comme s'il essayait de voir si je mens ou non.

– Tu m'as regardé jouer. Demain, je t'emmène quelque part où tu pourras me montrer ce que tu fais, toi, dit-il d'une voix grave, insondable.

Étonnée, je sens mon cœur faire un bond dans ma poitrine.

– Ce serait sympa…

Je le regarde d'un air malicieux. Son expression est indéchiffrable, alors que la mienne est un livre ouvert ; je suis surexcitée à l'idée de me balader et d'admirer des œuvres d'art.

– Je vais gagner notre pari, dis-je d'un ton joyeux.

Je souris.

Il me rend mon sourire et me caresse le menton, sans chercher à me contredire.

* * *

Sur le chemin du retour jusqu'à l'hôtel, j'ai sommeil à cause du repas copieux que j'ai savouré. Je pousse un petit gémissement et laisse échapper un petit rire en repensant à tous les plats auxquels j'ai goûté, ceux que nous avons participé à préparer et les autres.

– Je ne rentrerai pas dans ma petite robe noire porte-bonheur, demain, dis-je dans un murmure, vaguement inquiète.

Cullen me regarde et, le sourire aux lèvres, lève une main pour passer son pouce sur ma joue.

– Pas de problème. C'est toi, mon porte-bonheur, pas ta robe.

Je souris et suis tentée de l'embrasser, de le dévorer. Je viens d'engloutir le contenu de son réfrigérateur pour le dîner, mais la voracité qui m'anime soudain est plus impitoyable que la faim. Cet appétit-là semble être insatiable. J'ai peur ne serait-ce que d'essayer.

J'en meurs d'envie, mais je ne me jette pas sur lui, et j'en suis assez fière. J'étais tellement facile, autrefois ! Un bon dîner, et un gars avait accès à tout : mon corps, mon esprit, mon cœur. La vie m'a appris à faire autrement. Aujourd'hui, j'ai passé la journée la plus inoubliable de ma vie, à être courtisée, et je me surprends moi-même à avoir la volonté de lui refuser mon corps et mon cœur.

Il faut croire que j'ai appris la leçon. Ou alors… c'est parce que c'est l'homme le plus dangereux que j'aie jamais fréquenté. À côté de lui, Emmett et la façon dont il m'a blessée semblent des enfantillages. À chaque instant, je sens que je risque un peu plus d'être happée par cette tornade ténébreuse qu'est Cullen Carmichael. De plus, il y a quelque chose chez cet homme qui me titille dans mon amour-propre, qui me pousse à prouver ma valeur, à faire de mon mieux. Et puis, j'ai un pari à gagner.

Maintenant que j'ai vu tout ce que Las Vegas avait à offrir, je ne suis plus sûre que Cullen trouve mon travail aussi exaltant et palpitant que cela. Malgré tout, je rêve secrètement qu'il apprenne à aimer l'art autant que moi.

Cette nuit-là, quand nous arrivons dans notre suite, je me dirige vers la salle de bains. Quand j'en ressors, je le trouve devant son ordinateur portable, dans le salon. Je vais chercher une bouteille d'eau dans le réfrigérateur. Je suis épuisée, physiquement, mais une partie de moi n'a pas envie d'être seule dans ma chambre.

J'hésite, me demandant s'il est fatigué aussi.

Puis je me dis que nous avons encore plusieurs jours devant nous et que je vais avoir besoin de toute mon énergie le lendemain.

– Je vais me coucher, dis-je. Bonne nuit.

– Attends.

Il lève les yeux de son écran, pose son ordinateur portable et s'approche de moi.

– Tu t'es bien amusée, aujourd'hui ?

– Oui, beaucoup, dis-je avec un grand sourire. J'ai passé une très bonne soirée. Merci.

Il contracte la mâchoire d'un air pensif sans cesser de me regarder.

– Bonne nuit, alors, dit-il d'une voix râpeuse.

Il pose une main sur ma nuque et plaque sa bouche sur la mienne. J'écarte aussitôt les lèvres, avide de ce contact. Nous nous goûtons mutuellement. Nous avons tous deux un goût de gâteau menthe-chocolat, de café et de framboises. Quand il s'écarte de moi, je me passe la langue sur les lèvres, prends une profonde inspiration et me répète que ce n'était qu'un de ses baisers amicaux.

Je n'y crois plus.

Cullen prend sa veste, la jette sur son épaule et se dirige vers sa propre chambre. Je le regarde s'éloigner, regrettant qu'il ne m'embrasse pas une dernière fois pour me dire bonne nuit. Je voudrais qu'il m'apprenne à bluffer, à suivre et à relancer.

– Carmichael ! Je parie que tu ne peux pas m'embrasser et t'éloigner de moi une deuxième fois.

Voilà. Je l'ai dit. Il s'arrête net. Quand il se retourne, je frémis en voyant ses yeux gris, son expression pénétrante, son corps tendu.

– Fais attention quand tu invites un joueur à une nouvelle partie, dit-il d'une voix rauque et d'un ton de mise en garde.

Pourquoi est-ce encore plus excitant ?

– Je n'ai pas peur.

Cependant, mon cœur bat la chamade dans ma poitrine.

Cullen sourit et jette sa veste avant de revenir vers moi et de passer ses mains autour de mes hanches pour m'attirer tout contre lui.

– Tu devrais, bébé…

– Avec toi ? Jamais, dis-je, haletante. On peut amener un homme à la tentation, ça ne veut pas dire qu'il y cédera.

– Oh, je vais y céder…

Il m'embrasse dans le cou, me dépose un baiser sur la joue, un autre sur le front.

– … encore et encore.

– Cullen…

Je prononce son prénom dans un souffle, fébrile.

Il n'a pas terminé. Sa bouche s'approche dangereusement de la mienne.

– Tu n'as pas bien compris, mon chou…

Il fait glisser ses lèvres sur ma joue, me murmure à l'oreille :

– Une fois que je serai entre tes cuisses, plus rien ne pourra m'arrêter.

– Espérons qu'il n'y aura pas une partie importante, ce soir-là, dis-je pour flirter en lui souriant.

J'ai tellement envie de lui que je devine presque son goût, sa douceur et son piquant. Quand il lève les yeux au ciel comme pour dire que même la partie la plus importante du monde ne l'arrêtera pas une fois qu'il aura commencé, je le désire comme je n'ai encore jamais désiré personne.

Je veux les coups de reins, les glissements, les retraits, les mordillements, les petits jeux.

Je veux tout cela. Je le veux, *lui*, tout entier.

Bon sang ! Pourquoi ai-je fait ce pari ? Ai-je envie de gagner ou de perdre ?

Je tremble. Il penche la tête vers moi, obligeant mes lèvres à s'entrouvrir, puis il s'écarte de moi, pour mieux revenir ensuite, sa bouche rencontrant la mienne, ses lèvres fermes, chaudes et pulpeuses trouvant les miennes.

C'est une exquise torture, de la plus douloureuse et de la plus merveilleuse sorte. Il me mordille, et je lui rends la pareille, jusqu'à ce que, d'un mouvement fluide, il m'attire brusquement vers lui et écrase ma bouche sous la sienne. Son baiser est plein de désir et absolument torride. Ses doigts se glissent dans mes cheveux et il me maintient immobile tout en me dévorant la bouche comme lui seul peut le faire.

Nous nous embrassons, nous goûtons, nous respirons l'un l'autre encore et encore. D'un mouvement terriblement séduisant, il se penche et me soulève dans ses bras. Il m'emmène sur le canapé et je suis déjà tellement excitée que je me demande pourquoi il veut commencer là. Je ne protesterais probablement pas s'il m'emmenait dans sa chambre.

Au lieu de cela, nous restons ici et il m'embrasse follement, tout son corps suppliant le mien de réagir, ses lèvres m'apprenant à désirer comme je n'ai jamais désiré aucun homme.

Ses lèvres effleurent le contour de mon oreille et son corps est plaqué contre le mien, son membre palpitant contre ma cuisse tandis qu'il me donne baiser après baiser.

Oh, cet homme ! Je pourrais m'habituer à ceci. À *lui*.

Je lève le menton et il promène alors ses lèvres sur ma poitrine. Ses mains enserrent les miennes, il me maintient les bras au-dessus de la tête, bloquant mon corps sous le sien.

– Cullen…

Il s'écarte de moi avant de baisser à nouveau la tête pour me déposer un autre baiser sur les lèvres.

– Tu n'as qu'un mot à dire et j'arrête, mais tu ferais mieux de trouver un moyen de m'arrêter rapidement si tu ne le fais pas tout de suite.

J'hésite, haletante. Grisée par lui, par le pouvoir que sa passion me donne.

– J'ai gagné, dis-je d'une voix voilée par le désir, avec un grand sourire, et pas parce que je me soucie d'un pari stupide.

Ce n'est pas le cas. Ce dont je me soucie, c'est de séduire le joueur professionnel. Attirer l'homme.

– Tu ne peux plus t'éloigner de moi, maintenant, hein ?

Je pose la question dans un souffle, priant pour que ce soit le cas.

Il me regarde, les yeux plissés, appuie son front contre le mien et prend une profonde inspiration saccadée.

– Wynn, gronde-t-il de son ton de mâle dominant, déposant un dernier baiser sur le lobe de mon oreille.

Il s'écarte de moi et je remarque qu'il le fait avec une grande réticence. Il recule peu à peu et, encore plus lentement, je me redresse et le laisse m'aider à me relever tant que je peux encore m'en aller, avant de changer d'avis et de le supplier de ne pas s'arrêter.

– Ne prends jamais part à une nouvelle partie à moins d'être sûr de gagner, dis-je d'un ton badin, me penchant vers lui pour caresser du bout de l'index ces lèvres dont je ne peux plus me passer.

– Tu es une allumeuse…

Il aime ce petit jeu, je le vois bien : son sourire le trahit.

– … mais tu es une superbe allumeuse, la Rouquine.

– J'ai gagné. Tu aimes que je te batte à ton propre jeu, n'est-ce pas ?

Je le regarde fixement et il soutient mon regard avec une lueur amusée mais ardente dans les yeux.

– Je ferai de toi une joueuse.

– Tu aimes mon visage impassible, c'est tout.

Il me regarde de la tête aux pieds d'un air lourd de sous-entendus.

– J'aime tout ce que je vois, mademoiselle Watson.

Je sens mes joues s'empourprer.

Il tourne les talons pour regagner sa chambre et je me dirige vers la mienne, faisant un véritable effort pour ne pas me retourner. C'est sans succès. Je finis par regarder en arrière et mon ventre se noue comme si nous étions sur des montagnes russes quand je m'aperçois que Cullen a les bras grands ouverts, les mains posées de chaque côté du chambranle de la porte. Peut-être hésite-t-il, lui aussi, peut-être se demande-t-il jusqu'où pousser notre pari.

– À demain, Carmichael.

Il appuie le menton sur son épaule. Il a l'air plongé dans ses pensées.

– Celui-là, ça ne me dérangerait pas de le perdre.

– Un bon joueur sait quand s'arrêter, dis-je.

– En l'occurrence, tu aurais dû rester et jouer, bébé.

L'insistance et le désir ardent dans sa voix rauque me troublent un peu trop. Tous mes sens sont en éveil alors que je repense à ses baisers, ses caresses. Je sais ce que je rate, mais j'ignore combien de temps encore je vais réussir à m'en priver.

Je souris et le regarde disparaître avec un pincement au cœur, puis je me force à aller prendre ma douche et à enfiler mon pyjama de soie. Je m'allonge et j'essaie de ne pas penser à aujourd'hui, mais je m'agite dans mon lit. Je me tourne et me retourne, dévorée par l'adrénaline de Las Vegas et par tous ces baisers incroyablement torrides. J'en veux encore, je veux plus de Cullen Carmichael, mais je ne sais pas comment m'y prendre.

Je voulais un dérivatif. Quelque chose pour me changer les idées.

Mais j'ai trouvé bien plus que cela. C'est une bombe sexuelle et je ne sais pas si la laisser exploser serait une bonne ou une mauvaise chose. Je mise sur les deux.

Chapitre 8
FLUSH

WYNN

Le lendemain, nous prenons un petit déjeuner tardif et, dès que nous arrivons au casino, je lui fais part de mes projets.

– Je vais me mêler à la foule.

– Vas-y, amuse-toi !

Il me tend un jeton.

– Je n'ai vraiment pas besoin de…

– Nous sommes à Las Vegas.

– Et…

– Tu m'accompagnes.

– Ça se discute. Théoriquement, nous avons juste fait un pari…

– Tu es à Las Vegas, Wynn.

– Et alors ?

– Alors, va gagner de l'argent.

Il me dépose un baiser sur les lèvres.

Naturellement, je le lui rends, mais j'écarquille aussitôt les yeux en prenant conscience de ce que je viens de faire.

Je l'entends soupirer et ses mains, qui s'étaient posées sur mes épaules sans que je m'en aperçoive, se serrent instinctivement quand mes lèvres touchent les siennes.

Surprise par l'étincelle qui se propage du point de contact jusqu'à mes orteils, je me laisse retomber sur mes talons et soutiens son regard avec un sourire qui n'est pas aussi timide qu'on pourrait le croire. À vrai dire, j'ai un sourire assez coquin. Comme le sourire et le regard de braise de Cullen.

Je passe les quelques heures qui suivent à faire du lèche-vitrines et à admirer les vêtements exposés, puis je réponds à quelques e-mails de mon assistante. Je me dirige ensuite vers les machines à sous, je joue dix dollars et je suis contente d'obtenir enfin un bon de huit dollars. Cela signifie que je n'ai perdu que deux dollars après avoir joué pendant plus d'une heure. *Youpi, Wynn !* Je n'ai peut-être pas autant de chance que Cullen le pense, mais je ne suis pas non plus si malchanceuse que cela.

Quelques heures plus tard, je me tiens à la table de craps, observant avec curiosité ce qui se passe devant moi, quand je sens ses bras se glisser autour de ma taille.

– Salut, ma jolie… Tu veux jouer ?

– Oooh… C'est la proposition la plus excitante que j'aie entendue depuis mon arrivée à Las Vegas, dis-je pour lui faire du charme. Tu vois, je dors seule depuis le début, et quant à ce qui se passe à Las Vegas, eh bien, cela peut aussi bien rester à Las Vegas, parce qu'il ne se passe rien sous mes draps.

Je parle à voix basse pour qu'il soit le seul à m'entendre. Tout en m'écoutant, il me berce doucement d'un côté à l'autre et je sens son corps puissant contre le mien et son sexe rigide pressé contre mes fesses.

Il resserre son étreinte autour de ma taille, prend une profonde inspiration et murmure :

– J'étais censé retrouver une belle jeune femme pour le déjeuner, mais si je peux t'aider… à réchauffer un peu ces draps… je peux peut-être remettre ce déjeuner à plus tard.

Je tourne sur moi-même pour lui faire face.

– Tu es terrible !

Sans réfléchir, je lui dépose un baiser sur les lèvres, comme celui que nous avons échangé après le petit déjeuner, et je me demande ce qui m'arrive.

Ce qui *nous* arrive.

La question tourne encore dans ma tête quand nous entrons dans le restaurant où Cullen a réservé une table le matin même. Il me prend par la main et m'entraîne. Je le laisse faire. Il y a quelque chose chez cet homme auquel on ne peut résister. Et c'est agréable, cela me donne l'impression d'être protégée.

– Callan ? fait soudain Cullen.

Je lève la tête, et j'aperçois le frère de Cullen, Callan, avec l'une de mes meilleures amies, Olivia Roth, maintenant devenue Olivia Carmichael. Le couple est assis à une table un peu plus loin, et tous deux semblent aussi étonnés que nous. Ils se lèvent en nous voyant, et elle et moi nous jetons dans les bras l'une de l'autre.

– Livvy ! Je ne savais pas que tu étais en voyage de noces à Las Vegas !

Nous sommes tellement contentes de nous voir que nous sautillons sur place, mais notre joie débordante laisse vite la place à leur curiosité.

Livvy nous regarde tour à tour, Cullen et moi, et un sourire perplexe se dessine sur ses lèvres.

– Ce n'est pas le cas. Nous ne passons que deux jours ici avant d'aller à Los Angeles, puis aux îles Fidji. Que fais-tu ici, *toi* ? me demande-t-elle.

Je me tape Cullen.

Je lance à Cullen un regard furtif, ne voulant pas qu'il donne la moindre explication.

– C'est une longue histoire, dis-je.

– Je peux résumer, intervient-il. Nous nous sommes mis au défi de…

– Nous nous sommes mis au défi de découvrir le métier l'un de l'autre, et… oh, bah ! C'est idiot.

– Mon frère est loin d'être un idiot, dit Callan, stoïque et grave.

Il n'esquisse pas l'ombre d'un sourire.

– Eh bien, ce pari-ci l'est, idiot. Il ne peut pas s'empêcher de parier sur tout et rien. Enfin, bref ! Félicitations !

Je serre à nouveau Livvy dans mes bras tandis que les hommes se rapprochent de la table des jeunes mariés.

– Venez, asseyez-vous avec nous !

Elle me prend la main et m'entraîne avec elle. J'hésite.

– Oh, non, nous ne pouvons pas faire ça…

– Cullen ? Dis quelque chose, intervient Callan.

– Pourquoi ? demande Cullen. Elle se débrouille très bien.

Il me lance une œillade qui veut à la fois tout dire et ne rien dire du tout.

Livvy et Callan le remarquent.

Je remarque quelque chose, moi aussi. Cullen et moi nous entendons comme larrons en foire, comme deux larrons qui s'embrassent, comme des amis partageant un secret. De *bons* amis.

C'est comme si nous étions une île à nous tout seuls.

Cette pensée me fait rougir et j'ai douloureusement conscience de mes joues cramoisies, des yeux posés sur moi, de la façon dont Cullen me regarde, avec un nouvel étonnement, comme s'il devinait à quoi je pense.

Il me tire une chaise, a un sourire en coin quand j'hésite à m'asseoir. D'ailleurs, pourquoi est-ce que j'hésite ? Suis-je gourmande au point de vouloir garder Yeux d'argent pour moi toute seule pour mes deux dernières journées à Las Vegas ?

Alors que la réponse à cette question s'impose à moi, je fais la moue et m'assieds. Je décide de manger quelque chose, songeant que cela m'aidera à dissiper le trouble dans lequel je suis plongée quand le genou de Cullen frôle le mien sous la table.

* * *

CULLEN
Deux heures plus tard

– Explique-toi.

– La situation s'explique d'elle-même.

– Explique-la avec des mots.

– Elle est disponible.

– Physiquement. Sur le plan émotionnel, laisse-la tranquille, Cullen. C'est une fille bien, et elle est blessée.

– Je sais qu'elle est blessée. C'est pour ça que nous sommes ici. Elle mérite de l'oublier. Je fais mon possible pour qu'elle l'oublie.

– Tu la laisses se servir de toi pour qu'elle…

– Non, pas *se servir de moi.*

– Quoi, alors ?

– Je profite de sa compagnie, et elle profite de tous les avantages qu'il y a à être avec moi.

Je fais un clin d'œil à mon frère. Il précise :

– C'est une amie.

– Elle pourrait être plus que cela.

Callan a l'air perplexe.

– Je voulais dire que c'est une amie *pour moi.* Je la connaissais avant de sortir avec Livvy.

– Et alors, je ne peux pas embrasser une amie de la famille ?

– Tu l'as *embrassée* ? s'écrie-t-il, se passant la main dans les cheveux.

– Seigneur ! Je n'arrive pas à croire que tu me demandes ça… Je ne l'ai pas amenée ici pour me contenter de la regarder.

– Eh bien, tu aurais peut-être dû envisager cette possibilité.

– Et toi, tu devrais peut-être te rappeler que je ne t'ai pas coaché quand j'étais sur la touche et que je vous regardais, Liv et toi.

– Tu ne regardais pas un train dérailler.

– C'est comme ça que tu me vois ?

Je suis un peu vexé, mais il faut dire que Callan ne m'a jamais vu dans mon élément. Il ne sait que ce que ses amis lui ont dit : que les flambeurs sont des causes perdues.

– Tu vas lui faire du mal.

– Et si ce n'était pas le cas ?

Je réprime ma réticence à donner à mon frère les faits tels que je les connais.

– Et si je ne lui faisais pas de mal ? Si nous passions du bon temps ensemble ? Et, plus important encore, si la situation échappait à notre contrôle et que nous nous apercevions que nous ne pouvons plus nous passer l'un de l'autre ? Et si ça marche, peut-être que nous tomberons amoureux l'un de l'autre et que nous aurons droit à notre heureux dénouement, nous aussi !

Callan me regarde d'un air incrédule.

– Oh mon Dieu… Est-ce que tu t'entends ?

– Quoi, encore ?

– Tu es en train de tomber amoureux d'elle. Et vite. Mais ça n'en demeure pas moins une chute. Tu ferais mieux de t'y préparer, Cullen.

– Je ne suis pas…

Je m'interromps et réfléchis. Wynn a déjà connu un homme qui ne tenait pas parole. Je ne serai pas ainsi.

– Tu n'es pas quoi ? me demande Callan, sortant un paquet de Marlboro et s'allumant une cigarette.

Il me la présente pour m'offrir une taffe.

Je secoue la tête.

– Je croyais que tu avais arrêté ?

Il hausse les épaules.

– Les situations stressantes me poussent à fumer. Las Vegas aussi.

Il affiche un grand sourire, les yeux pétillants.

Quant à moi, je ne saurais dire si je refuse la cigarette ou si je secoue la tête d'incrédulité à cause de ce que je m'apprête à admettre.

– Je ne nierai rien.

Callan m'observe, les yeux plissés, laissant lentement échapper la fumée entre ses lèvres. Il baisse la voix.

– Tu peux être plus précis ? Parce que Livvy va me poser mille questions sur le sujet.

– C'est peut-être la bonne. Je pourrais tomber amoureux d'elle.

Peut-être le suis-je déjà.

– Ce qui va se passer ensuite, l'avenir le dira.

Je contracte la mâchoire et me laisse aller en arrière sur ma chaise, puis je prends la cigarette de mon frère et tire une longue bouffée.

– Putain, Cullen ! C'est pire que je l'imaginais.

Il récupère sa cigarette et tire dessus.

– *Pire ?*

Je secoue la tête.

– *Mieux*, tu veux dire ! dis-je avec un petit sourire satisfait.

Mon frère essaie de trouver les mots justes, mais il n'y arrivera pas car je ne lui laisserai pas d'autre occasion de le faire.

Je ne renoncerai pas. Pourquoi le ferais-je ?

Je la veux.

Et j'obtiens toujours ce que je veux.

Wynn et moi passons d'excellents moments ensemble, et il y a une alchimie entre nous, une attirance brûlante, et… *Bon sang !* Elle devrait avoir fini sa conversation avec Livvy, maintenant. Je ne sais pas si Livvy encouragera Wynn à remettre en question ses décisions, mais si elle le fait, je serai là pour rappeler à Wynn ce qu'elle ratera si elle change d'avis.

Elle ne peut pas partir. Elle ne partira pas.

J'en suis sûr, car elle sait, tout comme moi. Il y a quelque chose entre nous. Quelque chose qui va plus loin que le jeu et l'argent, plus loin que l'art et le poker, et même plus loin que le prix qui nous attend, en fin de compte.

Nous n'en avons pas encore fini.

* * *

WYNN

– Bon, j'y vais. Cullen a besoin de moi.

Je me lève, prête à partir. J'ai misé dix dollars au black jack et j'en ai perdu cinq.

Je ne suis pas une perdante. Je suis un porte-bonheur.

Je souris à cette idée, mais ma joie s'estompe quand je regarde autour de moi et que je ne vois ni Cullen, ni Callan. Et si Callan incitait Cullen à m'éviter ? Et si Cullen l'écoutait ?

Et s'il décidait de me renvoyer chez moi ce soir même ?

Calme-toi, Wynn.

Cela n'arrivera pas. Pense à l'île ! Tu n'es pas sur un bateau perdu en pleine mer. Tu es une seule femme. Il est un seul homme.

Vous passez du bon temps. Vous avez fait un pari. Le fait d'avoir croisé Livvy et Callan ne changera rien à cela.

Je prends une profonde inspiration.

– Hé, Wynn ? Je te parie que si tu lui fais gagner un million de dollars ce soir, il saura te manifester sa reconnaissance au lit, me taquine Livvy, laissant un jeton rouge au donneur en se levant pour partir.

– Personne ne couchera avec personne ce soir, à part toi et ton mari, dis-je, les yeux plissés.

Livvy sourit effrontément.

– Bien sûr ! C'est aussi ma première fois à Las Vegas… Nous menons la grande vie !

– Je le vois bien, Livvy… Je vois à quel point tu aimes cet homme.

– Non, mais, plus sérieusement, Wynn…

Elle me retient. Son expression est grave, maintenant. Je m'arrête.

– Amuse-toi, mais fais attention à toi. Pose certaines limites. Tu te sens capable de faire ça ?

À en juger par son air penaud, elle croit que c'est impossible.

– Crois-moi, les limites sont posées. Cullen n'est pas du genre à tomber amoureux et je ne m'autoriserai jamais à tomber amoureuse d'un mec comme lui. Honnêtement, je veux juste arrêter de souffrir… et je m'amuse comme une folle. Réjouis-toi pour moi !

– D'accord. Oh, et si tu veux le mettre en rogne, demande-lui de danser avec toi. Callan dit qu'il déteste ça.

Elle pousse un soupir, visiblement soulagée.

– Il a l'air de bien t'aimer.

– Tu crois ?

– Évidemment ! Comment pourrait-il en être autrement ?

Avant que j'aie pu répondre, elle ajoute à voix basse :

– Quand on parle du loup…

Je fais volte-face et me trouve face à Cullen. Il a l'air courroucé. Pas vraiment *courroucé*. Il nous regarde simplement avec les sourcils froncés, comme si notre conversation l'intriguait.

Et ce regard est viril et possessif. Il semble prendre son temps pour me détailler de la tête aux pieds, comme s'il trouvait que j'avais changé, en quelque sorte, depuis que nous nous sommes séparés.

– J'espère que je vous interromps.

Il me prend la main comme si sa place était dans la sienne.

– Effectivement !

– Tant mieux. Désolé, Livvy. Wynn va très bientôt être occupée.

Je grogne et lui lance un regard d'avertissement.

– Nous allons aux tables, maintenant ?

– Pas si nous n'en avons pas envie.

Il m'entraîne avec lui. Je jette un coup d'œil par-dessus mon épaule avec nonchalance et fais un signe à Liv.

– Attends… Tu m'as arrachée à ma meilleure amie uniquement parce que tu ne veux pas me partager ?

– Je t'ai suffisamment partagée comme ça, répond-il, entrelaçant ses doigts aux miens en marchant. J'ai bien mérité un peu de temps seul avec toi.

Est-ce qu'il vient de… me revendiquer ?

J'espère vraiment ne pas être en train de rougir.

Je lui donne un petit coup de coude espiègle, mais j'aurai beau le taquiner, je ne pourrai pas ignorer le petit frisson d'exaltation qui me parcourt.

– Tu es obsessionnel, superstitieux et tu es un flambeur. Pas étonnant que tu sois célibataire ! Oh, et tu ne *danses* même pas…

– Tu as raison sur toute la ligne.

Il n'a pas l'air d'être le moins du monde perturbé. Plus je parle, plus il s'approche de moi.

Il s'arrête pour commander des boissons au bar.

– Je vais juste prendre un thé glacé, dis-je quand il me demande ce que je veux. Merci.

Il me tend mon verre et prend son whisky sur le comptoir, puis il m'entraîne vers une table.

– Livvy m'a mise au *défi* de te faire danser.

– Personne ne me fera danser. Je suis complètement nul, comme un oiseau sans plumes. Incapable de voler. Je n'ai ni le sens du rythme, ni l'envie.

Il me lance un regard d'avertissement tandis que nous prenons place à une petite table ronde.

– Ne t'imagine pas un seul instant que j'essaierai un jour.

– Oh, je sais comment te faire danser !

Il secoue la tête avec un sourire indulgent.

Je fais tourner ma paille dans mon verre.

– Avec un pari.

Il y a un silence. Je lève les yeux vers lui.

Yeux d'argent me regarde bizarrement.

Il hausse lentement un sourcil, puis l'autre, encore plus lentement.

– Vilaine !

Il rit comme s'il n'arrivait pas à croire que j'aie osé dire une chose pareille.

– Tu vois ? dis-je avec un grand sourire.

– Tu es diabolique.

– Je connais ton point faible.

Il pose un pied sur le barreau de ma chaise et se penche en avant, un coude sur le genou. Un sourire se dessine sur ses lèvres, un sourire qui ferait fuir le diable.

– Combien ? Que parions-nous ?

Des signaux d'alarme commencent à se déclencher dans ma tête, mais je m'amuse bien trop pour faire machine arrière. Et puis, j'ai vraiment envie de l'obliger à danser.

– Nous parions…

Je réfléchis, me demandant ce qui pourrait le tenter le plus.

– Dis-moi ce qui te pousserait à aller sur la piste de danse, dis-je en lui donnant un petit coup de coude et en indiquant la piste.

Il lève vivement la main et la referme autour de la mienne, enveloppant mes doigts de sa chaleur. Ce geste brusque me fait sursauter et lever les yeux vers lui.

– Te faire l'amour. Toute la nuit, répond-il d'un air entendu.

– Non. Mais je veux bien passer la nuit avec toi. Dans un lit. Juste pour dormir.

Ce serait agréable, pour être honnête. C'est une proposition égoïste de ma part.

– Qu'est-ce que tu portes ?

Je jette un coup d'œil à mes vêtements.

– Pour dormir, chérie, précise-t-il, levant les yeux au ciel.

Je sens mes joues s'empourprer.

– Oh… Un pyjama.

– Mauvaise réponse.

– D'accord, alors une petite culotte et un tee-shirt.

– Non plus.

– Très bien. Je vais me lâcher et oublier les vêtements. Tous, sauf mes sous-vêtements. À condition que tu danses avec moi.

– Tu mettras la lingerie qu'on a achetée hier.

– Non.

– Si. Ce n'est pas sujet à discussion.

Il se lève lentement, m'entraînant avec lui.

– Tu n'as pas demandé. Tu as supplié.

Je rougis encore. *Bon sang !* Je fais comme si c'était à cause de l'éclairage et je passe à côté de lui pour me diriger vers la piste de danse.

Il me fait tourner sur moi-même, puis il m'attire entre ses bras, et en sentant la chaleur de son corps tout contre le mien, j'ai soudain l'impression que je vais défaillir. Il m'empoigne les cheveux et me force à le regarder. Une lueur ardente brille dans ses yeux, mais j'y perçois autre chose. Une question, qui disparaît dès que j'entrouvre les lèvres avec espoir.

S'il te plaît…

Il jure tout bas dans un sifflement, puis ses lèvres se posent sur les miennes et sa langue se glisse dans ma bouche avec vivacité, ardeur, passion.

La musique change et la chanson *100 Years* s'élève des haut-parleurs. Il s'écarte un peu de moi et me regarde d'une telle manière que je suis parcourue d'un frisson.

– Pour un homme qui ne danse pas, tu t'y prends parfaitement.

– Tu trouves ?

– Tu danses très bien.

– Je n'aime pas danser. Ne me demande pas pourquoi, je n'aime pas ça, c'est tout… Je n'ai jamais aimé.

Il ralentit la cadence, me passe un bras autour de la taille et me plaque contre lui dans une étreinte qui me fait à la fois frémir et gémir.

Je me tortille en vain dans ses bras tandis qu'il m'embrasse de plus belle, et je lui rends son baiser, désireuse de le toucher, de le presser encore plus étroitement contre moi.

Il se libère, les narines dilatées, les yeux plissés.

– Comment fais-tu pour me pousser à bout, comme ça ? Hein ?

– Je… Je ne sais pas.

– Quel est ton secret ?

– Il n'y a pas de secret.

J'ai l'impression que tout autour de nous vient de disparaître, comme si c'était la fin du monde et que nous étions à la veille d'une invasion de zombies, mais que nous n'avions pas peur car nous étions là l'un pour l'autre. Même si nous nous transformions en morts-vivants, nous trouverions notre voie ensemble.

– À quoi penses-tu ?

– Il vaut mieux que tu ne le saches pas, je t'assure ! dis-je en riant.

– Si c'est si drôle que ça, je veux absolument le savoir.

– C'est comme si nous étions seuls au monde…

Je laisse de côté les zombies, finalement.

Il balance les hanches.

Une fois.

Deux fois.

Le plaisir commence à bouillonner en moi. J'ondule du bassin avec lui, me cramponnant à lui et lui empoignant les cheveux pour l'attirer vers moi et l'embrasser avec fougue.

Je ne saurais pas dire ce qui se passe tandis que nous bougeons comme cela, mais soudain, mon monde s'embrase et s'effondre, et plus rien n'existe en dehors du plaisir qui me submerge. Je ne sais même pas s'il me suit ni pendant combien de temps j'ai perdu le contact avec la réalité, mais quand je réintègre mon corps, son baiser est profond et lent, et il absorbe mes cris.

– Tu n'es pas si mauvais, dis-je dans un souffle.

– Vraiment ? Je n'avais pas remarqué…

Sa voix est rauque, son regard, intense.

– Ah bon ?

Il secoue lentement la tête.

– Ce que j'ai remarqué, c'est que tu es haletante et que tu as les joues toutes rouges.

Il penche la tête pour me murmurer à l'oreille :

– Tu viens de jouir entre mes bras.

Je lève les yeux vers lui et, pantelante, dans un murmure, admets avec audace :

– Et je ne me suis pas retenue.

Sa force émane de son corps entier tandis qu'il me serre plus étroitement contre lui, posant sur moi son regard pénétrant, les yeux plissés.

Je sens ma gorge se serrer. Il m'agrippe plus fermement la taille et me dépose un baiser sur la tempe avant de me murmurer à l'oreille :

– Tu en veux encore ? À quoi penses-tu ? Qu'est-ce qui t'a excitée à ce point, hmm ?

Je déglutis difficilement, à bout de souffle, toute molle entre ses bras.

– Gagner.

Je lève le menton d'un air de défi, mais je n'arrive pas à masquer le bruit de ma respiration haletante.

– Non. Pas gagner.

– Si, gagner notre pari.

– Tu veux vraiment sentir ma bouche entre tes cuisses, hein, la Rouquine ?

Ses yeux pétillent et on dirait presque qu'il ronronne.

– Je… euh, non ! C'est une affaire d'ego !

– Ou l'affaire de ma bouche entre tes cuisses.

Il me saisit la main et m'entraîne jusqu'à une table de jeux libre.

– Viens ici. Assieds-toi. J'ai mieux à faire.

Il s'assied à la table.

Je lui rends son sourire et m'assieds à côté de lui.

Après ce qui vient de se passer et étant donné la façon dont je me suis abandonnée, je suis embarrassée. Je jette des coups d'œil nerveux autour de moi.

– Concentre-toi, dit-il.

– Sur quoi ?

– Sur moi, la Rouquine.

La gorge serrée, je reporte mon attention sur son visage indéchiffrable. Ses yeux brillent. Il se détend.

– Je vais jouer pour plus. Pour plus que cette nuit à dormir avec toi dans les bras.

– Pour quoi ?

– Trois minutes, ma langue dans ta bouche.

– Ah !

– C'est juste un jeu, la Rouquine.

– C'est plutôt la guerre.

– Pourquoi ?

– Eh bien, chaque fois que tu paries, tu perds soit de l'argent, soit des vêtements, soit de la dignité.

– C'est le principe de toute chose, dans la vie. Tout a un prix. Le prix pour gagner est de parier – parfois plus que ce qui te conviendrait pour être à l'aise. On ne gagne pas à tous les coups.

Il me fait me lever.

– Allons poursuivre cette conversation là-haut.

Il compose un numéro sur son portable.

– Oliver, retrouvez-moi devant les ascenseurs.

– Quelle est la perte la plus dévastatrice que tu aies essuyée ? lui demandé-je tandis que nous montons dans l'ascenseur avec Oliver, quelques secondes plus tard.

Oliver se racle la gorge.

– Je peux vous dire que ce n'était pas à une partie de cartes, mademoiselle.

– Merci, Oliver, gronde Cullen d'un ton cinglant, le regardant d'un œil noir.

– Je vous en prie, monsieur.

Oliver se tait et je me demande ce qu'il a voulu dire. Nous sortons de l'ascenseur et nous dirigeons droit vers notre suite, suivis d'Oliver.

– Chaque fois que je perds, je porte ça…

Cullen retire sa chemise blanche et la lance à Oliver, qui l'attrape en plein vol.

– Brûlez-la.

– Bien, monsieur.

– Apportez-moi quelques-unes de mes chemises noires. Trois ou quatre. Le noir me porte bonheur.

– C'est comme si c'était fait, monsieur.

– Ce sera tout, Oliver. Bonne soirée. Allez faire un bon dîner, mettez-le sur la note de la chambre et rentrez à la maison. Je vous appellerai si j'ai besoin de quoi que ce soit.

Il referme la porte derrière Oliver et me considère avec intérêt.

– Alors… où en étions-nous ?

– Nous disions que tu aurais dû être interné.

Je hausse les épaules d'un air sombre comme si je ne le taquinais pas.

– Non. Nous disions que tu étais bien trop habillée pour l'occasion.

Il me détaille de la tête aux pieds.

Il s'assied sur le canapé et se penche en avant tout en parlant.

– Un strip-poker. Nous jouons jusqu'au bout, et ensuite je mise tout pour avoir trois minutes avec ta bouche.

Je le regarde, bouche bée.

– Alors… si je gagne, dis-je enfin, tu te déshabilles ?

Je pose la question pour me dérober.

– C'est exact, nous jouerons pour des vêtements. Et ensuite, je jouerai pour ta bouche.

J'ai un rire sardonique.

– Il faudrait que tu ailles très loin pour en arriver là, et je ne te laisserai pas aller aussi loin. Vois-tu, je me sens en veine ce soir, moi aussi.

Je me garde bien de mentionner ce que j'ai perdu au black jack.

Ma malchance aux tables de jeux n'était pas *réellement* de la malchance : j'ai perdu uniquement parce que je n'arrêtais pas de penser à Cullen. À sa bouche. À ses yeux. À ses caresses.

Seigneur ! Qu'est-ce qui cloche, chez moi ?

Cullen a un sourire bien trop éclatant, bien trop troublant, un sourire qui semble vouloir dire : *C'est parti !*

Maintenant que nous sommes lancés, nous ne pouvons plus faire machine arrière. Il sort deux jeux de cartes et je m'assieds au bord de l'énorme canapé, m'agitant nerveusement tout en le regardant battre les cartes. J'ai l'impression de m'être enfermée dans cette suite avec un chat sauvage. Mon cœur bat la chamade, avec toute cette testostérone dans l'air.

Le mot *beau* est bien trop plat pour ce mec. Il est bien plus que cela. Plus ténébreux, plus dur, plus viril. Plus… irrésistible.

Terriblement sensuel, et j'ai accepté de jouer au strip-poker avec lui. Ce que je n'ai jamais fait de ma vie.

– Tu es à l'aise, comme ça ? me demande-t-il.

– Pas vraiment.

Il pose les yeux sur le sol et je m'assieds sur le tapis.

Il prend un plateau de jetons d'une valeur de cent mille dollars.

– Je n'ai pas cent mille dollars.

– Nous n'allons pas parier d'argent. Nous parions ce que nous avons sur le dos, comme je te le disais.

Il s'installe en face de moi et nous commençons à jouer.

Après trois manches, j'ai déjà enlevé mes chaussures et mon collier. Cullen n'a encore rien retiré.

Au cours des deux parties suivantes, je dois enlever ma robe et lui, sa ceinture.

Je suis en sous-vêtements. Il porte encore son pantalon et son maillot de corps.

Je suis de plus en plus concentrée sur la partie, et de plus en plus dénudée.

Je me fais peut-être des idées, mais je pourrais jurer que ses pupilles deviennent plus noires à chaque fois que je retire un vêtement.

Ma réaction physique à ce gars me stupéfie. Mon ventre se noue chaque fois que nous montrons nos cartes et que nos regards se croisent. Ma respiration, les battements de mon cœur, mes pensées s'accélèrent.

Il est grand, il mesure au moins un mètre quatre-vingt-sept, et il est terriblement ténébreux. Tout en lui est sombre, à l'exception de ses yeux platine qui suivent chacun de mes mouvements quand je me lève pour me déshabiller.

Il se passe une main sur la mâchoire tout en m'observant avec une intense concentration, la même que celle dont il fait preuve quand il joue avec un autre joueur professionnel, quelqu'un qu'il voit comme un égal, quelqu'un susceptible d'augmenter la mise et de rester dans la partie.

Gagner ou perdre.

Une lutte à mort.

La lumière de la lampe jette une ombre sur son visage. Las Vegas est en effervescence, derrière les fenêtres, mais soudain, dans la suite, tout est devenu très, très calme.

Nous distribuons à nouveau les cartes. Je lui montre une quinte flush, et lui n'a qu'une paire.

Il retire son tee-shirt. Il a l'air énervé et cela m'enchante. C'est à mon tour de le dévorer du regard.

Oh mon Dieu ! Je siffle et roucoule :

– J'entends chanter les anges.

Il émet un grognement. C'est révélateur : il ne veut ni sourire, ni rire.

– J'aime bien ce que je vois.

– Oh, tu veux la jouer comme ça ?

Il pose les yeux sur la courbe de mes seins et je sais que je suis désavantagée.

Je regarde quand même.

Son torse nu me coupe le souffle. Les muscles de ses bras sont bien dessinés et si puissants qu'un feu s'embrase en moi. J'admire sa peau lisse et bronzée et j'essaie de ne pas remarquer la largeur de son cou, la façon dont sa pomme d'Adam bouge quand il parle.

– C'est bien, Wynn.

J'essaie de ne pas remarquer ses lèvres qui remuent, mais je suis tentée malgré moi de le faire taire en posant ma bouche sur la sienne.

Nous distribuons à nouveau les cartes et bientôt, j'abaisse les miennes, craignant de n'avoir pas assez pour gagner.

Merde. Cette fois, c'est mon soutien-gorge qui disparaît.

Cullen se laisse aller en arrière, appuyé sur ses coudes, et il me regarde l'enlever. Je commence à m'agiter et me sens soudain incapable de continuer à jouer. C'est impossible de cacher mes seins au creux de mes mains tout en tenant mes cartes, alors, les sourcils froncés, je croise les bras.

– C'est la dernière, ou je n'aurai plus rien à miser.

– Tes lèvres, Wynn.

Il m'observe un moment. Sa respiration est régulière, mais ses yeux argentés s'assombrissent petit à petit, jusqu'à prendre une teinte de métal.

Ses mots m'atteignent, m'écorchent. J'ai l'impression d'être à vif.

– D'accord, dis-je dans un souffle.

Il a alors un sourire si sincère que j'ai envie de l'embrasser et, soudain, je veux à tout prix qu'il gagne cette manche.

Sous son regard de braise, je suis submergée par une foule de sensations. Je n'avais encore jamais vu des yeux de cette couleur. Ils paraissent presque transparents, maintenant. Mais c'est leur côté insondable, mystérieux qui m'attire encore davantage.

Imaginer ce regard posé sur moi pendant que nous faisons l'amour occupe toutes mes pensées.

Nous distribuons les cartes.

Je gagne. Je n'en reviens pas.

– Je n'ai rien, grommelle Cullen.

Le sourire aux lèvres, ce qui ne lui ressemble pas, il se lève, déboutonne son jean et défait la fermeture Éclair. Je reste bouche bée en voyant son sexe énorme pressé contre son boxer.

Je brûle de désir quand il retire son jean.

J'ai terriblement envie de le toucher et de l'embrasser, mais il distribue les cartes. Encore une fois. C'est de la torture de le regarder faire. Mes paupières s'alourdissent et j'ai la bouche toute sèche.

Mes mains tremblent tandis que nous entamons une nouvelle manche – et maintenant, je ferais n'importe quoi pour qu'il retire son boxer.

Je me passe la langue sur les lèvres et examine mes cartes. Je sens le regard de Cullen posé sur moi.

– Toujours rien !

Il jette ses cartes pour me montrer qu'il n'avait rien et mon cœur se met à marteler ma poitrine comme il se lève pour enlever son boxer.

Oh mon Dieu.

La beauté du spectacle me brûle les yeux.

– Tu n'as même pas joué, dis-je d'un ton accusateur.

– Oh si, j'ai joué… et nous jouons encore pour ces trois minutes avec ma langue dans ta bouche.

Je n'arrive pas à me concentrer avec son sexe exposé à mes regards et, naturellement, je perds la partie.

– Viens ici, Wynn.

– Tu… Tu veux ta récompense.

Il hoche très lentement la tête, d'un air presque menaçant, et il me regarde approcher, un bras cachant mes seins. Il m'observe avec une telle intensité que j'ai du mal à respirer.

Quand j'arrive devant lui, il m'attrape par les hanches et m'attire sur ses genoux, puis il m'enveloppe le visage des deux mains et se penche. Ses lèvres forcent les miennes à s'ouvrir, sa langue se glisse dans ma bouche. J'ai peine à me rappeler comment je m'appelle.

Un feu ardent brûle dans mes veines. Il m'empoigne les cheveux et me fait incliner la tête sur le côté pour mieux accéder à ma bouche, et sa langue danse avec la mienne, la caresse.

Il frotte son sexe en érection contre le mien, la seule chose nous séparant étant le tissu fin de ma petite culotte.

Il émet un long gémissement de délectation, un *hmm* grave et prolongé. À bout de souffle, je m'écarte un peu de lui. Je me demande pour qui d'autre il fait ces bruits-là.

Il revient vers moi pour avoir ses trois minutes complètes et m'allonge, sans cesser de m'embrasser. Je n'ai pas envie d'arrêter, mes lèvres bougent avec les siennes. Je me sens affamée, tellement que je ne peux pas m'empêcher de glisser mes mains sur ses bras, sur ses épaules, dans ses cheveux noirs et épais. Je me cramponne à lui, ma bouche s'ouvre plus grand sous la sienne, sa langue me dévore, un petit coup après l'autre, un assaut après l'autre. J'écarte les jambes, éprouvant le besoin de sentir entre elles une certaine pression, et quand le poids de son corps vient écraser le mien, son érection est tellement agréable à sentir que je me cambre pour me coller tout contre lui.

Il gémit doucement, resserrant sa poigne autour de mes cheveux, et il s'écarte juste assez de moi pour me regarder, les paupières lourdes.

– Allumeuse ! Tu dors avec moi, ce soir.

Il me fait me lever, rassemble nos vêtements et m'entraîne dans sa chambre, une main posée sur ma nuque pour me guider. Il me regarde monter avec obéissance sur son lit tandis qu'il met nos vêtements de côté. Il repousse la couette, puis il s'allonge face à moi, sur le côté, et glisse ensuite un bras sous mon corps.

Je regarde ses muscles se contracter dans ce geste, puis je plonge mes yeux dans les siens.

Mes doigts brûlent de lui faire des choses, ainsi que ma bouche et chaque partie de mon corps capable de bouger, de goûter, d'entendre ou de voir ; mais je me retiens de faire le moindre mouvement, au prix d'un énorme effort de volonté.

– J'avais dit que tu mettrais la lingerie que nous avons achetée.

– Je n'ai qu'une petite culotte, dis-je. Ça en révèle davantage.

Il est déjà nu et je ne me lasse pas d'admirer ses abdominaux, son torse sculptural et ses bras parfaitement dessinés.

– Nous garderons la lingerie pour la prochaine fois.

Ses yeux s'assombrissent tandis qu'il me dévore du regard, à demi nue dans son lit, puis il se baisse pour me déposer un baiser sur le bas du ventre, juste au-dessus de ma petite culotte. Il dépose ensuite un baiser sur chacun de mes tétons tout durs, qui se dressent comme pour réclamer son attention.

– Tu me plais telle que tu es, là, maintenant, murmure-t-il.

Je gémis et dis d'un ton plaintif:

– Ne triche pas… Nous étions d'accord pour que tu m'embrasses sur la bouche, et nulle part ailleurs.

Il revient s'allonger à côté de moi et m'enlace à nouveau de ses bras puissants.

– Tu ne peux pas me reprocher d'avoir tenté le coup.

Il me serre plus étroitement contre lui, si étroitement que je sens son sexe délicieusement dur sur mon ventre. Il me regarde dans les yeux et je décale un peu une hanche pour m'approcher encore de lui.

– Je veux te sentir, dit-il. Tu me supplieras de te prendre avant de rentrer à Chicago.

– Ah ! Ça ne m'étonne pas que tu croies que je vais te supplier, comme toutes tes…

D'une main, il me fait lever le visage, puis il m'écarte lentement les lèvres et me donne sa langue. Je frémis de manière incontrôlable à ce contact désormais familier.

Nous nous embrassons un moment, jusqu'à ce que je sois hors d'haleine. Tout mon être est ébranlé par les baisers de cet homme.

Quand il glisse une main sur mes seins, sur mes côtes, sur ma taille, je pourrais jurer qu'il touche les zones les plus sensibles de mon corps.

Il gémit quand je caresse son torse du bout des doigts.

– Ta peau est douce, dis-je tout bas.

– Ce sera encore plus doux quand je serai en toi, dit-il avec une expression sauvage, pleine de promesses.

Je me détends entre ses bras et appuie la joue contre son torse, écoutant les battements réguliers de son cœur, et sans m'en apercevoir, je m'endors.

★ ★ ★

Je me réveille à cause de la lumière du soleil, détendue et blottie dans une délicieuse chaleur. Quand je me rends compte que c'est Cullen, son torse lisse et musclé et ses bras puissants autour de moi, il me faut un moment pour me ressaisir. J'ouvre doucement les paupières et le trouve en train de me regarder.

Nous nous observons mutuellement.

Je porte une main à son visage pour toucher sa mâchoire et sa barbe naissante.

– J'ai merveilleusement bien dormi, dis-je enfin. Merci. Tu as dormi, au moins ?

Il me regarde avec un sourire irrésistible et écarte mes cheveux de mon visage.

– Quoi ? Tu ne m'as pas filmée pendant que je dormais, quand même ?

– Non, répond-il, mais ce n'est pas l'envie qui me manquait.

Il marque un temps d'arrêt.

– Nous ferions probablement mieux de nous habiller.

Je ferme les yeux et savoure la sensation de sa main sur mon dos. La proximité de nos sexes. Le son de sa respiration, lente comparée à la mienne.

– Oui, nous ferions mieux d'y aller…

Alors que je me lève et que je commence à m'habiller, il se redresse dans le lit, les bras croisés derrière la tête, avec le sourire en coin le plus dévastateur.

– Sentirais-je une hésitation dans ta voix ?

Je m'arrête alors que j'étais en train de remonter la fermeture Éclair de ma robe.

– Quoi ? dis-je, haletante. Non. Je… Si tu crois que je vais te dire que ta vie est nulle…

Il hoche la tête d'un air sombre.

– … eh bien ce n'est pas le cas.

Il fronce les sourcils et je secoue la tête avant de finir de m'habiller.

– C'est juste que j'aime être ici, avec toi… mais je persiste à penser que ce n'est pas bien de jouer pour de l'argent et que l'art est quelque chose de magique. Je rentre dans deux jours… Profitons au maximum de cette journée. Je vais prendre une douche, à tout de suite ! dis-je sur le pas de la porte.

Il me regarde avec un sourire incroyablement sexy. Troublée au plus haut point, je regagne ma propre chambre. *Que se passe-t-il ?*

L'émoi dans lequel me plonge la seule pensée de refaire ce que nous avons fait hier soir est insensé. La pensée de passer la nuit pelotonnée dans ses bras. Seule avec lui. C'est effrayant de voir à quel point j'en ai envie. C'est effrayant de voir que depuis quelques jours, je ne pense plus qu'à Cullen Carmichael.

Car cette vie n'est pas réelle. Las Vegas n'est qu'une illusion. Imaginer quoi que ce soit à long terme avec Cullen serait une illusion. Cela ne ferait que me donner un sentiment de vide encore plus grand quand tout serait fini.

Chapitre 9

CE SOIR

CULLEN
Hier soir

Je n'ai pas dormi. La poitrine lourde, le sexe en érection, j'ai passé la nuit à regarder Wynn dormir profondément à mes côtés. Je n'aime pas spécialement dormir avec les femmes avec lesquelles je couche ; mais il y a quelque chose de différent chez elle, quelque chose qui, depuis le début, me donne envie de la protéger. Quelque chose qui m'intéresse et me rend possessif. Je n'avais pas ressenti cela depuis longtemps.

Elle méprise ce que je fais, mais je vois bien la façon dont elle me regarde. Avec intérêt, curiosité, désir.

Elle me donne envie de la prendre, de la faire mienne et de lui faire hurler mon prénom jusqu'à en avoir la voix cassée.

Je repense à la seule autre femme qui m'ait obnubilé, il y a quatorze ans. Cela ne s'est pas bien terminé, mais il faut dire que tout avait commencé sur des bases fragiles.

– Je suis enceinte. Mon Dieu ! Comment vais-je subvenir aux besoins de ce bébé, Cullen ?

J'étais sous le choc. En partie transporté de joie, en partie désarçonné.

– Je trouverai un moyen, lui ai-je assuré.

– Ton père…

Ses larmes avaient subitement disparu, comme si elle n'en avait pas versé une seule.

– Tu vas lui parler. Il va nous aider et tout va s'arranger.

– Ce n'est pas la responsabilité de mon père. C'est la mienne.

– Quoi ? Tu as dix-sept ans ! Tu vas prendre un petit boulot dans un bureau et gagner, quoi ? Douze dollars par jour ? En quoi est-ce que ça va nous être utile, à moi et au bébé ?

– Tu es folle, tu sais ça ?

J'avais prononcé ces mots avec sincérité. Elle n'était pas folle dans le sens de *rigolote*, mais bien dans le sens de *démente*.

Je n'aurais jamais envisagé demander de l'aide à mon père, mais si je l'avais fait, il m'aurait hurlé dessus.

Je reste persuadé qu'elle voulait tomber enceinte et qu'elle me voyait en quelque sorte comme une poule aux œufs d'or. Malgré tout, je ne lui en veux pas. Comment le pourrais-je ?

Elle m'a offert ce que j'ai de plus précieux. Elle m'a donné mon fils.

D'une certaine façon, elle m'a également donné ma carrière.

Peu de possibilités s'offraient à moi, alors ce soir-là, je me suis procuré une fausse carte d'identité et j'ai conduit jusqu'à la réserve indienne. Je suis allé directement dans la salle de poker. À l'époque, les casinos utilisaient des tables virtuelles, qui ressemblaient plus à des jeux vidéo mais qui rapportaient autant que n'importe quelle autre machine.

J'avais pris mille dollars sur mon compte épargne et j'ai joué toute la nuit. Rétrospectivement, je me demande comment j'ai fait. J'étais naïf, ou jeune, ou stupide. Peut-être les trois.

J'étais aussi tellement amoureux d'elle que je ne pouvais pas imaginer vivre sans elle. Une semaine plus tard, je l'ai appelée et nous nous sommes vus. Je lui ai donné tous mes gains, jusqu'au dernier dollar.

– Tiens.

Il y avait six mille dollars, retenus en un rouleau par un élastique.

– Qu'est-ce que c'est que ça ? Waouh ! C'est…

– N'avorte pas. Épouse-moi.

– Je ne veux pas t'épouser. Je sors avec Cody Baxter. Tu sais, du Baxter Group. Ils sont très riches. Comme ta famille, sauf que lui, ça ne le dérange pas de demander de l'argent à son père.

– Mon père vit à l'autre bout du pays, à Chicago, Sondra. Ce n'est pas sa responsabilité. C'est la mienne. Tu portes mon enfant… Épouse-moi.

– Tu ne peux pas me donner ce qu'il peut me donner. Tu ne parles même pas à ton père et ta mère ne gagne pas d'argent, elle en dépense.

– J'aurai tout un empire, un jour, et Cody Baxter n'aura rien d'autre que l'argent de son père – ou ce qu'il en restera.

J'étais dévasté d'apprendre qu'elle sortait avec Cody et qu'il voulait se marier avec elle. Ce n'était qu'une gamine, une gamine stupide qui ne pensait qu'à l'argent et aux biens matériels plutôt qu'à fonder une famille avec un homme qui était prêt à décrocher la lune pour elle.

Quelques mois après la naissance de mon fils, elle m'a appelé et m'a dit :

– Nous sommes mariés. Il veut l'adopter. Tu dois donner ton accord.

Avec le recul, je me demande si elle était prise dans ce monde de rêve plein de grandes maisons et de voitures de luxe ou si elle cherchait à me blesser. Parfois, je me dis qu'elle regrettait d'être tombée enceinte, même si elle s'était arrangée pour que cela arrive. On aurait dit qu'elle croyait que la grossesse allait accélérer les choses, la précipiter dans l'âge adulte avant l'heure.

Elle se servait de mon fils contre moi et, encore maintenant, quand je repense à ce coup de téléphone, mon cœur se serre et je crois l'entendre murmurer :

– Il veut l'adopter. Tu dois donner ton accord.

– Je ne le ferai pas.

– Je t'intenterai un procès. Tu ne peux pas être proche de lui. Tu aurais une mauvaise influence sur lui.

– Je l'ai fait pour toi, pour lui…

– Personne ne t'a demandé de jouer pour de l'argent.

– Tu es une garce.

– Et toi, tu n'es qu'un putain de loser. Tu sais pourquoi tu joues pour de l'argent ? Parce que tu sais que tu es un loser et la seule façon de compenser ça, c'est de gagner le plus possible.

– Va te faire foutre !

C'est elle qui a été le dindon de la farce. Je me moquais de ce qu'elle pensait de moi et je me moquais qu'elle ne comprenne pas. C'était le meilleur boulot, la meilleure carrière dont j'aurais pu rêver.

Elle n'avait pas cela avec Cody. Elle n'avait même pas Cody lui-même.

Lui l'a épousée pour le sexe. Après s'être lassé de ses petits jeux minables, il a cessé de se laisser contrôler.

Il ne lui a donné que le strict nécessaire. À cet égard, il s'est montré plus malin que bien des gens.

Je chasse ces souvenirs de mon esprit et me retourne dans le lit. Mes yeux se posent sur elle, sur ses cheveux de lave liquide étalés sur l'oreiller blanc de l'hôtel. Je lui effleure la joue du bout des doigts. Je souris.

Elle est disponible, maintenant.

J'ai envie de tout lui raconter. Il faudrait qu'elle sache.

Peut-être. Peut-être pas.

Je pousse un profond soupir et me passe une main dans les cheveux, songeant que le moment n'est peut-être pas encore venu. Je devrais peut-être attendre qu'elle me pose des questions. Le fera-t-elle ? Ne se demande-t-elle pas pourquoi elle m'intrigue à ce point ? Pourquoi je donnerais n'importe quoi pour qu'elle reste un peu plus longtemps à Las Vegas ?

Elle est belle, merveilleusement belle, mais ce n'est pas seulement son physique qui explique que j'aie envie, que j'aie besoin d'elle. Elle est intelligente, douée, et elle a le genre de personnalité qui fascine les hommes.

Elle me fascine, *moi.*

Même quand nous jouions au strip-poker, j'avais envie qu'elle baisse les mains, qu'elle reste assise là, avec assurance, effrontément, et elle aurait très bien pu le faire. Elle a failli le faire, mais c'était comme si une petite voix diabolique lui avait murmuré à l'oreille : *Ne le fais pas ! Fais-le souffrir… Fais-le attendre.*

Et j'ai souffert, mais pas pendant cette partie.

C'est la longue attente de sa rupture avec ce chef cuisinier qui a été une véritable torture. Je ne pouvais pas demander à Callan de garder un œil sur elle, mais j'ai su quand elle et Emmett se sont séparés.

Dès que je suis monté dans l'avion, à Las Vegas, j'ai senti que la chance tournait. Avant même la partie clandestine, je sentais qu'il y avait quelque chose de différent dans l'air. C'était comme si j'avais attendu ce moment toute ma vie.

Je lui écarte les cheveux du visage, conscient que cette femme change la donne.

Elle change *tout*.

Elle ne m'a pas vu, ce soir-là, il y a des mois. Elle s'est rapprochée du mec avec lequel elle était. Cela m'a dérangé, mais je l'ai regardée comme si c'était sur moi qu'elle posait les mains.

Parfois, je me demande ce qui se serait passé si j'avais fait fi de toute prudence et que je lui avais offert un verre. Son ex n'en aurait rien eu à faire.

Je parie que ça le gênerait, maintenant.

La réception du mariage de Callan et de Liv, et ce baiser ? J'avais terriblement envie d'elle. Je n'ai pas vraiment cherché à le cacher.

Je crois que son ex l'a vue à ce moment-là comme je la vois maintenant... Comme une femme forte, belle, imbattable par ceux qui lui veulent du mal, et inatteignable par ceux qui s'imaginent qu'elle se contente d'être sur la touche, à attendre.

Ce n'est pas une fille qui attend patiemment quoi que ce soit.

Je soupire en repensant à la façon dont son corps se blottit contre le mien dans son sommeil.

Elle est dans mon lit, maintenant, et je suis bien décidé à faire ce qu'il faut pour qu'elle y soit encore demain soir. Elle a peur que je la fasse souffrir. Et c'est compréhensible. Mais je deviens fou.

Nous avons fait un pari. Soit je la satisfais sexuellement, soit elle me satisfait. J'ai bien envie de perdre ce pari, ne serait-ce que pour pouvoir poser ma bouche entre ses cuisses ce soir.

Chapitre 10
SHOW

WYNN

Cullen me regarde presque avec la même intensité que celle avec laquelle je regarde un tableau, et je me sens exposée, à nu.

– Les œuvres d'art sont là, dis-je avec un petit sourire satisfait, me dirigeant vers le tableau suivant d'une démarche nonchalante.

Son appréciation virile m'excite. Cet homme est sans vergogne, et c'est… *torride.*

Il tend la main vers moi.

– Toutes les œuvres d'art ne sont pas accrochées aux murs de cette pièce.

– Ah ! Beau parleur…

Il me caresse les cheveux du revers de la main.

– Tu es magnifique.

– Cullen, dis-je dans un gémissement plaintif en rougissant.

Je lève les yeux vers les siens et, soudain, je le crois. Je me sens parfaite, magnifique, plus séduisante que je ne l'ai été depuis des mois.

Je souris effrontément, me détourne et continue à avancer. Nous admirons un autre tableau, plein de couleurs éclatantes sur lesquelles se détachent les silhouettes floues de deux jeunes garçons, tournés dans des directions opposées. Ils me font aussitôt penser à Callan et à Cullen, aux vies différentes qu'ils ont choisi de mener et aux chemins qu'ils ont empruntés.

– Comment ton frère et toi en êtes-vous arrivés à vivre séparément ?

– Nos parents se sont séparés quand nous étions adolescents. Callan est resté avec mon père, moi avec ma mère.

Je l'observe un moment en silence.

– Cela a dû être dur.

– C'était plus dur pour moi de penser qu'elle allait se retrouver toute seule. Je ne pouvais pas la laisser.

– Alors tu t'es dévoué ?

– Je suis l'aîné.

– Tu vois souvent Callan et ton père, aujourd'hui ?

– Je voyage beaucoup, mais j'essaie de passer les voir le plus souvent possible. Papa vieillit, mais il a une santé de fer.

– Tu as de la chance, tu as de bons gènes, dis-je pour plaisanter.

– Du côté de mon père. Ma mère, c'est une autre histoire... Elle est accro au shopping jusqu'à la moelle.

Je ris.

– Ma mère n'est pas facile à vivre, reprend-il, mais elle est seule. Elle n'a que moi, en fait.

– Est-ce que Callan la voit ?

– Une ou deux fois par an. Il lui a fallu un certain temps pour accepter le fait qu'elle avait choisi de quitter papa alors qu'il l'aimait encore. Il l'aime toujours, d'ailleurs, mais ce n'est pas réciproque.

– Je suis désolée.

Nous restons silencieux pendant quelques instants.

– Et tes parents ? me demande-t-il enfin.

– Ils sont géniaux. Toujours mariés et heureux en ménage. Ils sont propriétaires de deux boutiques de bougies. Je les aidais avant de partir de mon côté pour ouvrir une galerie. Ils ne sont pas riches, loin de là, mais nous nous débrouillions et je n'ai jamais manqué de rien. J'ai toujours rêvé d'avoir ce qu'ils ont, dis-je avec un sourire. Parfois, j'ai l'impression que c'est parce que je l'ai désiré à ce point que cela a été impossible à trouver, pour moi.

– Pourquoi ? demande-t-il avec intérêt.

Nous nous arrêtons tous les deux. Lui parce qu'il veut une réponse, et moi parce que son intérêt me séduit.

– Je n'en sais rien…

Je ris nerveusement, troublée par son attention sans faille, sentant mes joues s'empourprer.

– Peut-être parce que rien n'est à la hauteur. Peut-être que je suis responsable de tous ces échecs amoureux.

Il fronce les sourcils et me regarde fixement.

– Tu le penses vraiment ?

– Je… Non, dis-je avec un petit rire. Ce n'était pas ma faute. Ce n'était… pas écrit, tout simplement. Je présume. J'étais prête à faire de mon mieux, alors que la plupart de mes ex n'ont pas fait d'efforts longtemps. Les salauds !

– Les salauds ! répète-t-il avec plus de colère que moi.

Je souris et le désir me noue douloureusement le ventre lorsqu'il prend à nouveau ma main dans la sienne.

Soudain, ce qui s'est passé avec Emmett semble être arrivé à une autre femme, dans une autre vie. Mais je me souviens alors de ce qui l'a fait fuir… Je me souviens que je ne pourrai jamais fonder une famille comme je l'avais toujours imaginé et mon sourire s'évanouit. Je m'apprête à retirer ma main de celle de Cullen, mais il m'observe, comme s'il lisait dans mes pensées.

– J'ai un fils.

Je lève vivement les yeux vers lui.

– Quoi ?

– J'ai un fils.

Je suis sous le choc. Profondément ébranlée. Je cligne des yeux, perplexe. J'examine les traits impassibles de Cullen et je m'aperçois… qu'il ne ment pas. Je comprends à sa mâchoire contractée, à la férocité dans ses yeux métallisés, que c'est un sujet dont il ne parle pas d'habitude. C'est un sujet qui l'affecte profondément. Il soutient mon regard de ses yeux perçants.

– Que s'est-il passé ? demandé-je d'une voix douce.

Je repense au petit garçon sur les photos que j'ai vues chez lui, et je comprends soudain qu'il s'agit de son fils. Mon cœur fond à la pensée qu'il ressemble tant à Cullen que j'ai cru que c'était lui.

– C'est le petit garçon sur les photos que j'ai vues chez toi ?

– Oui.

Il se remet à marcher, mais les tableaux ne m'intéressent plus.

– Il est beau.

– C'est un gosse adorable, mais je ne le vois pas aussi souvent que je le souhaiterais.

– Pourquoi ?

– Sa mère me l'interdit. Elle ne veut pas que j'aie une mauvaise influence sur lui.

Il glisse ses mains dans ses poches et plisse le front, pensif.

Je suis furieuse. J'ai envie de mettre un coup de poing à toute personne capable d'empêcher un homme bien de voir son propre enfant.

– Où habite-t-il ?

– À Santa Fe. Ce n'est pas loin, mais ce n'est pas assez proche.

Ses yeux pétillent mais sa frustration s'y lit encore.

– Je prends l'avion pour aller le voir une fois par mois…

Il secoue la tête avec un petit rire.

– Il adore que je vienne le voir.

– Évidemment ! Tu es son père !

Il ne dit rien mais me sourit.

– Comment s'appelle-t-il ?

– Adam.

– C'est un beau prénom. Et c'est un beau garçon… comme son père.

Cullen croise les bras sur sa poitrine comme nous nous arrêtons devant un autre tableau pour le contempler.

– Je n'avais jamais vraiment imaginé appeler mon fils Adam, mais c'est un bon garçon.

– Tu veux d'autres enfants ?

Mon cœur s'arrête alors que je pose cette question.

Cullen me regarde, les sourcils froncés, comme si c'était une question piège. Peut-être en est-ce une en effet.

Il jette un coup d'œil par-dessus son épaule, remarque quelque chose derrière nous.

– L'artiste ne doit pas être loin, murmure-t-il, montrant du doigt un petit groupe de personnes. La voilà !

Je fais volte-face et l'aperçois, à l'autre bout de la salle. Enthousiaste à l'idée de rencontrer l'artiste, je demande à Cullen de me donner un moment et je vais la voir pour la saluer et me renseigner sur ses prochaines expositions. Après avoir réussi à me frayer un chemin dans la foule d'admirateurs qui l'entoure, je lui donne aussi la carte de ma galerie, au cas où cela l'intéresserait d'exposer à Chicago.

Ce n'est pas New York, mais la scène culturelle y est tout de même florissante.

Elle semble impressionnée par ma détermination à la faire venir et nous avons commencé à discuter de ma galerie quand, du coin de l'œil, je vois Cullen me montrer d'abord son portable, puis les portes, et me faire signe de le rejoindre dehors quand j'aurai terminé.

– Je n'étais pas intéressée, mais maintenant, je le suis, me garantit l'artiste à la fin de notre conversation.

– Je suis ravie de l'entendre.

Bon sang ! C'est fabuleux.

– Passez-moi un coup de téléphone, la semaine prochaine. Nous verrons ce que nous pouvons organiser.

– Formidable !

Je suis enchantée mais je me contiens suffisamment pour lui dire au revoir avec décontraction.

Je dois aller retrouver Cullen et lui annoncer la bonne nouvelle. Je viens de gagner le gros lot !

Chapitre 11

ROI DE CŒUR

WYNN

À l'issue de ma conversation avec l'artiste, euphorique, je sors retrouver Cullen. Je l'aperçois à côté de la voiture avec Oliver et je me dirige vers eux à grandes enjambées. Ils sont en train de parler et Cullen me regarde.

Il s'écarte du capot de la voiture et vient à ma rencontre, quelque chose de terriblement profond et sombre dans les yeux.

– Elle est très intéressée, dis-je. Elle va m'appeler… Je n'arrive pas à le croire !

Tandis qu'il ouvre la portière pour moi, je vois une lueur de fierté briller dans son regard argenté et il se penche pour me murmurer à l'oreille :

– J'ai perdu.

– Pardon ?

Je lui lance un coup d'œil par-dessus mon épaule tout en m'installant sur la banquette arrière, puis je le regarde prendre place à côté de moi.

Il secoue la tête. Ses yeux de braise me consument.

– Je ne pourrai jamais gagner, la Rouquine. J'ai perdu.

– Quoi ?

Il passe un bras autour de mes hanches et se penche à nouveau vers moi pour murmurer, d'une voix de plus en plus grave et sensuelle :

– Je vais te goûter tout de suite, Wynn.

Je serre les jambes l'une contre l'autre, l'idée de sentir sa bouche entre mes cuisses étant trop excitante pour être tolérable.

– Tu penses vraiment que c'est moi qui ai gagné ? lui demandé-je, incrédule, le repoussant.

– Je pense à ceci, dit-il avant de m'empoigner les cheveux et de poser ses lèvres sur les miennes.

Suis-je dans un film, en train de réaliser un fantasme, en train de rêver ?

Cullen m'embrasse comme s'il ne devait jamais arrêter. L'illusion est bien réelle. Cette vie est bien la mienne.

Mon corps entier s'embrase. Soudain, mes doigts sont dans ses cheveux et je m'agrippe à lui.

– Plus près, dit-il d'une voix râpeuse, me faisant glisser sur la banquette jusqu'à ce que ma poitrine soit collée contre son torse.

Je lui rends son baiser car il est la chose la plus délicieuse que j'aie jamais goûtée. Son parfum est enivrant. Il respire l'assurance. Et le caractère impérieux de ce baiser… *Oh mon Dieu !* Je dois le savourer, le faire durer, mais c'est impossible car j'ai envie de le dévorer.

Et *lui* me dévore !

Il détache ses lèvres des miennes pour poser la bouche tout près de mon oreille. Il a une main sur mon genou.

Il m'attire encore plus près, me fait asseoir à califourchon sur lui.

Je lui prends le visage au creux de mes mains et m'occupe de ses lèvres comme si elles m'appartenaient, comme si je pouvais les savourer et les garder pour moi.

Il me laisse bouger à mon rythme entre ses bras. Ses doigts effleurent ma peau quand il me remet une mèche de cheveux derrière l'oreille.

Je suis pressée contre lui, haletante, et nous nous regardons.

Sa respiration saccadée me donne une foule de pensées salaces et de désirs lubriques.

Ses lèvres viennent retrouver les miennes, se les approprient, les *possèdent*. Il s'écarte de moi. J'éprouve une sensation de vide, comme s'il m'avait abandonnée au milieu d'une rue animée.

Je me cramponne à lui et il revient à moi, cette fois avec une passion pleine de promesses, suggérant que j'obtiendrai tout ce que je veux.

Il veut mener la danse, mais je suis trop empressée pour me contenter de suivre.

J'ai *besoin* de ses baisers. J'ai besoin d'être ravagée et chérie… J'ai terriblement besoin que ce vide soit comblé, et pourtant, je sens que ces émotions cachent quelque chose de plus, quelque chose de dangereux juste sous la surface.

Nous sommes seuls dans une ville bâtie sur le péché. Et peut-être que ce n'est pas bien, que c'est immoral, mais j'ai envie de savourer les moments les plus primitifs et de me délecter de toutes les transgressions, car si je me laisse aller à la passion, je pourrai être sauvage.

Et ensuite, je serai libre.

C'est ce qu'il me faut pour oublier Emmett, je crois. J'ai honte de laisser le souvenir de mon ex resurgir en ce moment.

Pourquoi lui donnerais-je ce pouvoir ? Pourquoi le laisserais-je faire irruption ici et maintenant ? Je n'ai pas envie de penser au passé. Je ne veux penser à rien d'autre qu'à cette heure, cette minute, cette seconde.

Je ne veux penser qu'à cet homme.

Je m'écarte juste assez de lui pour reprendre mon souffle.

– Quel est l'équivalent du Club des 10 000 dans une limousine ?

J'inspire profondément. Mon ego insensé adore la façon dont il me regarde.

Son sexe en érection tend le tissu de son jean et je ne peux pas m'empêcher d'y jeter un coup d'œil. Je meurs d'envie de le toucher.

– Tu es belle, dit-il, observant mes lèvres. Et drôle, aussi…

– Parce que le Club des 10 000 est un sujet comique ?

– Parce que tu veux que je gagne notre pari…

Ses mains guident les miennes plus bas, mais il me fait ensuite lever le bras et dépose une ligne de baisers de mon poignet jusqu'à mon coude.

– … et j'ai perdu.

Je ris parce que ses lèvres me chatouillent autant qu'elles me font fondre. Mes tétons durcissent. Qu'est-ce que c'est que ces baisers ?

Je frissonne. Il me met dans tous mes états et je ne comprends pas comment c'est possible.

J'essaie de garder mes distances, mais il n'arrête pas de me rapprocher de lui.

Je suis terriblement excitée.

– Nous avions dit que tu m'aiderais à jouer et que je t'aiderais dans ton boulot. Que nous verrions qui a le meilleur travail. Et j'ai totalement perdu. Je veux te goûter, maintenant.

Je sens ma gorge se serrer. Il se penche en avant. J'en fais autant. Je l'embrasse, il me rend mon baiser.

Je détache mes lèvres des siennes, à bout de souffle, et plonge mes yeux dans les siens, absorbant le feu qui brûle dans son regard.

– Mais tu es sûr de ne pas avoir besoin d'autres preuves ? Je croyais…

– J'ai toutes les preuves dont j'ai besoin.

J'ai les joues toutes rouges. Il garde ma main dans la sienne pour le restant du trajet, la portant à ses lèvres de temps en temps pour me tourmenter en déposant sur l'intérieur de mon bras de délicieux baisers qui rendent mes tétons douloureux et me troublent au plus haut point.

– J'ai été surprise que tu paries contre moi. Je te croyais plus intelligent que ça.

Je m'efforce de garder la tête froide jusqu'à ce que nous arrivions dans la suite, où j'ai bien l'intention de lui sauter de dessus.

– C'est mon plus grand moment de stupidité à ce jour.

Il couvre à nouveau ma main de la sienne, pose nos mains jointes sur sa cuisse et acquiesce d'un signe de tête.

Je plisse les yeux et ris, nerveuse. Je suis assaillie de doutes quand nous arrivons à l'hôtel et que nous nous dirigeons vers notre suite.

– Est-ce que tu avais planifié tout ça, Cullen ?

– La planification est terminée.

Il referme la porte d'un coup de pied derrière nous, retire sa veste et sa cravate, puis il me prend par les hanches et me soulève.

– Sur le billard !

Il obtempère.

Je pousse un petit couinement de protestation.

– Cullen ! Je croyais que nous devions retourner à Chicago pour que tu me voies à l'œuvre…

– C'est déjà fait. Je sais quand je perds la partie.

– C'est vrai ?

Waouh ! Je n'arrive pas à croire que j'aie gagné aussi facilement.

Il frotte le visage sur mon ventre, au-dessus de ma jupe, se servant de son nez pour relever mon haut. Je le retire, pantelante, et il gémit tout bas, sortant la langue pour la passer sur mon ventre. Tous mes muscles se contractent de désir. Gardant la bouche sur ma peau, il défait la fermeture Éclair de ma jupe et la fait glisser sur mes hanches.

Je suis submergée de désir.

Il glisse les doigts sur l'arrière de mes cuisses, me caresse les jambes tout en mordant ma petite culotte et en la tirant vers le bas.

Oh mon Dieu ! Je crispe les doigts sur la table, en dessous de moi, tandis qu'il fait glisser ma petite culotte sur mes cuisses *avec ses dents*. Je gémis quand il la retire, la prend dans sa main et la jette au sol.

– Cullen…

Il revient vers moi. Il sort la langue pour me lécher la peau tandis que ses mains s'aventurent sur l'intérieur de mes cuisses.

Je suis tellement mouillée que j'en suis embarrassée. Il passe le pouce sur mon sexe, et je me cambre à ce contact.

Il me donne un coup de langue. Je lève les hanches, brusquement, violemment. Il enfonce la langue plus profondément, bouge la tête comme je bouge le bassin, submergée de désir, de passion, de tout ce qu'il me fait éprouver.

Il fait glisser ses mains sur moi pour m'agripper la taille et ce qui avait commencé doucement devient soudain sauvage et fou.

Je gémis.

Il émet un grognement approbateur tout contre mon sexe et je lui empoigne les cheveux.

Il me *dévore*.

Je n'arrive plus à penser à rien d'autre qu'à la force de mon désir pour lui, à son parfum délicieux, au fait que j'adore ne pas penser, au talent de sa langue.

Bon sang, cette langue !

Il écarte encore plus mes jambes.

– Interdiction de les refermer, la Rouquine, dit-il avant de prendre à nouveau place entre mes cuisses pour recommencer à me dévorer.

J'ai envie de lui, envie de l'attirer à moi, de le sentir en moi. J'ai envie qu'il me prenne sauvagement, mais alors que je lui empoigne les cheveux, il me saisit les mains et les maintient de chaque côté de mon corps, rouvrant les yeux et les plongeant dans les miens.

Je suis à bout de souffle.

Et, soudain, je prends conscience d'une chose : je n'avais encore jamais vraiment vécu. Pas comme cela.

Je resserre les cuisses autour de ses épaules et il me fait à nouveau écarter les jambes. Mon bassin se met à bouger de manière saccadée. Je n'ai jamais rien connu d'aussi bon. Surprise, j'écarquille les yeux, tandis que Cullen referme les siens et continue à me caresser avec sa langue.

– Cullen, dis-je dans un gémissement, lui agrippant à nouveau les cheveux.

Je meurs d'envie de sentir sa bouche sur la mienne, de le sentir en moi.

Je suis haletante, ma voix est rauque de désir, mes doigts, engourdis à force de tirer sur ses cheveux.

– Je sais que j'avais dit le contraire, mais je veux te sentir en moi…

Il met un petit moment à remonter jusqu'à moi, puis il glisse une main entre mes jambes et me caresse le clitoris avec le pouce, décrivant de petits mouvements circulaires. Je tremble entre la table de billard et lui, et j'écarte davantage les jambes lorsqu'il introduit un doigt en moi.

Il grogne quand j'émets un gémissement, qu'il étouffe de sa bouche. Je lui rends son baiser sans retenue, nos langues dansant follement l'une avec l'autre.

Mon corps continue de trembler. La respiration de Cullen s'accélère tandis qu'il me caresse, détachant ses lèvres des miennes pour me regarder. Enfin, il me soulève dans ses bras et m'emmène dans sa chambre.

Il me laisse tomber au milieu du lit et ouvre son jean d'un mouvement vif.

Je m'assieds et, submergée de désir, le regarde retirer sa chemise, son pantalon et son boxer, admirant chaque parcelle de son corps.

Il s'approche de moi avec un regard prédateur et déterminé.

Je ne m'attends pas au grognement qu'il pousse, à la voracité avec laquelle il m'embrasse, glissant à nouveau la main entre mes cuisses pour recommencer à me caresser. Je lève les hanches, gémissant doucement sous ses doigts.

Sa voix, rauque et gutturale, alors qu'il glisse un deuxième doigt en moi, me fait frissonner.

– Allonge-toi, Wynn.

Il dégrafe mon soutien-gorge et le jette de côté, puis il referme la main sur son sexe.

J'attends, pantelante, et je le regarde m'attraper les cuisses et me tirer jusqu'à lui, puis il me saisit les bras et me les fait lever au-dessus de la tête. Il les maintient d'une main et passe l'autre sur mon corps, comme pour le graver dans sa mémoire. Il empoigne à nouveau son sexe, puis il me pénètre.

J'en ai le souffle coupé. Il ressort et rentre à nouveau, un peu plus profondément et un peu plus fort.

Je gémis et prie intérieurement pour qu'il recommence.

Il est sublime. Il a une expression d'intense concentration et ses yeux sont plus brillants que jamais. Ils paraissent presque blancs, leur couleur argentée étincelle. À chacun de ses coups de reins, tous ses muscles se contractent. Il tient mes poignets emprisonnés d'une main et, de l'autre, me pince les tétons, me caresse le clitoris.

– Tu aimes ? me demande-t-il d'une voix râpeuse.

– C'est trop bon… Ne t'arrête pas.

Je n'ai pas envie de parler. Pas encore. Pas maintenant. J'ai uniquement envie de regarder, de voir, de ressentir.

Il se penche et prend l'un de mes seins dans sa bouche, caressant mon téton de sa langue avide. Il referme une main sur mon autre sein. Mon vagin se contracte de plus en plus à mesure que j'approche de l'orgasme.

– Cullen !

Je lui passe les bras autour du cou et renverse la tête en arrière tandis qu'il me donne ce dont j'ai besoin.

– Cullen…

Je gémis, mes muscles se contractent de plus en plus, les mouvements de mon bassin s'accélèrent et se font plus saccadés comme je le bascule vers le sien.

Il émet un gémissement grave en réponse au mien, nos corps bougeant au même rythme. Plus vite, encore plus vite, plus fort. Je suis trop excitée, c'est trop bon, je perds la tête.

Nous perdons tous les deux la tête. Cullen m'embrasse comme s'il suffoquait et que j'étais son oxygène. Je pousse un cri suppliant, ivre de désir, de plaisir, mes ongles s'enfonçant dans mes paumes.

Il resserre son étreinte alors que je suis secouée de tremblements et que je me tortille en dessous de lui, mille étoiles explosant sous mes yeux.

Je pousse un cri et m'agrippe à lui. Tous les muscles de son corps se contractent, jusqu'à ce qu'il craque et jouisse avec moi, son corps puissant s'écrasant contre le mien, sans jamais qu'il détache ses lèvres des miennes.

Nous continuons à bouger tandis que nos orgasmes s'estompent peu à peu. Son corps est encore tendu de désir, chaud de sueur, et plus addictif que n'importe quelle drogue au monde.

Il roule sur le dos, m'entraînant avec lui, puis il me fait mettre à quatre pattes.

Je laisse échapper un petit cri de surprise, mais quand je comprends ce qu'il fait, l'excitation monte à nouveau en moi.

Je sens son sexe tout contre mes fesses tandis qu'il passe un bras autour de moi pour me caresser les seins.

Je pousse un gémissement grave et, soudain, il plaque son corps contre le mien.

Je me demande comment j'ai survécu toute la semaine sans cela.

Où avais-tu la tête, Wynn ? Regarde à côté de quoi tu es passée !

Ses muscles m'enserrent, son souffle frôle mon oreille.

– Je n'en ai pas encore fini avec toi, murmure-t-il, me caressant le lobe de l'oreille et remettant une mèche de cheveux moite de sueur derrière mon oreille. Qu'est-ce que tu en dis, Wynn ?

Ses lèvres chaudes effleurent ma peau. Il veut l'entendre.

– Je t'en prie, dis-je dans un souffle, tellement ivre de désir que je sens mes jambes flageoler.

J'ai peine à rester à quatre pattes. Je commence à glisser, mais il me saisit les hanches des deux mains et me redresse, avant de passer une paume brûlante sur mes fesses.

J'ai le souffle court et j'entends que sa respiration est saccadée aussi quand il se penche pour passer la langue le long de ma colonne vertébrale. Je frissonne, au comble de l'excitation.

Brusquement, il me prend par les hanches et plonge à nouveau en moi. Je recule au rythme de ses coups de reins pour aller à sa rencontre.

– Cullen…

Des gémissements gutturaux nous échappent à tous les deux. On ne m'avait encore jamais prise de cette façon. C'est bestial, sauvage, et j'adore ça.

Je me cramponne aux draps comme si ma vie en dépendait.

– Embrasse-moi, Cullen, dis-je d'un ton implorant, ivre de plaisir.

Il glisse les doigts dans mes cheveux, me fait tourner la tête à demi et m'embrasse avec fougue. Gardant une main sur ma hanche, il continue à me pénétrer jusqu'à ce que nous jouissions ensemble.

Ce deuxième orgasme dure encore plus longtemps que le premier. Enfin, nous nous effondrons sur le lit, peinant à reprendre notre souffle.

J'ai l'impression d'être la personne la plus détendue de la planète. Au diable le yoga, le zen, Mozart, l'art : faire l'amour avec Cullen Carmichael est ce qu'il me faut.

Nom de Dieu ! J'en ai le souffle coupé. Cela n'aurait pas pu être meilleur.

J'enroule une jambe autour de la sienne et je pousse un profond soupir, décontractée. Du bout des doigts, je caresse ses abdominaux, son torse, ses tétons, sa gorge. J'effleure ses lèvres sensuelles, à la forme parfaite. Il les entrouvre et me mordille l'index.

Je souris et le regarde lever la tête et la pencher vers moi, ses lèvres s'approchant de plus en plus des miennes, et il m'embrasse de plus belle. Les mouvements paresseux et satisfaits de sa langue me poussent à serrer les cuisses l'une contre l'autre pour refouler une nouvelle vague de désir.

Seigneur ! Il est vraiment exquis.

Addictif.

Que dois-je faire ?

Lui faire à nouveau l'amour ?

À vrai dire, il m'excite sans avoir à faire le moindre effort. Même quand il est agaçant, il m'excite. C'est incompréhensible, et ce n'est vraiment pas juste !

Pour le moment, il me mord le cou.

– Tu savais qu'on m'appelait Grand Requin blanc, parfois ?

– Pourquoi ?

– Parce que je suis un vrai requin quand je joue au poker.

Je lève les yeux au ciel.

– D'accord, Grand Requin blanc.

Je ris et le laisse me mordre.

★ ★ ★

C'est le milieu de la nuit et nous n'avons toujours pas fermé l'œil. Je regarde autour de moi dans l'obscurité, trop heureuse pour dormir. Cullen me caresse paresseusement le bras du bout des doigts tandis que je suis blottie contre lui, couchée sur le côté. Au lieu de s'écarter de moi pour essayer de dormir, il me serre plus étroitement contre lui. Cela me monte à la tête, au point que je veux ne jamais cesser de me sentir étourdie.

– Cullen ?

Ma propre voix me paraît trop forte dans le noir.

– Hmm ?

– Tu as aimé cette journée ? Ou la journée d'hier, plutôt, vu l'heure, ajouté-je en riant.

J'ai esquissé un mouvement pour me redresser et il resserre son étreinte autour de moi.

– Énormément, répond-il d'un ton lourd de sous-entendus.

– Je parlais des tableaux !

– Ça aussi…

Il rit, et moi aussi. Je lève le visage vers lui pour essayer de distinguer ses traits dans l'obscurité.

– Alors, ça t'a plu autant que jouer pour de l'argent me plaît ?

– Tu n'aimes pas jouer pour de l'argent, tu aimes me regarder jouer pour de l'argent.

– Si, ça me plaît, dis-je en suivant le contour de ses abdominaux du bout de l'index. De plus en plus. Alors, ça t'a plu ? demandé-je avec insistance.

– Oui.

Il se rapproche, se tourne vers moi et me caresse le dos.

– J'ai aimé te regarder dans ton élément, aussi.

L'aveu me fait fondre autant que ses caresses.

– Tu as toujours l'intention de venir à mon exposition à Chicago ? Même si tu as déjà perdu le pari ?

– Oui. J'ai l'intention d'y aller. Je devrais avoir terminé demain avec les éliminatoires.

Je souris.

– J'adorerais que tu sois là pour pouvoir te montrer les œuvres. C'est ma plus grosse exposition à ce jour.

Il s'appuie sur son coude et je sens son regard posé sur moi dans l'ombre.

– Parle-moi de cette grosse exposition.

Son intérêt me flatte. Je m'assieds et cherche son regard dans le noir. Je le trouve grâce à l'éclat argenté de ses yeux, qui brillent même dans les ténèbres.

– Eh bien, c'est une exposition collective. Tous les artistes que je représente exposent leurs dernières œuvres et j'ai aussi réussi à avoir quelques artistes qui ont déjà un rayonnement international. Yamika Tanato, l'une de ces artistes, est incroyable. Ils le sont tous, mais Yamika…

Je lui parle de ses installations et de ses œuvres de grande envergure, du fait qu'elle utilise plusieurs couches de peinture et que chacun de ses tableaux met environ six mois à sécher.

Quand je m'allonge à nouveau, il respire mes cheveux et m'effleure l'oreille du bout des lèvres.

– C'est captivant…

Je fronce les sourcils. Il parle si bas que sa voix est à peine audible.

– Tu n'as pas l'air captivé.

– Je le suis, m'assure-t-il avec un petit rire, tout en glissant ses doigts dans mes cheveux. Ce n'est pas ma faute si c'est tellement excitant de t'entendre parler d'art. Viens ici…

Je ris, aussitôt submergée de désir. Il me fait tourner la tête et, soudain, ses lèvres ne sont plus qu'à quelques centimètres des miennes.

– Tu es rassasié ? lui demandé-je en lui caressant les tétons.

J'adore son torse à la fois musclé et velouté. Je pourrais passer la journée à le toucher, à l'admirer comme une œuvre d'art, sans jamais m'en lasser.

– Loin de là.

Je le repousse légèrement et j'ouvre la bouche, m'apprêtant à lui dire que j'en veux davantage, quand il penche la tête vers moi et dit d'une voix rauque :

– Assez parlé, Wynn.

Il glisse sa langue dans ma bouche et, brusquement, est à nouveau en moi.

– Assez parlé, la Rouquine… Maintenant, du sexe. Il va falloir un moment pour que je sois rassasié.

Il reprend mes mots d'un air vaguement amusé, qui se dissipe lorsqu'il commence à bouger en moi. Nous nous taisons tous les deux, notre respiration s'accélère, nos muscles se contractent. Je me cambre et ferme les yeux, ravie de laisser Cullen faire ce qu'il veut de moi.

Chapitre 12
CRAPS

WYNN

Nous passons une bonne partie de la matinée au lit, puis prenons un petit déjeuner tardif.

– Ne t'imagine pas que j'ai oublié le concert, dis-je en le regardant par-dessus la table. Tu m'y emmènes toujours ?

– C'est ta dernière journée ici. Tes désirs sont des ordres.

Il me pince le menton pour me taquiner. Je ris et fais courir mes doigts sur son bras, puis je lui présente une fraise. Il mord dedans et m'attrape le bout des doigts.

– Aïe ! Espèce d'homme des cavernes…

Je fais mine de le regarder d'un œil noir, mais cela ne m'a pas fait mal du tout et j'en profite pour porter les deux doigts qu'il a mordus à mes lèvres et les suçoter.

Ses yeux s'assombrissent. Il me regarde avec un petit sourire satisfait.

– Pourquoi es-tu aussi couverte ?

Il se penche vers moi et me passe une main sur l'épaule pour faire glisser mon haut de pyjama et révéler mon épaule nue.

– Parce que j'ai faim, et que je ne voudrais pas te donner des idées avant d'être rassasiée.

– C'est justement mon but de te rassasier… On va te nourrir, alors !

Il prend la dernière fraise dans le plat et me la présente.

– C'est ridicule…

– C'est la dernière fraise, la Rouquine. Tu la veux, oui ou non ?

Il l'écarte de moi.

– Oui, j'en veux, dis-je avec un soupir.

J'ouvre la bouche et je mords dans la fraise qu'il me pose entre les lèvres.

– Hmm… C'est mon fruit préféré. C'est tellement…

Je commence à me lécher les lèvres quand, soudain, il me pose une main sur la nuque et m'embrasse.

– Frais. Frais et parfait, dit-il, se laissant aller en arrière sur sa chaise et me considérant d'un air amusé. Pourquoi es-tu si timide avec moi, aujourd'hui ? Ça m'étonne, après ce que je t'ai fait cette nuit.

– C'est à cause de ce que tu m'as fait cette nuit que je suis… Argh ! Ça t'amuse, hein ? Arrête !

Je me couvre le visage en riant.

– Arrête de me regarder comme ça, je déteste rougir ! J'ai les cheveux roux, Cullen… Quand je rougis, mes joues deviennent de la même couleur et je déteste ça.

– Personnellement, *j'adore* ça.

– Oh, toi alors !

Je lui jette ma serviette au visage et il rit en la retirant du sommet de son crâne.

Soudain, son téléphone portable se met à vibrer, sur la table, et il fronce les sourcils en voyant le nom qui s'affiche à l'écran. Il décroche.

– Oui ?

J'en profite pour me précipiter à la salle de bains où je fais un brin de toilette. Quand je retourne dans le salon, il est debout devant la fenêtre et dit :

– C'est impossible. Je suis occupé.

Il marque un temps d'arrêt.

– Je vais envoyer Oliver t'apporter de l'argent.

Après avoir raccroché, il appelle Oliver qui frappe à la porte quelques minutes plus tard. Je regarde Cullen prendre plusieurs liasses de billets dans le coffre-fort de la suite et les lui donner.

– Allez porter ceci à ma mère, s'il vous plaît.

– Bien, monsieur.

Cullen referme la porte derrière Oliver et reporte son attention sur moi. Il est vêtu en tout et pour tout d'un pantalon. Une barbe naissante couvre sa mâchoire carrée.

Je suis troublée de constater qu'il est si gentil avec sa mère. Il a renoncé à la vie aisée que son père lui offrait pour être avec sa mère, qui semble être moins… fiable. Je trouve cela émouvant.

La frontière est mince entre l'amour et le désir et je me tiens dessus, ne sachant pas très bien moi-même ce que je ressens, touchée et affectée par l'un et l'autre.

Je m'aperçois que les yeux de Cullen sont toujours rivés sur moi.

– Regarde-toi… Je n'arrive pas à détacher mes yeux de toi.

– Ne te moque pas de moi…

– Je ne me moque pas de toi. Je t'ai désirée dès l'instant où je t'ai vue pour la première fois.

Je m'humecte les lèvres. Ses paroles résonnent dans ma tête.

– Et tu m'as *achetée* !

L'espace d'un instant, il reste immobile et silencieux. Ses yeux s'assombrissent, puis un pli suspect se dessine au coin de ses lèvres, comme s'il s'apprêtait à sourire.

– J'ai passé une très bonne soirée, hier. Allons nous préparer, maintenant ! Que veux-tu faire de ta dernière journée ?

Je le suis dans sa chambre et le regarde ouvrir le robinet de la douche.

– À part aller au concert ce soir et, bien évidemment ...

J'affiche un petit sourire satisfait.

– ... me rassasier de *toi*, dis-je pour le taquiner. J'aimerais bien apprendre à jouer au craps.

Il se retourne pour me regarder, l'air surpris.

– Tu plaisantes ?

– Non. Tu es partant ?

Je me jette sur son lit et le regarde se déshabiller, tout mon corps réagissant à ce que je vois.

Il a un sourire absolument diabolique.

– Je suis partant...

Le pétillement malicieux dans ses yeux s'intensifie.

– ... à condition que tu viennes me savonner, ajoute-t-il.

Bouche bée, je regarde les muscles de ses sublimes fesses se contracter tandis qu'il se détourne pour se diriger vers la douche.

Expirant lentement, je m'empresse de me déshabiller et de le rejoindre. J'ouvre la porte de la cabine de douche et un nuage de vapeur m'enveloppe dès que j'entre. Cullen était en train de se passer une main sur le visage, mais tout son corps se raidit quand je me presse contre lui et lui enroule les bras autour de la taille, appuyant une joue contre son dos. Je ferme les yeux et pousse un soupir de contentement quand il tend le bras derrière lui pour me maintenir un instant immobile avant de se retourner et de me prendre dans ses bras.

Il me berce doucement sous l'eau pendant un moment – et je sais que c'est faux, mais j'ai l'impression que c'est la première fois qu'il me tient ainsi contre lui. Il me regarde en souriant et je lui rends son sourire, puis nous nous lançons dans les ébats les plus excitants de ma vie. J'en oublie tout en dehors de Las Vegas et de cet homme.

★ ★ ★

– Tu n'as encore jamais joué aux dés ? me demande Cullen quand nous arrivons à la table de craps.

Je secoue la tête et il me sourit avant de se placer derrière moi pour me donner des instructions.

– Au premier lancer, tu gagnes avec un 7 ou un 11. Tu perds si tu fais un 2, un 3 ou un 12. Avec n'importe quel autre numéro, le point est placé sur ce numéro et tu dois le refaire avant le 7 pour gagner, explique-t-il alors que le croupier pousse les dés dans notre direction.

– D'accord, dis-je avec un sourire.

– Prends-en deux, dit Cullen en indiquant les dés d'un signe de tête.

Il vient se placer à côté de moi et la chaleur de son corps me manque aussitôt, mais l'adrénaline commence déjà à monter en moi.

Je lance les dés et, ne comprenant pas bien les règles du jeu, je demande à Cullen :

– Qu'est-ce qu'il nous faut, maintenant ?

– Un 7 ou un 11. Tu dois relancer.

Je hoche la tête, souffle sur les dés avant de les jeter sur la table et pousse un cri aigu quand un 7 apparaît.

Les choses commencent à s'animer. D'autres joueurs viennent miser.

Je recommence, encore et encore, sans jamais obtenir de 7 – ce qui est apparemment une bonne chose. C'est bien d'obtenir un 7 au premier lancer, mais pas une fois que le point a été établi.

Cette fois encore, je souffle sur les dés, les lance et pousse un cri de joie en obtenant mon numéro. Je m'amuse comme une folle. Je glousse et sens l'adrénaline m'envahir tandis que Cullen mise pour nous et gère nos gains.

Quand j'obtiens un 7 et que ma série de victoires consécutives semble toucher à sa fin, nous décidons de récupérer nos gains. Je prends le visage de Cullen au creux de mes mains et lui dépose un baiser sur les lèvres.

– Personne ne m'avait jamais dit que jouer pour de l'argent pouvait être aussi excitant…

Je l'embrasse à nouveau, extatique, et j'ajoute :

– C'est parce que *tu* es excitant.

Submergée de désir, j'ai envie de l'emmener dans notre suite. J'ai envie de lui tout le temps, à chaque instant. J'ai envie de le dévorer et qu'il me dévore.

– J'adore ce jeu !

Je lui passe les bras autour du cou avant de lui murmurer à l'oreille :

– On peut y aller, maintenant ?

Il baisse les yeux vers moi et, tout en me prenant par la taille, me dépose un baiser sur les lèvres. Je me trémousse contre lui et lui rends son baiser.

Il hoche la tête et annonce que nous encaissons nos gains.

– Joli lancer, me dit une dame en me lançant un jeton noir.

– Oooh ! Merci !

J'ai vraiment l'air d'une midinette.

Cullen émet un grognement quand je me penche pour prendre le jeton et que mes seins manquent de sortir de ma robe.

Pendant que le croupier compte nos jetons, je me colle contre le torse puissant de Cullen et dis dans un souffle :

– J'ai de la chance, hein ?

– Tu es un vrai porte-bonheur, me répond-il avec un sourire aguicheur.

Il me regarde comme s'il avait envie de m'emmener dans sa chambre et de me prendre. C'est sans doute ce qu'il aurait fait si Mike n'était pas arrivé juste au moment où le croupier me tendait mes jetons.

– Cullen, te voilà ! Je suis désolé de te le dire, mais j'ai une mauvaise nouvelle.

Mike se masse la nuque d'un air soucieux.

– La partie éliminatoire a été reportée.

Cullen le regarde, haussant légèrement un sourcil interrogateur.

– À quand ?

– J'attends confirmation, mais dans quatre jours au plus tôt.

Cullen contracte la mâchoire et sa voix se fait plus grave encore.

– Putain, Mike !

Mon propre sourire s'évanouit quand il glisse ses mains dans ses poches et me regarde.

– Il sera là, dis-je aussitôt à Mike.

Le regard de Cullen s'intensifie.

– Cullen ? dit Mike, attendant une confirmation de sa part.

Cullen esquisse un bref hochement de tête, sans cesser de me considérer avec curiosité.

Mike s'éclipse et nous nous regardons fixement pendant une seconde. Deux secondes. Trois secondes.

Consciente que je rougis et que mon expression risque de me trahir, je commence à m'éloigner, regardant mes pieds et m'efforçant de dissimuler ma déception.

– Tu ne peux pas rater la partie éliminatoire. C'est ton travail. Et puis, de toute façon, tu as déjà perdu notre pari, alors ce n'est pas comme si tu étais obligé de venir m'aider à organiser l'exposition. Je t'ai dit que tu devais le faire uniquement parce que…

Je laisse ma phrase en suspens.

– Parce que tu voulais te pavaner devant moi au milieu de tes artistes, dit Cullen. Je le sais bien, Wynn.

J'écarquille les yeux, éclate de rire et le foudroie du regard.

– Tu vois ? Et je n'ai même pas eu besoin de le faire pour gagner. Alors…

Je soupire.

– Ça risque de faire un peu juste, mais tu pourras quand même venir voir mon exposition si tu finis à temps. Ce ne sera pas aussi sympa si tu n'es pas là et que je n'ai pas à t'impressionner. Ta seule présence m'inciterait à faire de mon mieux.

Je déteste la déception que je perçois dans ma propre voix, mais je ne peux rien y faire. Je lève les yeux vers son profil.

Il regarde droit devant lui, les sourcils légèrement froncés, puis il tourne le visage vers moi et sourit d'un air penaud.

– Dis-moi que cette exposition va quand même tout déchirer.

– Bien sûr que oui ! J'ai gagné notre pari, n'est-ce pas ? L'artiste dont je t'ai parlé hier va apporter ses plus belles œuvres, un immense tableau, le clou de l'exposition. C'est pratiquement une fresque, seul quelqu'un qui a beaucoup d'espace et beaucoup d'argent pourrait se permettre de l'acquérir…

Je secoue la tête, incapable de décrire à quel point son travail est époustouflant.

– J'adore ce tableau. Il s'appelle *L'Avenir qui ne sera jamais*, et c'est le paysage abstrait le plus incroyable qui soit. Il est magique, tu vois ce que je veux dire ? Il est tellement beau qu'il ne peut pas être réel, mais quand tu le contemples tu es frappé par le fait qu'il *est* réel. Je suis fière de cette artiste. Elle a traversé de dures épreuves pour en arriver là où elle est aujourd'hui. Je suis fière de tous mes artistes, mais celle-ci… cette œuvre…

Je secoue la tête avec un soupir, prenant conscience que je dois l'ennuyer.

– Enfin, bref ! Les invitations ont été lancées et cela fait déjà un peu de bruit, alors je suis très contente…

Je le regarde avec un sourire gêné.

Il m'attrape le poignet, m'arrêtant, une expression encore plus intense sur le visage.

– Reste quelques jours de plus. Nous partirons ensemble.

J'hésite un instant. Le regard pénétrant de Cullen semble chercher à m'arracher mes secrets, en particulier celui que je garde le plus près de mon cœur, et qui est que je n'ai pas envie de partir.

Mais je *dois* partir.

– Je ne peux pas… Je dois déballer certains des tableaux, tout préparer… Je crains d'en avoir déjà trop demandé à Pepper cette semaine.

– Bon sang ! grommelle-t-il.

– Je sais. Mais il faut que tu participes à cette partie éliminatoire. C'est ton job…

Je lève les yeux au ciel d'un air faussement moqueur.

– Ce n'est pas de l'art, mais… c'est ton truc, Playboy, dis-je, employant son surnom pour le taquiner, le sourire aux lèvres.

Il esquisse un sourire qui, à mon grand désarroi, me trouble profondément.

– C'est ma dernière journée ici, notre dernière journée ici ensemble, alors profitons-en au maximum. J'ai hâte d'aller à ce concert… et je sais que tu meurs d'envie de danser avec moi !

– Bien sûr, dit-il d'un ton monocorde.

J'éclate de rire en voyant la lueur amusée qui brille dans ses yeux.

Chapitre 13

LE CONCERT

WYNN

– Déposez-nous ici, Oliver, dit Cullen.

Il pose sur mes lèvres le baiser le plus torride que l'on m'ait donné depuis… *oh !* peut-être cinq ou six minutes. Nous nous sommes embrassés tout le long de la route pour nous rendre au concert. Je regrette presque que nous ne soyons pas restés dans la chambre pour vraiment profiter à fond de mon dernier jour ici.

– Avez-vous vos billets, monsieur ? demande Oliver.

– Oui, répond Cullen en vérifiant qu'ils sont bien dans la poche intérieure de sa veste.

Il reporte son attention sur moi et me prend la main.

– Au cas où je ne te l'aurais pas encore dit ce soir, tu es magnifique.

– Vous n'êtes pas mal non plus, monsieur Carmichael.

Oliver s'arrête au bord du trottoir. Cullen descend de voiture et m'aide à en faire autant, me prenant par la main puis passant mon bras sous le sien.

Une journaliste s'approche de nous comme si elle voulait un scoop, mais Cullen lève une main pour l'arrêter.

– Un peu d'intimité, ce soir, s'il vous plaît.

Le laissant me guider, je murmure :

– Cullen, est-ce que cette journaliste… t'attendait ?

Il rit.

– Moi, et les autres visages familiers qu'elle verra.

– Tu veux y retourner ? Tu as besoin de cette publicité ?

– Non. Désolé. Tu es tout à moi, personne ne viendra s'immiscer entre nous.

J'apprécie qu'il ait déjà remarqué que j'étais nerveuse sous les feux des projecteurs. De plus, je n'ai pas envie de le partager avec qui que ce soit, ce soir. C'est notre dernière soirée ensemble.

Ne commence pas, Wynn. Tu es de sortie avec l'homme le plus torride de la ville.

Profites-en. Profite de lui.

Je me tourne pour glisser les doigts sur le devant de sa chemise et, sans même me rendre compte de ce que je fais, j'incline la tête en arrière, réclamant un baiser.

Il m'embrasse et me sourit.

– Allons nous amuser !

Derrière nous, la foule éclate en acclamations quand une limousine lisse et brillante arrive avec la vedette. Les New Vegas Pack sont connus pour leurs reprises exceptionnelles. Ce soir, ils interpréteront Mendes, Puth, Sia et Adele, accompagnés par un orchestre complet.

Cullen entrelace ses doigts aux miens et montre les billets à l'entrée réservée aux VIP. Nous entrons sous un chapiteau luxueux. Des tables de jeux aux mises élevées sont installées et on sert du champagne à volonté.

– Est-ce que tout tourne autour du jeu, ici ?

Il me fait lever le bras pour le glisser autour de son cou. Après un baiser exquis, il me rappelle :

– Toutes les bonnes choses commencent par un pari.

J'ai un frisson.

– Ce n'est pas moi qui dirais le contraire.

– C'est ta soirée… Nous ne sommes pas obligés de la passer aux tables de jeux.

Je souris.

– En fin de compte, j'ai aimé être aux tables de jeux… quand tu y étais aussi.

Il me sourit et m'emmène prendre place près de la scène.

Quand le concert commence, je suis déjà prête à danser.

Tout au long des dix premières chansons, je hurle à pleins poumons. Cela faisait un moment que je n'avais pas assisté à un concert et je me dis que ce sera le dernier auquel j'irai avec Cullen. J'aime l'idée qu'il ne parvienne pas à détacher ses yeux de moi quand je danse.

J'agite les épaules et les hanches au rythme de *How Long* de Charlie Puth. Nous sommes tout devant, alors j'ai de la place pour me trémousser. J'adore sentir les mains de Cullen se poser sur mes hanches chaque fois qu'une chanson se termine, quand il me serre contre lui.

Dans la zone délimitée par une corde, il y a des tables, des chaises et la place pour soixante-quinze personnes debout, j'ai l'impression d'être une véritable VIP.

Le chanteur annonce la dernière chanson.

– Celle-ci est dédiée à tous ceux parmi vous qui aiment gagner !

Il se tient devant moi quand il commence à chanter *Wherever You Will Go* de The Calling. Il se dirige à l'autre bout de la scène, revient pour le refrain et reste là, juste devant moi, comme si c'était pour moi qu'il chantait !

Je suis enchantée.

Je suis enchantée, parce que Cullen enrage.

J'ai un grand sourire.

Il fronce les sourcils.

Je chante, mais j'entends à peine Cullen, jusqu'à ce qu'il m'attire tout contre lui, oscillant d'un côté et de l'autre.

Tout mon corps s'électrise comme je m'appuie contre lui et le laisse me balancer.

Je sais déjà qu'il est capable de danser quand il est inspiré.

Il resserre son étreinte autour de moi et me murmure à l'oreille :

– Je te suivrai n'importe où.

– C'est vrai ? demandé-je, lui lançant une œillade par-dessus mon épaule.

Ses lèvres prennent les miennes et son baiser est une déclaration. Il montre que je suis sienne, et me fait oublier tout le reste, même le concert.

Quand il me relâche, le chanteur s'est éloigné sur la scène.

Je regarde Cullen d'un œil noir, par jeu, parce qu'il l'a fait fuir.

Puis le concert se termine.

– C'était génial !

Nous repartons par où nous sommes arrivés et il me tient la main. Je suis tellement heureuse que je balance nos bras. L'air du désert est chaud et sec.

– Merci.

– Je t'en prie.

Soudain, une jeune femme ivre et chancelante tombe à ses pieds et s'agrippe à son pantalon en essayant de se redresser.

– Hé ! fait-elle en le regardant, clignant des yeux. Je me souviens de toi… C'est toi dont tout le monde dit qu'il a de grandes chances de remporter le tournoi cette année !

Tu m'as tout l'air d'un gagnant, Playboy, ajoute-t-elle dans un roucoulement.

– Je crois que tu as assez bu pour ce soir, mon chou.

– Cullen ? dis-je, me hérissant brusquement.

Elle connaît son surnom ? Qu'est-ce que c'est que cette histoire ?

Et il l'appelle mon chou *?*

Il l'aide à se relever et, le sourire aux lèvres, lui dit quelque chose qui la fait *rougir*, alors même qu'elle est soûle. Je serre les dents.

– Sérieusement ?

Je le regarde d'un air interrogateur avant de m'éloigner d'un bon pas.

Que veut-il de cette fille ivre ?

Il me rattrape deux minutes plus tard.

– Sérieusement, la Rouquine ?

Il a l'air amusé. Cela me met encore plus en colère.

Je m'arrête net.

– Sérieusement. C'est ce que je t'ai demandé. *Sérieusement, Cullen ?* Comment as-tu pu ?

– Elle s'est agrippée à moi. Crois-moi, je ne l'avais pas invitée à le faire.

– Tu n'avais pas l'air trop désemparé.

– Et tu n'es pas restée pour m'aider.

– Pour *t'aider* ? Tu te moques de moi ?

Je me remets à marcher. Je suis furieuse, d'autant que je n'ai pas le droit de prétendre qu'il m'appartient. Si je pouvais le faire…

Bon sang, Wynn, où as-tu la tête ?

Je bouillonne intérieurement pendant le trajet de retour jusqu'à l'hôtel, et le sourire que Cullen affiche m'agace encore plus. Il me prend la main. J'essaie de la retirer, mais il resserre son étreinte pour m'en empêcher.

Je le laisse avoir ma main. C'est la seule chose qu'il aura ce soir. Et je regarde à travers la vitre pour fuir son regard perçant.

– Qu'est-ce que tu lui as dit pour la faire rougir ?

– Seulement de regarder où elle mettait les pieds la prochaine fois pour éviter de tomber sur quelqu'un dont il est si difficile de s'arracher.

Je souffle avec colère.

– Tu es incorrigible, Cullen !

– Elle ne m'intéresse pas.

Je le regarde d'un œil noir. Je déteste ce sentiment et je déteste qu'il me fasse éprouver cela. Lui et ses manières de playboy !

Au fond, je suis plus en colère contre moi que contre lui. Je suis furieuse d'éprouver une telle jalousie. Furieuse de constater la fragilité de ce que je partage avec lui. J'ai des sentiments pour lui. Des sentiments insensés et profonds. Mais je pars demain et je commence à être prise de panique à cette perspective.

Quand la voiture s'arrête devant l'hôtel, j'ouvre la portière et je descends. Je traverse le hall et j'entends les pas de Cullen derrière moi.

– Wynn…

Il m'attrape par le coude et me fait pivoter sur mes talons quand, soudain, un petit garçon lui rentre dedans.

– Désolé ! lui crie l'enfant avec désinvolture tandis que sa mère accourt.

– Je vous demande pardon, dit-elle à Cullen avant de rattraper son fils. Carson, je t'ai déjà dit de ne pas courir dans l'hôtel !

Je m'aperçois que le prénom du petit garçon est le même que celui du gars avec lequel j'avais un rancard le soir où j'ai rencontré Cullen. Je m'apprête à sourire, mais Cullen s'est immobilisé et je remarque soudain la lueur dans ses yeux tandis qu'il regarde la mère et l'enfant s'éloigner. Il glisse ses mains dans ses poches, le sourire aux lèvres.

C'est la première fois qu'il n'a pas une expression totalement indéchiffrable.

La scène me tue. Mon cœur sombre. Je ne pourrai jamais combler le désir d'enfant qui se lit dans les yeux de cet homme. C'est physiquement impossible, pour moi.

Soudain, je me dis que c'en est fini des hommes, pour moi. C'en est fini de tout.

– Au moins, Emmett n'aurait pas flirté avec une fille bourrée à un concert, dis-je à voix basse, pour évacuer ma frustration et ma colère, incapable de lui avouer mon infertilité.

La raison pour laquelle Emmett ne pouvait pas aller plus loin avec moi et, j'en suis sûre, la raison pour laquelle aucun autre homme ne voudra jamais de moi.

Il reporte aussitôt son attention sur moi, son sourire s'évanouissant.

Je déteste être aussi méchante, mais je suis prête à tout pour le repousser et me rappeler qu'il n'y a rien entre nous. Que cela ne peut aller *nulle part*.

M'éloignant à grandes enjambées, j'entre dans l'ascenseur et appuie sur le bouton pour regagner notre suite avant lui. Cullen se glisse entre les portes alors qu'elles se referment et me regarde.

– Emmett, dit-il d'un ton glacial.

– Oui. Mon ex ! Le dernier homme que j'aurai aim…

Avant que je ne puisse terminer ma phrase, il pose sa bouche sur la mienne et m'embrasse brutalement, me coupant le souffle.

Sa langue glisse sur la mienne. Ses mains dans mes cheveux. Sur mes épaules. Sur mes fesses.

Il me prend le visage entre les mains, la colère et la frustration contenues dans son baiser égalant celles que j'éprouve.

– Arrête, dis-je dans un gémissement, essayant de me rappeler pourquoi je suis en colère. Je n'arrive pas à réfléchir quand tu…

Les portes de l'ascenseur s'ouvrent et je sors comme une flèche. J'ai déjà la carte magnétique à la main et j'entre dans la suite avant lui.

Quand je me tourne pour lui dire quelque chose, il est déjà en train de dénouer sa cravate. Il commence à se déshabiller, là, devant moi, enlevant d'abord ses chaussures.

– C'est *toi* qui es en colère, maintenant ? Et pourquoi ? Nous allons en parler, dis-je.

– Non, répond-il en retirant sa ceinture. Nous allons d'abord régler nos différends sur l'oreiller. Nous parlerons plus tard.

– Sûrement !

– Content que tu sois d'accord.

Il me rattrape avant que je n'aie eu le temps de m'enfuir.

Il plaque ses lèvres sur les miennes, passe une main sous ma robe et la relève sur mes hanches de l'autre.

Je repense à la nostalgie que j'ai lue sur son visage quand il regardait le petit garçon et j'ai envie de le réconforter. Je voudrais pouvoir lui donner ce qu'il désire le plus au monde. Au lieu de cela, je me cramponne à lui, incapable de lâcher prise. J'ai envie de lui comme je n'ai jamais eu envie de personne.

Je brûle de désir. Je n'ai pas besoin de préliminaires, je veux le sentir en moi tout de suite.

– Cullen…

Il me tourne dos à lui et me plaque contre le mur, m'arrache mon string et me gronde à l'oreille qu'il me veut, qu'il ne veut que moi, qu'il a imaginé toute la soirée qu'il me faisait l'amour.

Me raccrochant à ma colère par instinct de survie, je grommelle :

– Si c'est vrai, tu aurais dû lui dire que tu…

– Étais fou de toi ?

Il se penche sur mon dos, les paumes sur mes fesses comme s'il manipulait la chose la plus fragile du monde, et il me pénètre d'un mouvement vif.

– Mourais d'envie d'être en toi ? me murmure-t-il à l'oreille d'une voix rauque.

Je gémis et j'écarte un peu plus les jambes, appuyant les bras contre le mur. Son bassin bascule en avant et le mien en arrière.

– N'en avais jamais assez de toi… de ça ?

Haletant, il me mordille l'oreille, glisse la langue sur mon cou, me fait tourner la tête pour m'arracher un baiser torride.

– Oh, Cullen…

Je gémis et lui agrippe la main tandis qu'il me pénètre de plus belle.

Nos ébats se font de plus en plus sauvages. Ses coups de reins échappent à tout contrôle et je veux qu'il soit comme cela avec moi. Je veux qu'il me prenne comme si c'était la première fois qu'il me possédait, qu'il me fasse sienne comme s'il avait l'intention de me garder.

Il ressort juste avant que je jouisse et je suis tellement frustrée que je fais volte-face et lui saute dans les bras, enroulant mes jambes autour de lui.

Il m'empoigne les fesses et me pénètre par mouvements rapides.

– Cullen…

Je fais courir mes doigts sur ses bras, de haut en bas et de bas en haut, tout en le chevauchant.

– Qu'est-ce que tu veux, la Rouquine ?

Il tire violemment sur le haut de ma robe et enfouit le visage dans mes seins.

– Parce que tout ce que je veux, *moi*, c'est ça… *toi*.

Il se retire, me fait reculer un peu. Mon dos heurte la porte de la chambre.

– Toi, et seulement toi, ajoute-t-il.

Il me soulève à nouveau dans ses bras.

– Prends-moi…

Je l'agrippe tandis qu'il m'empale sur lui.

– À quel point est-ce que tu as envie de moi ? me demande-t-il.

Ses lèvres effleurent à nouveau mes tétons.

– Tu ne peux pas savoir, dis-je en gémissant.

Nous nous embrassons et, alors que je glisse mes doigts dans ses cheveux, nous jouissons ensemble. Il me tient fermement dans ses bras pendant que tout mon corps est secoué de spasmes. Enfin, pantelants, nous échangeons un dernier baiser et il se retire.

Il me caresse doucement les cheveux et me regarde réajuster ma robe. Ses cheveux sont ébouriffés, ses lèvres rougies par mes baisers.

J'ai peur de ce que je ressens. Peur de constater à quel point cet homme me fait perdre pied.

– Ne t'en va pas, dit-il d'une voix rauque.

Il tend vivement la main vers moi pour me retenir quand j'esquisse un mouvement pour me reculer.

Je soupire et me libère de son étreinte.

– J'ai eu un moment de faiblesse, mais je crois que cela ne va nulle part…

J'ai vu la façon dont tu regardais cet enfant, tout à l'heure, et je ne pourrai jamais te donner cela !

– … et je ne voudrais pas que ça dégénère.

– C'est-à-dire ?

Les sourcils froncés, il ramasse son pantalon et l'enfile avec colère.

Je pousse un gémissement plaintif.

– C'est-à-dire que j'ai vu la façon dont tu regardais cet enfant, dans le hall, et que cela m'a serré le cœur. J'avais juste envie de te réconforter.

– Et moi, j'avais envie de te faire jouir, réplique-t-il.

Nous nous faisons face, nous regardant les yeux plissés. J'explose de colère.

– Va te faire foutre ! Tu refuses toute marque de tendresse de qui que ce soit, tu essaies de faire comme si tu n'avais besoin de rien, mais tout le monde a besoin de quelque chose ! Tu veux ça, Cullen, tu veux tout, ne prétends pas le contraire !

Et je déteste ne pas pouvoir te l'offrir !

– Oui, je veux ça ! Et alors ? Tout ce que je veux de toi, c'est ce que je viens d'avoir.

Je lui donne un coup de poing sur le torse.

Il ne bouge même pas.

– Ce que c'est théâtral ! siffle-t-il.

– Tu veux du théâtral ? Je vais me servir de tes bons de fidélité pour me prendre une autre chambre !

Je le regarde fixement pendant quelques secondes, puis je tourne les talons, prends mon sac à main et sors avec fracas. Je me rue vers l'ascenseur, me demandant ce que je fabrique. Je ne suis jamais sortie avec un mec si exaspérant. Je n'ai pas la moindre idée de ce que je fais avec lui ! Je ne sais pas quoi faire de *moi* en sa présence. Je traverse le casino d'un pas vif, me dirige vers le premier guichet que je vois, encaisse l'un de mes jetons, obtiens un billet de cent dollars et le mets dans une machine à sous.

J'appuie sur le bouton avec des larmes plein les yeux. Je ne sais pas pourquoi. C'est parce que je pars. Parce que je lui en veux d'être aussi… merveilleux. Je m'en veux à *moi* d'être venue ici et de m'être exposée à cet homme et à ses charmes. Je suis furieuse parce que ses derniers mots m'ont blessée. Parce que je veux, au plus profond de mon cœur, être plus que l'une de ses conquêtes.

Soudain, je sens une présence derrière moi. Je me raidis et pivote sur mon tabouret.

– Viens avec moi, murmure-t-il, l'air sombre et malheureux.

Je déteste avoir le souffle coupé quand il est près de moi et avoir peine à respirer quand il n'est pas là. Je me sens encore plus mal quand nous sommes fâchés l'un contre l'autre.

Je presse mes lèvres l'une contre l'autre avec colère et reste silencieuse.

Il me remet une mèche de cheveux derrière l'oreille.

– Viens avec moi…

Je suis troublée malgré moi.

– Je suis descendue pour être seule.

– Tu veux délimiter des zones ? me taquine-t-il.

Il esquisse un sourire, mais son regard est tourmenté et ardent.

Je retiens mon souffle quand il fait un pas vers moi et qu'il me caresse la joue du bout des doigts avant de me prendre le visage au creux de la main.

– Arrête, dis-je d'un ton d'avertissement.

Il se penche vers moi et me dépose un baiser sur la joue.

Puis il me serre dans ses bras comme s'il devait ne plus jamais me lâcher.

Enfin, il me fait me lever et pose ses lèvres sur les miennes. Chamboulée, je lui rends son baiser.

– Je suis désolé.

– Arrête, Cullen, dis-je d'un ton suppliant. Arrête.

– J'arrêterai quand tu me pardonneras, répond-il, continuant à m'embrasser du bout des lèvres. Pardonne-moi, s'il te plaît. Je suis perturbé et je ne sais pas pourquoi, mais je sais que c'est à cause de toi.

– Je suis perturbée aussi, et c'est à cause de *toi*. N'en parlons plus. Nous sommes venus ici pour nous amuser…

– Nous sommes venus ici pour que tu puisses oublier ce salaud. Ne mentionne plus jamais son nom devant moi, m'avertit-il avec colère, tenant encore mon visage au creux de sa main.

La gorge serrée, je hoche la tête.

Il me prend par la main.

– Prête à remonter ?

Je le laisse m'entraîner vers l'ascenseur.

– J'ai perdu quatre-vingts dollars. Je me sens trop mal !

Il sourit, amusé. Dans l'ascenseur, je me blottis contre lui. Il se tient derrière moi, m'enlace et me serre plus étroitement contre lui pour poser le menton sur le sommet de ma tête pendant quelques instants, puis il me dépose un baiser sur la tempe. Je brûle à nouveau de désir.

– Allons au lit, murmure-t-il.

Nous allons dans son lit, où nous nous embrassons avec fougue. La façon qu'a cet homme d'éveiller tous mes sens, mon corps entier, me fascine. J'ai pourtant détesté mon corps parce qu'il ne peut pas me donner l'une des choses que je désire le plus : une famille. Cullen me fait aimer mon corps comme je l'aimais autrefois… avant d'apprendre la nouvelle.

Nous faisons l'amour avec un tel empressement, encore à moitié habillés, que j'ai ensuite peine à me rappeler mon propre prénom, et encore plus la raison de notre dispute.

Ah, oui ! J'étais jalouse à cause de la fille soûle.

Il s'est mis en colère parce que j'ai mentionné Emmett.

Emmett et la fille soûle peuvent tous les deux aller se faire voir. J'ai Cullen et, pour le moment, je n'ai besoin de rien d'autre.

– J'ai envie de recommencer, lui dis-je tout bas.

– C'est l'idée.

– J'adore faire l'amour avec toi.

– Je suis là pour te faire plaisir.

– Eh bien, tu y arrives.

Je lui effleure le torse du bout des doigts.

– J'adore ce que tu me fais avec tes mains, et avec… euh, j'adore tout ce que tu me fais.

Je le mordille et glisse une main sur le drap.

Il me mord aussi.

– Si tu poses la main sur mon sexe, je ne vais pas tenir longtemps.

– Hmm… Ça me plaît que tu perdes un peu le contrôle.

– Plus qu'un peu, je dirais. Déshabille-toi.

Je m'exécute fébrilement, le regarde se déshabiller aussi avant de venir se placer au-dessus de moi.

Il pose une main sur mon sexe et me fait écarter les cuisses.

– Donne-moi ça.

Je fais ce qu'il me demande.

– Tu es superbe. Regarde-moi.

Je lui obéis.

– Ne ferme pas les yeux.

Je ne peux pas fermer les yeux, je ne *veux* pas les fermer.

Je les plonge dans les siens et nous recommençons à faire l'amour, lentement, cette fois. Chaque soupir, chaque caresse, chaque sensation est plus intense.

Mes yeux finissent par se voiler et je ne vois bientôt plus que les siens et leur éclat argenté.

Chapitre 14

CE QUI SE PASSE À LAS VEGAS…

WYNN

Ce matin, après des ébats dans la douche qui m'ont envoyée au septième ciel, nous nous habillons. Nous avons fait descendre mes bagages et Oliver m'attend en bas. Je ne sais pas comment l'expliquer, mais plus je fais l'amour avec Cullen, plus j'ai envie de lui. Hier soir, nous nous sommes chamaillés comme un couple marié, puis nous nous sommes réconciliés comme un couple marié. Ses caresses, son parfum, sa beauté virile : je suis devenue accro à tout cela. Le contraire n'est-il pas censé se produire, lors d'une aventure sans lendemain ?

Nous traversons le hall pour nous diriger vers la voiture quand, soudain, il me regarde ostensiblement.

– C'est maintenant que tu décides de porter la robe blanche ?

Son souffle est chaud contre mon oreille.

– Elle me donne un air innocent.

– Sur quelle planète ?

– La tienne.

Il a un sourire irrésistible, qui me trouble profondément.

– Tu veux que j'appelle le pilote pour lui dire que tu ne repartiras que demain, en fin de compte ?

– Nous en avons déjà parlé. Je dois vraiment rentrer.

Et je pensais que tu viendrais avec moi.

C'était ce qui était prévu, au départ.

Il pose ses bras sur mes épaules et appuie son front contre le mien.

– Je suis désolé, dit-il avec sincérité. Si je ne participe pas à cette partie, je n'arriverai pas en finale.

Je hoche la tête.

– Je sais.

Je soupire, déçue, et admire une dernière fois ses traits parfaits et ses yeux d'argent hypnotiques.

Lui aussi me regarde avec intensité.

– Wynn, dit-il enfin, d'une voix grave et assurée. Cela va plus loin que notre pari. Tu me portes chance, c'est vrai, mais ce n'est pas une question de chance si tu as fini à bord de mon jet. Je ne joue pas à un petit jeu avec toi. Je te voulais. Je te veux encore.

Il me prend par la taille et me serre contre lui, puis il me pose une main sur la joue.

– Je serai à ton exposition, la Rouquine. Je te le promets.

Le souffle coupé, j'essaie d'assimiler ce qu'il vient de me dire. Est-ce que cela signifie… qu'il a envie de continuer ? Me veut-il comme je le veux ?

– Et si la partie éliminatoire était à nouveau reportée ? demandé-je dans un murmure, osant à peine espérer.

– Cela n'arrivera pas.

– Mais si c'était le cas ?

– Je viendrais quand même.

Je me sens tout étourdie, faible et revigorée à la fois. Il reste à Las Vegas uniquement pour la partie éliminatoire, et il retournera ensuite à Chicago… pour moi. Peut-être que lui aussi éprouve… *Oh, allez !* Suis-je sérieusement en train d'imaginer… quoi ? Un heureux dénouement avec Cullen ?

Cette pensée me serre le cœur et je lui en veux d'avoir cet effet sur moi.

Tout de même, ce mec-là embrasse ses amies.

C'est un ami.

Ou du moins, c'en était un. Maintenant, j'ai la sensation qu'il est bien plus que cela. En l'espace de quelques jours, il est devenu tout pour moi.

– La Rouquine…

Il a un ton d'avertissement et me regarde en souriant.

Je soupire.

– Bonne chance ! Tiens-moi au courant, d'accord ?

Je m'apprête à tourner les talons, mais avant, je murmure :

– Cullen ?

J'ai envie de lui dire que je le veux. Que je le veux au-delà de toute raison.

Mais tous mes chagrins d'amour passés, ainsi qu'un mauvais pressentiment, m'accablent. Je ne suis pas sûre qu'il me regarderait de cette façon s'il savait tout à mon sujet et je déteste cela. Je m'efforce de chasser cette pensée de mon esprit car je ne veux pas partir sur une note négative.

Je me mets sur la pointe des pieds et lui dépose un baiser sur les lèvres.

– Merci pour le séjour le plus fabuleux de ma vie. Allez, vas-y, champion !

Avant de me laisser submerger par mes émotions et avant que le nœud dans ma poitrine ne me fasse monter les larmes aux yeux, je me détourne et m'éloigne, sentant le poids du regard de Cullen posé sur moi.

Je n'ai pas envie de partir.

J'ai envie qu'il me retienne.

J'ai envie qu'il vienne avec moi.

Hélas, il ne le fait pas car il doit participer à une autre partie ; et moi, j'ai mon propre travail à faire.

Cependant, alors qu'Oliver me conduit à l'aéroport et que la distance entre Cullen et moi s'étend, mon sourire s'évanouit, ma poitrine est de plus en plus douloureuse et mes yeux commencent à s'embuer de larmes.

Je n'arrive pas à croire que j'aie réussi à me maîtriser devant lui. Peut-être ai-je appris deux ou trois choses à Las Vegas, après tout. J'ai appris à bluffer comme une professionnelle.

★ ★ ★

Je ne me sens pas dans mon assiette en montant à bord du jet privé de Cullen. Sans lui, le côté exaltant de son mode de vie est amoindri.

Il y a une semaine, je m'envolais pour Las Vegas avec lui et je me demandais quel effet cela ferait de prendre le jet toute seule.

Maintenant, je le sais.

Et je préférerais ne pas le savoir.

J'aurais surtout préféré que le petit garçon et sa mère ne nous rentrent pas dedans justement lors de notre dernière soirée ensemble. J'aurais préféré ne pas voir l'expression de Cullen les regardant avec envie.

Je ne peux rien y faire.

Je refuse de penser à la famille que je ne peux pas offrir à Cullen. Je pense plutôt à la semaine que nous avons passée ensemble. Je me la rejoue au ralenti. Je revois la séance de shopping, le strip-poker, les dîners romantiques. Et je nous revois faire l'amour toute la nuit, comme si le sexe était notre drogue et que c'était le seul shoot dont nous avions besoin.

– Bon sang! dis-je tout bas, dans un soupir.

Si je continue à ressasser ces souvenirs, je ne tiendrai jamais jusqu'à Chicago.

Mais je me sens seule dans cet immense avion luxueux. Je me rejoue la scène de mon départ, dans cette robe blanche qu'il m'a offerte. Je revois la façon dont il m'a regardée. Il ne m'a pas retenue. Et je n'ai pas pu faire demi-tour pour courir vers lui.

La galerie va être en effervescence à l'approche de l'exposition. Il faut que je retourne à Chicago.

Pourtant, j'ai le sentiment que nous aurions dû dire ou faire quelque chose de plus.

C'était un pari.

J'ai gagné. Peut-être que si j'avais perdu, il serait reparti avec moi comme je l'espérais pour m'aider à organiser l'exposition. Au lieu de cela, il est resté pour la partie éliminatoire, et moi, je me retrouve seule avec mes souvenirs, et maintenant, tout est fini.

– Mademoiselle Watson, êtes-vous prête à décoller?

Le pilote me regarde. J'acquiesce d'un hochement de tête et j'essaie d'inspirer profondément.

– Je... Je n'arrive pas à respirer. Y a-t-il assez d'oxygène ici?

Je m'évente le visage. J'ai soudain l'impression que je vais mourir.

– Oui, mademoiselle, répond-il avec un sourire. Tout va bien. Préparez-vous au décollage.

Je hoche encore la tête, mais j'ai toujours l'impression de ne pas pouvoir respirer.

– Merci, dis-je en attachant ma ceinture de sécurité.

J'essaie de paraître calme, même si je ne le suis pas du tout.

Il disparaît dans le cockpit.

J'expire lentement et je ferme les yeux, m'adjurant intérieurement de me calmer et de laisser derrière moi tout ce qui s'est passé à Las Vegas.

À mesure que les nuances orange et brunes de l'horizon s'estompent avec la distance, j'ai le cœur de plus en plus lourd.

Le sable du Nevada a maintenant disparu, et Cullen avec lui.

Je m'essuie les joues.

– Ne sois pas si dramatique, Wynn.

Je n'ai jamais été aussi bien avec qui que ce soit d'autre. Je regarde les nuages d'un blanc bleuté à travers le hublot. Je suis à nouveau toute seule. Je ne peux rien faire de plus. Je ne lui ai pas dit ce que je ressentais parce que j'avais peur. J'ai encore peur.

La chance n'a jamais été de notre côté. C'était risqué, voué à l'échec, même.

Est-ce pour cela que Malcolm et Rachel m'ont mise en garde ? Est-ce pour cela que Callan a eu une petite conversation avec Cullen ?

La vie d'un joueur de poker professionnel est-elle une route solitaire, un chemin incertain allant de pari en pari, de partie en partie ?

Si tel est le cas, cela ne laisse aucune place à une compagne. Peut-être n'y a-t-il de place dans sa vie pour personne d'autre. Est-ce pour cela, en réalité, qu'il ne voit pas son fils ?

Le jeu passe avant tout le reste.

Il passera toujours avant tout le reste.

Il y a une bonne raison s'il est célibataire, et pourtant je le veux de toute mon âme.

Chapitre 15
HEADS-UP

CULLEN

Je joue mal. Wynn est partie et ma chance l'a suivie.

J'ai envie de l'appeler, d'entendre sa voix, de lui dire…

De lui dire quoi, mec ? Ressaisis-toi !

Je regarde à nouveau mes cartes.

– Hum ! Ça, c'est une première, dit avec un grand sourire James Johnson. Playboy a regardé une deuxième fois ses cartes, les gars… Qu'est-ce que ça signifie, à votre avis ?

– Je n'en suis pas sûr, répond Lucas Ingram, faisant tournoyer son jus de pomme dans son verre et le regardant pensivement comme si c'était du whisky, les sourcils froncés. À la réflexion, tu ne regardes jamais tes cartes deux fois. Qu'est-ce qui t'arrive ? Ça va ?

Je connais les frères Ingram depuis plus de dix ans. Isaac est un imbécile et Lucas est barbant.

En temps normal, je me réjouirais de me trouver à la table du petit frère d'Isaac. Il est prévisible et n'est pas si doué que cela pour le poker. Il s'en remet souvent à la chance et je ne crois pas à la chance pure. Il faut avoir du talent pour continuer à gagner.

Il y a une exception, bien sûr, et je l'ai en face de moi.

Quand il s'agit de jouer contre Lucas Ingram, tout le monde se pose la même question : est-il en veine ou non ?

Quand il est en veine, les gars l'évitent car il peut ruiner un casino en l'espace de quelques jours, raison pour laquelle son grand frère le finance. C'est bon pour les affaires.

Mais quand il n'est pas dans son assiette, c'est là que tout le monde veut sa peau.

Dans l'immédiat ? J'ai bien peur qu'il s'apprête à ne faire de moi qu'une bouchée.

Avec mon porte-bonheur quelque part entre Las Vegas et Chicago, je ne peux pas savoir comment tout ceci va se dérouler.

Lucas voyage avec une flopée de groupies agaçantes. Il se sert d'elles pour déconcentrer les autres joueurs. Quand j'aperçois une rousse parmi celles qui sont là aujourd'hui, je ne peux pas m'empêcher de penser à ma douce Rouquine. La femme qui jouait avec ses cheveux. La femme qui était la meilleure diversion.

Bon sang, ce qu'elle me manque !

Sans Wynn à mes côtés, je ne suis plus que l'ombre de moi-même, un joueur ordinaire qui ne s'intéresse même pas à la partie.

Je me mets à parler, songeant que Lucas ne peut pas faire plusieurs choses à la fois.

– Quelqu'un a vu Jack ? Ça fait longtemps que je ne l'ai pas aperçu.

– Cavanaugh ? Non, dit James. Il paraît qu'il a perdu gros.

Je me dis que je serais dans le même cas si je n'avais pas trouvé mon porte-bonheur. Je souhaite à Jack de rencontrer une femme bien.

D'après ce que j'ai entendu dire, ce n'est pas ce qu'il souhaite, *lui*.

– Cavanaugh va se refaire, dit un autre joueur. Ce type a plus d'un tour dans son sac.

Je regarde Lucas et m'adresse directement à lui, cette fois.

– Il paraît que tu as constitué une équipe clandestine.

– Ouais, répond-il en se penchant vers moi avec un air de conspirateur. Des compteurs de cartes. Pourquoi ? Tu envisages de changer de carrière, Carmichael ?

– Non. Mais j'ai entendu dire que tu étais dans une bonne passe… Il serait peut-être temps que tu reviennes du côté obscur.

– Oh, je suis touché ! dit-il en posant une main sur son cœur. Vous entendez ça, les gars ? Je manque à Carmichael.

Frank, un joueur qui a plusieurs titres à son actif, dit :

– Demande-toi pourquoi, petit.

– Il aime ma compagnie, dit Lucas, qui a toujours l'impression que tout le monde l'apprécie.

Il se tourne vers les filles. Deux d'entre elles lui envoient un baiser.

Il se sent aimé.

Je souris pour moi-même. *Eh bien, tant pis !* Ce n'est pas le bon moment pour moi, ça tombe à pic pour lui. Cela n'a pas grande importance. Pas aujourd'hui.

Je pense à Wynn et je me dis que ma chance ne va peut-être pas complètement m'abandonner.

– Alors, parle-moi de la fille, dit soudain Lucas. Il paraît que tu as dépensé sans compter, pour elle. Le bruit court qu'elle pourrait bien obtenir le titre de *madame Carmichael*. C'est vrai ?

Le turn est le deux de cœur.

– Pourquoi ? Ça t'intéresse ?

Je relance.

Lucas lève les yeux au ciel et se couche.

– Même pas. Alors, elle est de Chicago…

– C'est une question ?

– C'est sérieux, entre vous ?

Je sais pourquoi il me pose cette question.

– Dis à Isaac que Wynn organise une exposition, samedi.

Je ne peux pas m'en empêcher, c'est plus fort que moi. J'ajoute :

– Wynn et moi espérons qu'il viendra.

Ces mots me viennent naturellement.

Quand je quitte la partie, je me rends à l'évidence : je n'aurais jamais dû la laisser quitter Las Vegas sans moi.

Chapitre 16
TELLS

WYNN

Je me sens mieux en arrivant à Chicago.

– Regarde-toi ! s'exclame Gina, qui vient à ma rencontre dès que je descends de l'avion.

Rachel est là aussi.

Mes copines m'entourent et me serrent dans leurs bras, j'en pleurerais presque. J'avais oublié à quel point j'avais besoin de mes amies près de moi, non pas parce qu'elles me soutiennent, mais parce que ma vie est un peu vide sans elles.

– Allez, raconte-nous tout ! dit Rachel en ouvrant le coffre de la voiture pour que le pilote puisse y mettre mes bagages. Comment s'est passé ton séjour à Las Vegas ?

– Tu as parlé à Livvy ?

– Bien sûr qu'elle a parlé à Livvy, dit Gina, et moi aussi, j'ai parlé à Livvy !

Je me tourne vers le pilote avec un sourire.

– Merci pour tout.

Je m'apprête à lui laisser un pourboire mais Rachel me fait non de la tête. Une fois qu'il est parti, elle explique :

– Cullen s'en est déjà occupé. Malcolm péterait les plombs si je donnais un pourboire à l'un de ses pilotes. Je suis sûre que Cullen est pareil.

J'en ai le souffle coupé.

– Cullen ? Comment sais-tu, pour Cullen ?

– Ce n'est pas la bonne question, dit Rachel, les sourcils froncés, avant de lancer un coup d'œil à Gina. Ce sont des excuses qui s'imposent… Tu ne trouves pas ? Wynn ! Tu as pris le jet privé de Cullen Carmichael !

– Oh, tout à fait, acquiesce Gina d'un ton taquin, baissant la voix. Tu as perdu la tête ? Tu es allée à Las Vegas *avec Cullen Carmichael*, pour l'amour du ciel ! Qu'est-ce qui t'a pris ?

– Je ne sais pas. Je n'ai pas réfléchi.

Rachel soupire comme si elle percevait la tristesse dans ma voix.

– C'était lui, le mec torride de la partie de poker clandestine… n'est-ce pas ?

– Oui.

– Eh bien, dans ce cas, c'est compréhensible, admet Gina, haussant les sourcils d'un air entendu.

– Ne répète pas ça à Tahoe, dit Rachel, démarrant dès que nous sommes toutes les trois attachées et prêtes à partir.

– Oh, Tahoe sait qu'il est beaucoup plus beau, répond Gina d'un air enamouré. Crois-moi, il n'a pas de souci à se faire !

Rachel rit.

– Pourquoi s'en ferait-il ? Franchement, vous arrive-t-il de sortir du lit ?

– Chut ! Il ne s'agit pas de ma vie sexuelle…

Gina me désigne d'un geste du pouce par-dessus son épaule.

– Il s'agit de Wynn… *et de Cullen.*

Entendre son prénom me donne encore plus envie de le revoir. *Yeux d'argent…*

Je me demande si je dois garder pour moi nos moments les plus intimes. Cela me paraît mal d'en parler alors qu'il y a tant de sentiments en jeu, tant d'émotions en ébullition juste sous la surface et qui menacent de me faire exploser.

Gina se tourne à demi pour me regarder.

– Allez, dis-nous tout !

Je soupire.

– Il est… parfait.

– Oh, non ! gémit Rachel. Je t'en prie, ne me dis pas que tu es allée à Las Vegas pour oublier Emmett et que tu en reviens amoureuse !

Dehors, la lueur des étoiles vacille dans le ciel nocturne. Nostalgique, je me demande ce que Cullen est en train de faire. J'espère qu'il va gagner sa partie.

– Allô, il y a quelqu'un ? fait Gina, agitant une main devant mes yeux.

– Je suis dans tous mes états, dis-je, enfonçant une porte ouverte.

Rachel règle son rétroviseur.

– Wynn. Dis-nous que tu n'es pas totalement amoureuse.

Mes yeux me piquent. Je bats des paupières, expire lentement et je m'apprête à leur raconter, à leur dire que j'ai tout gâché parce que j'avais peur et parce que Cullen n'était pas aussi investi que moi, quand, soudain, mon portable se met à sonner.

– Attendez, dis-je aux filles. C'est sûrement ma mère, je ne l'ai pas eue au téléphone depuis que je suis partie.

Je décroche.

– Allô ?

– Wynn ?

Mon cœur fait un bond dans ma poitrine.

– Emmett ?

– Oui… Je peux te parler ?

Je jette un coup d'œil éperdu à mes amies. Je retiens mon souffle quand Rachel se gare et qu'elle et Gina se retournent pour m'interroger du regard.

– À vrai dire, Emmett, je pense que nous nous sommes dit tout ce que nous avions à nous dire.

Je fais alors quelque chose que je n'ai jamais fait de ma vie : j'écarte ma joue du téléphone et je lui raccroche au nez.

– C'était Emmett ? s'écrie Gina, visiblement ravie de ce que je viens de faire, et choquée.

J'ai un étrange pincement au cœur. Ce n'était pas la voix de cet homme-là que j'avais envie d'entendre au bout du fil.

Argh !

Mon téléphone sonne.

C'est un texto. D'Emmett.

Il faut qu'on parle.

Je le lis une deuxième fois. La colère monte en moi. *Sérieusement ?* Il ne manque pas de culot.

– Qu'est-ce qu'il veut ? me demandent les filles.

Je leur tends mon portable pour leur montrer le message.

– Waouh ! Il est gonflé, dit Gina.

J'ai le ventre noué.

– L'idée qu'il puisse y avoir à nouveau quelque chose entre lui et moi me répugne.

– Ce qui est fait est fait, dit Rachel. Cette expérience t'a appris des choses. Il t'a montré qui il était vraiment. C'est terminé. Ne lui réponds pas.

J'hésite.

– Je ne devrais pas quand même lui faire une réponse brève et méchante ?

– Pourquoi laisser une place à la discussion ? Cela se terminera de la même façon, dit Gina. Tu l'as oublié. Il t'a jetée, et tu t'en es enfin remise.

– Tu as raison.

J'efface le message et je me sens bien. Je me sens forte.

Je me suis toujours demandé s'il me recontacterait et j'avais peur de me montrer faible s'il le faisait. D'être tentée de me remettre avec lui, de recommencer à chercher la preuve qu'il tient à moi, que notre relation n'était pas uniquement un mensonge. Mais je ne suis plus amoureuse de lui. Peut-être ne l'ai-je même jamais été. Je n'ai en tout cas jamais eu pour lui les sentiments que j'ai maintenant pour un autre homme.

Gina et Rachel échangent un regard, perplexes, puis Gina me considère d'un air interrogateur.

– C'est compliqué.

Comment leur expliquer ?

Cullen me manque comme mon café du matin me manquerait, un rituel dont je ne peux pas me passer. Si je ne prends pas mon café au saut du lit, le reste de la journée est fichu. Est-ce comme cela que je vois Cullen ? Comme l'homme qui est entré dans ma vie pour gâcher le restant de mes jours ?

Quoi qu'il puisse y avoir entre nous, est-ce aussi important pour Cullen que ça l'est pour moi ?

Je regarde mes meilleures amies, espérant qu'elles auront quelque chose d'encourageant à me dire, car j'aurais bien besoin de conseils.

Gina soupire.

– Bon, d'accord. Recommence au début. Reprenons là où nous en étions avant qu'Emmett appelle et que tu prennes cet air dégoûté. Revenons à l'expression extatique que tu avais quand tu as atterri parce que Cullen a ravi ton cœur !

– C'est faux, dis-je.

C'est un mensonge.

– Nous sommes juste amis. Nous avons eu un moment d'égarement à Las Vegas, et c'était marrant, torride et…

Je ne termine pas ma phrase.

Quoi que cela ait pu être, c'est terminé, maintenant.

Gina tend le bras par-dessus son siège et me prend la main.

– Recommence au début, et raconte-nous tout.

– Je ne sais pas par où commencer…

J'ai envie de leur avouer que je suis tombée amoureuse de mon playboy et que je dois en rester là. Que je dois apprendre à me passer de lui, comme d'une drogue.

– Oh, c'est simple, dit Rachel, essayant de garder un ton léger. Commence par le sexe !

Chapitre 17

WYNN, LE PORTE-BONHEUR

CULLEN

Maintenant que ma place à la table des championnats est assurée, j'annonce à Mike que je partirai demain. Je commence à faire mes bagages, me demandant ce que fait Wynn. Au moment même où je prends mon portable pour l'appeler, le prénom de mon ex s'affiche à l'écran.

Parfait.

– Bonjour, Sondra.

– Cullen.

– Je suis content que tu me rappelles. Je voudrais voir Adam, le week-end prochain. J'ai un tournoi important, et j'aimerais passer du temps avec lui après ma victoire.

– C'est impossible, il va avoir des devoirs à faire. En fait, je ne te rappelle pas parce que tu as cherché à me joindre, mais parce que nous devons discuter de la pension d'Adam. Il fait du sport, maintenant, Cullen… et monsieur Baxter dit qu'il a un vrai don pour le violoncelle.

– Pour le violoncelle ?

– Oui, Cullen. Tu sais bien que…

– Arrête, dis-je, agacé. Combien ?

– Six mille dollars par mois devraient suffire.

– Pardon ?

– Tu as les moyens, non ? Enfin, tout de même, ce serait une honte qu'un grand joueur comme toi n'ait pas les moyens. Tu vois ? C'est pour ça que je n'aurais jamais envisagé d'être avec…

– Arrête. Arrête tout de suite ou tu n'auras pas un centime de plus.

Quelque chose vient de craquer en moi. Je ne veux plus être le père qui habite loin ou l'ex-petit ami que Sondra appelle chaque fois qu'elle veut renouveler sa garde-robe.

Je ne céderai plus à ses exigences et je ne passerai pas le restant de mes jours à lui parler plusieurs fois par semaine. Adam est assez grand pour décrocher le téléphone et me demander ce dont il a besoin. Il est assez grand pour répondre quand je l'appelle.

Peut-être que je suis obstiné, ou que cela fait trop longtemps que je cède à tous les caprices de Sondra ; quoi qu'il en soit, j'en ai assez de vivre comme cela.

Je pense à Wynn. *Bon sang !* L'expression qu'elle a eue quand elle a vu Adam en photo… Elle a eu la même quand le petit garçon nous est rentré dedans la veille de son départ. J'ai remarqué cette expression mélancolique en de nombreuses occasions.

Wynn veut des enfants. Je veux qu'elle fasse partie de la vie d'Adam presque autant que je la veux dans *ma* vie.

– Comment *oses-tu* me parler sur ce ton ?

– Tu sais quoi, Sondra ? Je n'étais qu'un gamin quand je suis tombé dans tes filets. Un vrai gamin. Je n'avais pas encore dix-huit ans. Et pour la première fois depuis toutes ces années, je vais te dire ce que tu aurais dû entendre il y a onze ans.

– Ah oui ? Et qu'est-ce que tu vas me dire, Cullen ?

Elle émet un grognement railleur et ajoute :

– Je suis pressée de l'entendre.

Je savoure cet instant car c'est un moment-charnière. Pour la première fois en onze ans, je contrarie Sondra, et je le fais pour moi, pour Wynn, pour mon fils, pour la famille que je n'ai jamais eue.

– Je te verrai au tribunal, Sondra.

– *Quoi* ?

– Je te verrai au tribunal. Tu ne me priveras plus d'Adam. Il a grandi et il a besoin de son père. Et j'ai besoin de lui.

Et puis, je veux que Wynn connaisse Adam. Je crois qu'ils s'entendront très bien.

Je raccroche, m'assieds dans un fauteuil et, fermant les yeux, je songe que j'ai besoin d'*eux deux*.

* * *

Je suis dans l'avion à l'aube. J'aime quitter la ville au lever du soleil. C'est le seul moment où elle a l'air calme, du moins, à mes yeux. Le soleil est orange, entouré d'un étrange halo de lumière bleutée, et on dirait que notre avion se dirige droit dessus tandis que nous volons vers l'est.

Je pivote dans mon fauteuil pour me tourner vers le siège vide de Wynn.

J'incline la tête et laisse échapper un gémissement plaintif, enchevêtré dans un embrouillamini d'émotions. Depuis quand suis-je obnubilé par Wynn autant que par la victoire ?

Quand est-ce devenu si difficile pour moi de quitter le lit d'une femme ?

Ou de la laisser quitter le mien ?

Quand ai-je commencé à penser *nous* plutôt que *je*?

J'aurais dû m'y attendre. Des rêves coquins jusqu'à nos conversations nocturnes, je suis sur mon petit nuage depuis le jour où je l'ai aperçue pour la première fois.

Je me lève et vais me tenir près du bar, puis je me penche pour regarder à travers le hublot tandis que nous atteignons notre altitude. C'est alors que cela me frappe : c'est exactement à cet endroit-là que je me tenais quand j'ai pris conscience que Wynn était la femme de ma vie.

Qu'est-ce qui m'arrive ?

Je retourne m'asseoir et me passe les deux mains dans les cheveux. Je regarde fixement le fauteuil *de Wynn* et j'inspire profondément, dépité de ne pouvoir la sentir, sentir ce mélange subtil de parfum coûteux et de désir.

Je voudrais que nous soyons à nouveau au début de notre séjour.

Elle était excitée, ce jour-là... et peut-être un peu inquiète, aussi. Quant à moi, je voulais alimenter son excitation et remplacer ses craintes par de la joie pure et simple.

Putain, Cullen, reprends-toi ! Elle n'est pas là et tu vas bientôt avoir une partie à jouer.

Que puis-je faire pour me la sortir de la tête ? Pour oublier la façon dont son corps sexy s'est crispé la première fois que je l'ai touchée, la façon dont ses yeux écarquillés ont suivi les miens quand j'ai glissé les doigts sur sa petite culotte ?

Son expression était incroyable.

Je rêve d'elle. *Bon sang !* Je rêvais déjà d'elle avant de l'avoir tenue dans mes bras.

Je ne voyais jamais le visage de Wynn, dans ces rêves, mais intuitivement, je savais que c'était elle, elle qui se cambrait, elle qui gémissait.

Maintenant, je ne peux pas m'empêcher de sourire. Personne ne pousse de gémissements plus exquis qu'elle. Quand Wynn ouvre la bouche et qu'elle s'abandonne à son plaisir, ses soupirs sont encore meilleurs que l'acte lui-même.

Enfin, peut-être pas *meilleurs*…

Putain ! J'ai une érection à cette seule pensée.

Chapitre 18
SHUFFLE

WYNN

J'ai passé la semaine à tout organiser avec Pepper, à déballer des caisses remplies de tableaux et à accrocher ceux-ci aux murs. Je suis épuisée, et pourtant, je n'arrive toujours pas à faire une bonne nuit de sommeil. Je n'ai eu aucune nouvelle de Cullen. M'a-t-il déjà oubliée ? S'est-il trouvé un autre porte-bonheur ? Quelqu'un qui s'assied sur ses genoux et qui applaudit quand il gagne, ou qui lui accorde des faveurs sexuelles ?

Argh ! Ma jalousie me tue.

Je me retourne dans mon lit et prends mon téléphone portable. Aucun message.

Quand Cullen et moi nous sommes rencontrés, il était bien décidé à m'aider à oublier Emmett, comme si c'était son devoir et sa mission. Maintenant, je me demande s'il y a au monde quelqu'un susceptible de m'aider à oublier Cullen.

Pourquoi suis-je tombée amoureuse de lui ? Pourquoi n'ai-je pas écouté Livvy quand elle a essayé de me mettre en garde ?

Pourquoi ai-je écouté mon cœur ?

Pourquoi ne me suis-je pas contentée d'écouter la raison ?

Je pousse un gémissement plaintif et je m'étire. Si je ne m'endors pas tout de suite, je ne tiendrai jamais le coup demain.

C'est la plus grosse exposition de ma galerie et il ne faut surtout pas que je gâche tout sous prétexte que je pleure un homme qui m'a fait miroiter un amour qui n'a jamais existé.

Je ne peux pas, pas maintenant.

Cullen semble de nature solitaire. Je ne peux pas me permettre de ressasser ce que nous avons partagé à Las Vegas, d'autant que cela ne se reproduira jamais.

Plus tard, après l'exposition, je pourrai me tourner et me retourner dans mon lit et rêver de ses yeux d'argent.

Je bâille. Je dois juste… dormir.

Il se penche, son souffle effleure mon oreille tandis que ses doigts courent sur mon dos.

– Wynn ? Tu es réveillée ?

Cullen… Je murmure son nom dans un gémissement et me blottis tout contre lui, faisant passer un de ses bras autour de ma taille et lui caressant la main du bout des doigts.

Je sens son sexe pressé contre mes fesses et j'ai envie qu'il me mette à quatre pattes et qu'il dépose ses baisers brûlants sur ma colonne vertébrale, sur mes épaules, sur ma nuque et sur ma joue.

Qu'est-ce qu'il attend ?

Tous mes sens sont en éveil, tout mon corps est sensibilisé. Je me retourne et le regarde. Le désir qui l'anime aussi se lit dans ses yeux. J'adore la façon qu'il a de me regarder, de m'observer.

Personne ne m'avait jamais regardée comme cela.

Je me consume de désir pour lui.

Et il le sait.

Il m'attire sur lui. Je gémis en sentant son sexe et je l'embrasse, sur la bouche, dans le cou, sur le torse, de plus en plus bas.

Il émet un grognement de plaisir quand je referme une main autour de son sexe en érection.

– Oh oui, bébé…

Je contemple son sexe tendu, sublime. Je meurs d'envie d'y goûter.

J'incline la tête et passe la langue sur le gland avant de le prendre entre mes lèvres.

Mon torride Cullen ! Il a un goût…

– Wynn ! Réveille-toi, bon sang !

Gina me secoue violemment.

– Qu'est-ce qui se passe ?

Je me réveille en sursaut et regarde autour de moi, égarée.

– Qu'est-ce que tu fais ici ?

Je tire les couvertures sur ma tête.

– Je ne peux pas avoir un peu d'intimité ?

– Dépêche-toi !

Elle me tire par le bras pour me mettre debout, me lance des vêtements et une serviette, me pousse dans la salle de bains et claque la porte derrière moi.

– Et je ne sais pas qui tu te tapais dans ce rêve, mais finis-le dans la douche, et vite ! ajoute-t-elle en riant. Pepper a essayé de te joindre toute la journée !

– Quoi ?

Je regarde à nouveau autour de moi, clignant des yeux, affolée.

– Quelle heure est-il ?

Je rouvre la porte et passe la tête dans l'entrebâillement pour jeter un coup d'œil au réveil, sur la table de chevet.

– 16 heures, répond Gina en me poussant à nouveau dans la salle de bains et en refermant la porte. Ne t'inquiète pas, Pepper s'occupe de tout. Rachel et Malcolm sont à la galerie, ils l'aident. Prends une minute pour te ressaisir. Tu as le temps.

Je rouvre encore la porte et je hume l'air.

– Est-ce que je sens une odeur de café ?

– Ça fait au moins cinq heures qu'il est fait. Une pleine cafetière. Intacte. Apparemment, le programmateur ne t'a pas réveillée. Pas étonnant… Waouh ! Quel rêve tu devais être en train de faire !

Elle me regarde d'un air bienveillant.

– Il n'en vaut pas la peine, Wynn… Tu attends ce jour depuis très longtemps. C'est ton grand jour ! Ne le laisse pas te le gâcher.

Je lui claque la porte au nez et, de derrière, lui crie :

– Ce n'est pas lui qui a tout gâché, c'est *toi*, en me réveillant !

– Ah ! Il fallait bien que je te réveille avant de voir quelque chose que je ne risquais pas d'oublier…

Je rouvre la porte et la foudroie du regard.

– Tu n'as pas un mari à aller satisfaire ?

– Je me suis occupée de ça ce matin ! répond-elle avec un haussement d'épaules désinvolte.

– Quelle corvée ! dis-je d'un ton empreint d'ironie. Plus sérieusement, c'est bon, je peux me débrouiller, maintenant, merci bien ! Tu me donnes quarante minutes ?

– Waouh ! Eh bien, ça devait vraiment être un sacré rêve…

– Que veux-tu que je te dise ? Il fait ressortir ce qu'il y a de meilleur en moi !

– On se voit à la galerie ! me crie-t-elle en s'éloignant.

Il ne me faut pas longtemps pour reprendre mon rêve là où il s'est arrêté, mais l'eau chaude qui coule sur mon dos et sur mes hanches ne m'aide pas à calmer le feu qui brûle en moi.

J'ai besoin de mon joueur torride et de ses incroyables yeux d'argent.

J'ai besoin de Cullen… de chaque délectable parcelle de son corps.

Et mon cœur a tout autant besoin de lui.

Chapitre 19

ON AUGMENTE LA MISE

WYNN

Ma belle galerie est un rêve devenu réalité. Je n'arrive pas à croire que j'ai failli ne pas me réveiller à temps à cause de Cullen, et parce que j'ai veillé si tard hier soir pour passer en revue tous les derniers détails et apporter la touche finale à l'exposition.

Nous exposons dix des artistes contemporains les plus prometteurs de New York, et tout le gratin sera là. Des blogueurs lifestyle et pratiquement tous les journalistes de la ville font la queue pour obtenir leur badge. J'ai envie de préserver le côté mystérieux de l'exposition, mais je ne veux tout de même pas refuser des gens susceptibles de faire ou de détruire ma réputation.

Mes artistes méritent une bonne couverture médiatique.

Quand j'arrive, je suis ravie de constater que tous les bénévoles, y compris mes amies, s'acquittent des tâches qui leur ont été confiées et que tout se déroule sans heurts, selon le programme que j'ai minutieusement établi pour l'exposition de ce soir.

– Salut, vous deux! dis-je à Rachel et à Malcom en les rejoignant à la fontaine à champagne. Merci beaucoup de nous aider, ce soir.

– C'est à ça que ça sert, les amis, répond Rachel en me serrant brièvement dans ses bras.

– Il n'y a pas de quoi, dit Malcolm.

Il indique la porte d'un signe de tête alors que quelques-uns de ses amis fortunés entrent dans la galerie.

– J'ai invité quelques amis… Je vais aller leur dire bonsoir, et ensuite, je te présenterai.

– Fais comme si tu les connaissais, me conseille Rachel. Nous avons envoyé les invitations en ton nom, tu te souviens?

– Bien sûr, dis-je, levant les yeux au ciel. Je suis juste allée à Las Vegas, je n'ai pas perdu le sens des affaires pour autant.

– Je vérifiais, c'est tout.

Je me penche vers elle et chuchote:

– Je me suis fait sauter… Ça m'a donné de l'inspiration et beaucoup de motivation.

– Je veux bien te croire, répond Rachel d'un ton goguenard.

Je soupire.

– Si tu savais…

– Je me doute. Tu as passé le plus clair de ton temps au lit pour nous revenir guérie de tes chagrins, dit-elle en riant. Enfin, bref! Ce soir, il ne s'agit pas de ton Playboy. Tu vas poser avec tes invités, offrir à ces blogueurs quelque chose à écrire et donner à monsieur Carmichael envie de pleurer quand il allumera son ordinateur, ce soir.

– J'aime cette idée!

Alors même que je prononce ces mots, je n'y crois pas. Mon Playboy doit être en train de prendre place à une table de poker en ce moment même.

J'espère que tu vas tout déchirer, mais je vais déchirer encore plus, ce soir ! Après tout, l'art, c'est l'art… J'expire bruyamment et, d'une voix à peine audible, je murmure :

– Waouh ! Je me mets à lui parler dans ma tête, maintenant ?

– À parler à qui ?

Une voix grave derrière moi me fait faire volte-face. Une petite partie de moi espère en dépit de tout que c'est celle de Cullen et je suis déçue de me trouver face à Isaac.

Comme si cela ne suffisait pas, Pepper le dévore du regard. Je pourrais lui tordre le cou, mais j'aurai bien le temps de l'écarter de lui plus tard.

– Bonsoir, monsieur Ingram. Merci d'être venu.

– Merci pour l'invitation.

Bizarrement, je ne me rappelle pas l'avoir invité.

– Je, euh…

Je n'arrive pas à trouver les mots justes.

Il tend le bras et m'entraîne à l'écart.

– Il y a plusieurs œuvres au fusain qui m'intéressent. Pourrions-nous en discuter en privé ?

Parfait ! C'est exactement ce qu'il me faut au tout début de l'exposition : quelqu'un qui veut m'attirer loin des feux des projecteurs.

– Souriez !

Une blonde menue s'approche, braque son appareil photo sur nous, prend quelques photos et, tandis que j'essaie de me ressaisir, je m'aperçois que j'ai dû avoir l'air d'une biche éblouie par des phares.

Gina et Tahoe passent derrière elle. Je leur fais signe de venir, mais Gina lève un doigt pour me demander d'attendre et me montre la fontaine à champagne.

Qui a commandé une fontaine à champagne, d'ailleurs ? N'est-ce pas trop cher ? Et n'est-ce pas un peu de mauvais goût ?

Il se passe trop de choses, mais je décide de m'occuper d'Isaac et de la petite blonde.

– Pouvez-vous en prendre une autre, s'il vous plaît ?

Je me tourne vers Isaac et lui ordonne entre mes dents :

– Penchez-vous vers moi et faites comme si vous passiez un bon moment.

– Je passe un bon moment.

– Ne froncez pas les sourcils, alors, dis-je à voix basse.

– Je ne sais pas sourire.

– Eh bien pensez à mon assistante, là-bas… Elle vous regarde comme si vous étiez une confiserie.

Isaac ne sourit pas vraiment mais son expression est impayable. Elle ne l'avantage pas, mais j'ai quant à moi l'allure d'une propriétaire de galerie, professionnelle et polie.

De plus, la photo va rendre Cullen fou.

Les sourcils à nouveau froncés, Isaac dit :

– Vous devez vous demander qui m'a invité.

– C'est vrai, dis-je tout en faisant bonjour de la main à monsieur et madame Benson, le couple de personnes âgées qui m'a acheté mon premier tableau.

Je suis soulagée qu'ils soient là. Ils vont acheter quelque chose, c'est sûr.

– Cullen.

Mon cœur fait un bond quand j'entends son prénom et mon estomac se tord comme un bretzel.

– Oui, Cullen est…

Je m'interromps, secoue la tête et reprends :

– Pourquoi parlons-nous de Cullen ?

– C'est lui qui m'a fait inviter… par l'intermédiaire de Lucas.

– Je suis désolée, je ne sais pas qui est Lucas…

– Mon frère. Il aime beaucoup Cullen. Il le considère comme le grand frère qu'il aurait aimé avoir.

– Je vois.

Comme par hasard, la musique de fond que l'on peut entendre à ce moment-là dans la galerie est *Poker Face* de Lady Gaga.

– Enfin, bref! Je présume qu'il va venir, ce soir…

Il hésite, remarque que je blêmis.

– Écoutez, ajoute-t-il, je ne sais pas si je peux vous aider parce qu'il y a une grosse différence entre attendre un frère et attendre un amant, mais si jamais je peux vous être utile, vous savez où me trouver.

Mon cœur se serre. Je ne veux pas que ma déception me gâche la soirée. J'inspire profondément, m'efforçant de me sentir sereine et heureuse. Fière de moi, ce que je suis. Tant pis si, pour une raison obscure, j'espérais que lui aussi serait fier de moi. Je voulais qu'il me voie à l'œuvre et qu'il m'admire comme je l'ai admiré tandis qu'il jouait au poker.

– Merci, Isaac, dis-je dans un murmure.

Il ne m'a probablement pas entendue.

Adossée au mur, je remarque la silhouette indistincte de quelqu'un qui est en train de parler à Rachel et à Malcolm. Il s'éloigne d'eux et commence à traverser la pièce, et j'écarquille les yeux. Un mélange d'incrédulité et de joie m'envahit.

Tous les regards semblent être tournés vers lui, mais lui a les yeux rivés sur moi.

Il me dévisage ouvertement tout en approchant à grandes enjambées. Mes jambes commencent à flageoler.

J'essaie de ne rien laisser transparaître des émotions qui me submergent. Je ne suis pas sûre de pouvoir faire face à ce qui est en train de se produire, là, maintenant – je fonds en voyant Cullen, dans mon monde, dans ma galerie.

Je ne bouge pas. Je ne peux pas bouger.

Cullen.

Mon cœur est au bord de l'explosion.

Cullen Carmichael.

Nos regards se croisent.

Les martèlements de mon cœur grondent comme des coups de tonnerre. Impossible de les maîtriser.

Ses yeux se posent sur un point dans l'obscurité et il fronce les sourcils. Je comprends qu'il a remarqué Isaac, derrière moi.

Bon sang !

J'ai envie de hurler parce qu'il me fait perdre le contrôle de moi-même, mais mon corps se rebelle déjà. Je ne commande plus.

C'est lui qui commande.

Je ne parle pas. Je ne devrais pas avoir à dire quoi que ce soit. Cullen s'arrête juste devant moi. Son parfum me monte à la tête. Il m'observe attentivement.

– Alors, c'est comme ça que cela va se passer ? me demande-t-il enfin, d'une voix calme mais dure, me dominant de toute sa hauteur, les mains posées sur mes épaules.

Il a son expression indéchiffrable habituelle.

Je serre les poings, enfonce mes ongles dans mes paumes. Il me fait lever le menton.

– La Rouquine ?

Je plonge mes yeux dans les siens, ces magnifiques yeux d'argent, ces yeux que j'aime tant regarder quand il me pénètre, me fait l'amour, m'embrasse avec fougue.

Cet homme causera ma perte. Il causera ma perte, car aucun autre homme ne sera jamais à la hauteur, comparé à lui.

– Réponds-moi.

– Que veux-tu que je te dise, exactement ?

Je suis tentée de lui parler des ébats sous la douche que nous aurions pu avoir, de mes fantasmes, du rêve que j'ai fait.

– Est-ce que c'est comme ça que cela va se passer si je ne fais pas exactement ce que tu veux que je fasse ? Tu vas trouver la deuxième plus grosse pointure de Las Vegas et faire tout ton possible pour me rendre jaloux ?

– Tu es jaloux ?

Ses lèvres tressautent.

– C'est bien ce qu'il me semblait.

Je me baisse pour passer sous son bras, mais il me retient.

– Viens ici, nous n'avons pas terminé…

Il me pose une main sur la hanche, m'attire vers lui. La chaleur de son corps m'enveloppe.

– Je suis jaloux. Très bien. Je veux que personne d'autre que moi ne partage ton quotidien. L'effet que tu me fais, Wynn… Tu ne vois pas ce qui se passe ? Je ne joue pas bien. Je n'arrive pas à me concentrer…

– C'est ce que je suis, pour toi. Nous jouons à un jeu.

Son expression impénétrable disparaît. Il secoue la tête, l'air sombre, ses yeux brillant d'une lueur ardente.

– *Tu* joues à un jeu… *Moi*, je joue pour de bon.

– Quoi ?

Il hoche très lentement la tête, pose à nouveau une main sur ma hanche. Il me plaque contre le mur et se colle à moi.

Je crois succomber quand il appuie un bras contre le mur dans une attitude désinvolte, me dépose un baiser sur le front et me demande :

– Tu crois que ça dérangera la presse si je t'embrasse ?

– Vas-y, dis-je dans un murmure.

– C'est parti…

Avant même que nos lèvres ne se touchent, je sais que je vais avoir des ennuis. Sa bouche s'écrase sur la mienne et tout mon corps se tend vers le sien. Nos langues semblent se livrer à un duel, et j'en ai bientôt le souffle coupé.

Les flashs des appareils photo se mettent à crépiter autour de nous. Puis, l'espace d'un instant, tout s'immobilise, le silence se fait dans la pièce, et enfin, les applaudissements et les rires retentissent.

Je presse mes lèvres l'une contre l'autre et empoigne la chemise de Cullen, pour me cramponner à lui plus que pour le repousser.

Malcolm Saint me sauve la mise en venant se placer devant nous pour orienter les curieux vers le cœur de la galerie. Tahoe s'attarde assez longtemps pour nous adresser un petit sourire moqueur et nous dire :

– Eh bien, prenez une chambre, les jeunes !

Je rougis car c'est probablement ce que nous verrons à la une des journaux demain, mais des nouvelles embarrassantes valent mieux que pas de nouvelles du tout.

Je lève les yeux vers mon joueur torride et murmure :

–Voilà, regarde ce que tu as fait !

Il m'attire un peu plus près de lui.

– Attends que j'aie eu une heure seul à seule avec toi et nous en reparlerons…

Il commence à s'éloigner d'une démarche nonchalante, mais il revient sur ses pas pour m'embrasser une dernière fois avec fougue.

– Et, Wynn ? Ne me provoque pas…

– Cullen, dis-je dans un gémissement rauque, rougissant encore.

Je soupire et soutiens son regard. Je n'ai pas du tout envie de rompre le charme, mais s'il y a bien une chose qui soit aussi importante pour moi que Cullen, ce sont mes artistes. Je l'attrape par le bras pour lui faire faire demi-tour.

– Je te promets que nous pourrons continuer plus tard, mais pour le moment, je voudrais te présenter mes invités et te montrer quelques œuvres magnifiques.

Une lueur de fierté brille dans ses yeux.

– Carmichael ! l'appellent Tahoe et Malcolm.

Cullen s'arrache à moi pour les saluer.

– Roth, Saint…

Ils se donnent de grandes tapes amicales dans le dos, puis Cullen me lance un coup d'œil tandis que je les laisse entre eux et m'éloigne pour m'affairer de mon côté.

Je sens son regard posé sur moi pendant que je salue mes invités et, pour une raison obscure, je redouble d'efforts. Je ne le fais pas seulement pour mes artistes et pour moi ; j'ai terriblement envie qu'il voie quelle importante propriétaire de galerie je suis.

* * *

Je n'arrive pas à croire qu'il soit venu.

Il me reconduit chez moi une fois que le dernier client est parti et que Pepper et moi pouvons fermer. J'ai tellement envie de lui quand nous arrivons devant mon immeuble que je lui indique où se garer et l'entraîne en haut comme si nous étions poursuivis. Ce sont peut-être nos hormones. Ce sont peut-être toutes ces journées passées sans lui. Ce sont peut-être nos cœurs. Je soupire quand je le fais entrer dans mon appartement. Il est enfin à moi, *tout* à moi.

Yeux d'argent me regarde pourtant comme si c'était le contraire. Comme si j'étais à lui, totalement à lui.

– Voilà, c'est chez moi… C'est un peu en désordre, avec l'organisation de l'exposition et tout ça…

Je m'aperçois que Cullen semble terriblement viril dans mon environnement féminin. La pièce paraît trop petite. Son parfum l'emplit déjà.

Je rougis.

Il le remarque.

Il me regarde d'un air malicieux, me passe un bras autour de la taille et m'attire contre lui.

J'émets un petit halètement de surprise quand, aussitôt, il me dépose un baiser sur les lèvres. Je m'embrase instantanément. Je me mets sur la pointe des pieds et il penche la tête pour me donner un autre baiser, avant de me mordiller doucement la lèvre inférieure. Me consumant de désir, j'entrouvre la bouche, l'invitant à en faire davantage.

Il m'embrasse de plus belle, me mordille à nouveau. Je gémis et lui passe les bras autour du cou, puis je glisse mes mains sur son torse, brûlant de le toucher.

Ses mains à lui courent sur mon dos tandis qu'il continue à me mordiller les lèvres, et il finit par me retirer mon haut en soie dorée, exposant mon soutien-gorge en dentelle. Il laisse mon haut tomber à nos pieds et pose sur moi son regard de braise.

– Magnifique, murmure-t-il, couvrant mes seins de ses mains nues.

Il retire ses mains et tire sur mes deux tétons en même temps à travers le tissu, tout en observant mon expression. Je pousse un petit gémissement de plaisir. Ses yeux s'assombrissent, un sourire se dessine sur ses lèvres et il me pince encore les tétons.

– Oh mon Dieu… Cullen !

Je le pousse doucement, mais comme il ne bouge pas, je lui empoigne les fesses et l'attire vers moi.

Il émet un grognement et recommence à m'embrasser, plus fougueusement, avec moins de retenue. Nous sommes tous deux haletants. Je sens qu'il devient plus sauvage, plus possessif, plus dominant.

Il défait sa ceinture, le bouton de son pantalon, sa braguette.

Ses muscles se contractent au rythme de ses mouvements et une nouvelle vague de désir me submerge quand sa ceinture tombe sur le sol dans un bruit métallique. Quelque chose de tellement intense m'anime que je ne comprends même pas de quel sentiment il s'agit.

Je regarde Cullen et je veux me presser contre lui le plus étroitement possible, pour que nous ne fassions plus qu'un.

Toute ma vie, je suis passée d'un homme à l'autre, sachant de quoi j'avais besoin sans jamais le trouver. Maintenant, cet homme est là et il incarne tout ce que je veux. Je suis tellement accro à lui que j'ai envie de lui donner tout ce que j'ai.

Il me regarde avec un sourire, mon sourire préféré, masculin, arrogant, fugace – le sourire qui fait battre mon cœur.

Il y a une question dans ses yeux tandis qu'il retire la barrette qui retient mes cheveux. Je hoche la tête en guise de réponse alors que mes cheveux tombent en cascade sur mes épaules. Il les regarde d'un air approbateur.

– Tu n'as pas envie de lui, murmure-t-il en glissant une main sous mes cheveux pour la poser sur ma nuque.

Il a un air possessif, un air provocant, comme s'il me mettait au défi de chercher à le rendre jaloux en flirtant avec Isaac. Avec n'importe quel autre homme.

Je retiens mon souffle quand ses doigts glissent sur ma poitrine. La tendresse inattendue dans les baisers ardents qu'il dépose alors au creux de mon cou font tomber toutes mes défenses.

Je tourne la tête, entrouvre les lèvres pour lui et sa bouche prend la mienne.

Il dégrafe mon soutien-gorge et me l'arrache. Je lui attrape la tête tandis qu'il referme la bouche sur l'un de mes tétons et le caresse avec sa langue.

– Tu es en colère, dis-je dans un souffle, mais ce n'est pas après moi que tu en as…

– Crois-moi, je suis en colère contre toi. Je suis furieux contre toi. Tu essayais sciemment de me rendre jaloux, Wynn. Je n'aime pas que les gens jouent à des petits jeux avec moi.

– Si, tu aimes ça…

J'empoigne son pull et le lui enlève. Son torse est lisse et puissant sous mes doigts. Sa bouche se fait encore plus vorace. Il me serre contre lui, me soulève dans ses bras. J'embrasse ses joues, son cou, sans cesser de caresser son torse musclé.

Il me mordille le lobe de l'oreille, murmure :

– Superbe rousse…

Il écarte ma petite culotte, me caresse, introduit un doigt en moi. J'en ai le souffle coupé.

– Ma douce, ma belle rousse, tu ne sais pas que tu es déjà prise ? Déjà marquée… Déjà possédée…

Il introduit deux doigts, puis trois.

Je gémis, haletante, ivre de plaisir.

Il me plaque contre la porte, relève ma jupe plus haut et me fait écarter les cuisses, enfonce ses doigts plus profondément et fait rouler mon clitoris sous son pouce.

Je me contorsionne.

Son souffle est chaud contre ma joue. Il me tient la tête et m'embrasse de plus belle, d'abord fébrilement, puis plus langoureusement.

J'entends son pantalon tomber à ses pieds. Il plonge ses yeux dans les miens. Son sexe en érection se dresse entre nous.

Il me pénètre lentement. Je referme les mains sur ses muscles puissants et j'écarte encore davantage les cuisses.

Il accélère la cadence, va de plus en plus vite. Les vagues de plaisir me submergent les unes après les autres.

Je gémis au creux de son oreille.

Je lui prends le visage entre les mains et l'attire plus près de moi. Je crie, sa respiration se fait plus saccadée encore, aussi rapide que la mienne. Au moment où je lève les yeux vers lui, je m'aperçois qu'il me regarde avec une expression de folle tendresse.

* * *

Nous passons la nuit à faire l'amour et le lendemain matin, l'envie me prend de préparer ma meilleure recette pour lui. Je lui fais mes célèbres galettes de pommes de terre au chou-fleur, accompagnées de saucisses de dinde. Il dévore le tout et j'ai un petit sourire en pensant : *Hmm, il a besoin d'énergie pour garder son endurance !* Comme s'il lisait dans mes pensées, Cullen pose son couteau et sa fourchette, écarte sa chaise de la table et recourbe l'index pour me faire signe d'approcher.

Mon cœur fait un bond dans ma poitrine. Je ne peux pas lui résister.

Je me lève, abandonnant mon petit déjeuner, et vais m'asseoir sur ses genoux. Nous nous embrassons, langoureusement mais avec passion. Au bout de quelques secondes, nous sommes tous deux à bout de souffle.

Je suis faible face à lui. Je tremble de désir mais, par chance, lui n'est pas affaibli. Il me soulève dans ses bras et m'emmène dans mon lit, où nous passons le reste de la matinée.

– Je déjeune avec mon père, dit-il quand nous avons terminé, me déposant un baiser sur les lèvres et m'obligeant à décoller mon corps du sien.

– Oooh, c'est mignon… On se voit plus tard ?

– Ça ne pourra pas être avant ce soir, j'ai un après-midi chargé. J'ai rendez-vous avec un architecte pour discuter d'un projet d'hôtel à Las Vegas.

Je m'assieds, les yeux écarquillés.

– Quoi ? Cullen, c'est génial !

Il a un grand sourire.

– Je sais.

Il s'approche de moi et m'embrasse.

– On se voit ce soir, alors ?

– Mes copines m'ont dit qu'elles organisaient une petite fête ce soir pour accueillir les jeunes mariés au retour de leur voyage de noces.

– On se retrouve là-bas ?

– Mais tout le monde va remarquer…

Je m'interromps en voyant qu'il me regarde avec une expression indiquant que cela lui est égal.

Le rouge me monte aux joues. Je souris et l'embrasse une dernière fois, puis il s'en va et je me recouche avec un sourire jusqu'aux oreilles, me sentant plus désirable que jamais.

Chapitre 20

FULL HOUSE

WYNN

Je suis chez Rachel et Malcolm avec toute la bande, le soir même, et contrariée qu'Isaac soit là parce qu'on dirait presque que mes amies essaient de forcer quelque chose qui serait voué à l'échec. Il n'y a aucune alchimie entre lui et moi et je ne comprends pas bien pourquoi personne ne semble s'en apercevoir en dehors d'Isaac et de moi.

Je prends une coupe de champagne et me dirige vers mes copines, prête à leur dire que leur petit arrangement ne se fera jamais, quand l'ascenseur émet un *ding !*

Je me retourne pour accueillir le nouvel arrivant tout en buvant une gorgée de champagne, et je manque de m'étrangler quand les portes s'ouvrent et que Cullen fait son apparition.

Ce n'est pourtant pas totalement une surprise. Il m'avait bien dit que nous nous verrions ce soir. Cependant, il me surprend chaque fois qu'il tient parole. Et il a toujours tenu parole, jusque-là.

Mon cœur fait un bond dans ma poitrine quand il entre dans la pièce, les yeux rivés sur moi. Je soutiens son regard, sans même me soucier de savoir si quelqu'un nous remarque. Son regard est intense et ouvertement admiratif, et un sourire danse sur ses lèvres.

Je me sens belle.

– Tu sais qu'il a toujours l'air plus heureux quand tu es là ? me demande Gina en l'observant.

Je secoue la tête.

– Ce n'est pas vrai…

– C'est tout à fait vrai. Quand il a passé ces portes, il avait ce sourire… Il craque sur toi.

Je soupire et, sans le quitter des yeux, admets :

– Emmett ne m'a jamais fait ressentir cela. Cullen, lui…

Je laisse ma phrase en suspens et secoue la tête, impressionnée.

Il continue à avancer et j'ai soudain la bouche toute sèche. Vidant d'un trait ma coupe de champagne, je me demande s'il va passer à côté des autres pour se diriger droit sur moi.

Je ne me pose pas la question bien longtemps. Il salue Gina et Rachel d'un signe de tête. Peut-être leur dit-il bonjour, mais je ne l'entends pas.

– J'espère que je ne t'ai pas trop fait attendre, dit-il en passant son bras puissant autour de ma taille et en m'attirant à ses côtés.

Il m'embrasse le front et murmure :

– Tu es la plus belle femme dans cette pièce.

Aussitôt, mon anxiété se dissipe pour laisser la place à la joie et une douce chaleur m'envahit.

– Tu es beau, dis-je, savourant son étreinte.

– *Beau*, c'est tout ?

– Canon ! Ça te va ?

– C'est mieux, répond-il avec un grand sourire.

Je me mords la lèvre inférieure et jette un coup d'œil à son entrejambe, l'air espiègle, consciente qu'il aime nos petits jeux intimes.

– J'aurais pu dire : *Et si nous quittions cette soirée pour aller faire l'amour jusqu'au lever du soleil ?*

Sa main se crispe sur ma taille.

– Je resterais volontiers la tête entre tes cuisses, à te donner orgasme sur orgasme.

Je reste un instant bouche bée et j'espère que personne ne l'a entendu. Mon ventre se contracte. Cela sonne comme une promesse, une promesse que j'aimerais qu'il tienne.

– Tu veux jouer à ça ? À mon tour…

Je me mets sur la pointe des pieds et lui murmure à l'oreille :

– Je préférerais te prendre dans ma bouche !

Là-dessus, je m'éloigne, certaine qu'il me suit du regard tandis que je rejoins mes amies qui discutent des talents de mère de Rachel. Apparemment, le petit Kyle adore lui faire la lecture pour qu'elle s'endorme, et dès qu'elle ferme les yeux, il abandonne son histoire et en fait autant. Ce petit jeu a permis à Rachel et à Malcolm d'avoir plus de temps en tête-à-tête.

– Exactement ce dont vous avez besoin, encore plus de temps entre les draps ! plaisante Gina. Tu vas être enceinte dans le mois.

– Sûrement pas, répond Rachel avant de reporter son attention sur moi. Et toi, qu'est-ce que tu fais ici, avec nous, alors que ton homme est là-bas et qu'il a l'air d'avoir envie de t'emmener dans la chambre la plus proche ?

– Nous sommes adultes, dis-je. Nous pouvons attendre d'être seuls.

– Sinon, la troisième porte à gauche est celle de la chambre d'amis, dit Rachel d'un ton taquin. Elle ferme à clé !

Le *ding !* de l'ascenseur annonce l'arrivée de quelqu'un d'autre et quand les portes s'ouvrent, c'est l'heureux couple de jeunes mariés qui apparaît.

Nous acclamons tous Callan et Livvy. Tout le monde veut entendre parler de leur voyage de noces. Ils ont passé d'excellents moments et nous montrent volontiers leurs photos. Callan, qui n'est pas très bavard d'habitude, semble aujourd'hui ravi de nous raconter toutes sortes d'anecdotes.

Cela ne fait que quelques minutes qu'ils sont arrivés quand Cullen vient se placer à côté de moi et prend ma main dans la sienne. Rachel jette un coup d'œil à nos mains jointes, sourit et chuchote :

– Elle ferme à clé…

Je ris.

– Qu'est-ce qui se passe ? me demande Cullen.

– Je te raconterai tout à l'heure.

Il fait alors un signe de tête à Malcolm et j'ai l'impression que leurs petits secrets sont du même genre que ceux de Rachel et moi.

– Qu'est-ce qui se passe ? lui demandé-je pour plaisanter du ton bourru qu'il vient de prendre.

– Et si je te montrais ? suggère-t-il d'un air malicieux.

– Que veux-tu me montrer ?

– Quelque chose que tu n'as encore jamais vu.

– Oh, j'ai vu pas mal de choses, monsieur Carmichael…

– Pas ça.

Il m'entraîne jusqu'à la troisième porte à gauche et tend le bras pour me faire signe de passer.

– Après vous, charmante dame.

– Ça ne se fait pas…

Dès qu'il a refermé la porte derrière nous, il se jette sur moi et m'embrasse.

Seigneur, ces lèvres !

– Nous ne pouvons pas, Cullen…

– Nous pouvons, mais nous n'allons pas le faire, murmure-t-il en appuyant son front contre le mien, tout en cherchant quelque chose dans sa poche.

– Qu'est-ce que tu… ?

– Tourne-toi.

Il appuie sur l'interrupteur et la pièce s'éclaire. Nous sommes devant un miroir ovale. Il me dépose un baiser sur l'épaule et dit :

– Je suis allé faire des achats, aujourd'hui.

– Ah bon ?

Je suis déjà tellement excitée par ses baisers et par ses caresses que je n'ai que vaguement conscience qu'il glisse ses bras sur mes épaules.

– Oui, et j'ai trouvé un collier qui avait besoin d'une femme.

– Cullen, tu n'aurais pas…

– Chut…

Il effleure mon cou du bout des lèvres avant d'attacher le fermoir du collier, puis il fait un pas en arrière.

Je touche le superbe pendentif en diamant cerclé d'émeraudes. La chaîne de platine scintille et me rappelle les yeux de Cullen.

– C'est magnifique…

Folle de l'homme bien plus encore que du bijou, je me tourne vers lui.

– Je le porterai partout où j'irai et je penserai toujours à toi.

Son expression se fait grave.

– Tu dis ça comme si tu n'avais pas l'intention de me revoir après ce soir.

– Ne sois pas idiot.

– Je suis loin d'être idiot.

– J'ai déjà entendu ça quelque part…

Son sourire s'évanouit et il me tourne à nouveau vers le miroir, m'obligeant à le regarder tandis qu'il fait glisser ses mains sur ma taille, se rapproche lentement de mes seins.

Mes sens s'enflamment aussitôt. Je tourne la tête et il m'embrasse passionnément.

Je passe un bras en arrière autour de son dos et le serre contre moi tout en me cambrant.

– Nous ne pouvons pas…

– Oh, mais nous pourrions, murmure-t-il en me mordillant le lobe de l'oreille, plaquant contre moi son sexe en érection.

– Ça a commencé par un pari, dis-je.

– Au diable ce pari, grommelle-t-il en me regardant.

Je vois alors dans ses yeux quelque chose que je n'y avais encore jamais vu, que je n'ai encore jamais vu dans les yeux de qui que ce soit. Avec un petit rire nerveux, je me mets sur la pointe des pieds et lui donne le baiser le plus passionné de sa vie.

– Je l'aime énormément. Je t'…

Je m'interromps et j'écarquille les yeux en prenant conscience de ce que je m'apprêtais à dire. Le rouge me monte aux joues.

Cullen me regarde intensément.

Je n'arrive pas à croire que j'ai failli lui dire que je l'aimais !

Entre nous, il y a de la séduction, du désir, de la passion, et… *Oh mon Dieu !* Je l'aime tellement que c'est à peine supportable.

Il va quand même repartir, Wynn.

Il doit repartir.

Savoir cela me fait souffrir, mais je ne vais pas gâcher ce qu'il y a entre nous maintenant en pensant à demain.

C'est comme si c'était nouveau chaque fois que nous sommes réunis.

Il me soulève et m'emmène jusqu'à la commode en merisier. Là, il se place entre mes jambes et prend mon visage au creux de ses mains. Ce contact me trouble profondément et j'ai soudain envie de pleurer.

Pourquoi ? Parce que je n'arrive pas à oublier l'envie dans ses yeux quand il regardait la mère et l'enfant, à Las Vegas.

– Qu'est-ce qui ne va pas, bébé ?

– Toi. Moi. Tu ne te rends pas compte de ce que tu me fais, Cullen.

– Je crois que si.

– Alors pourquoi est-ce que tu continues ?

– Parce que j'ai envie de toi.

Il s'approche encore de moi, dans un mouvement doux et intime, qui n'a rien de sexuel.

– J'ai *besoin* de toi.

Il essuie mes larmes, puis il pose la main sur ma nuque et presse ses lèvres contre les miennes. Elles sont fermes mais douces, et son baiser est plein de tendresse, mais il se fait bientôt plus fougueux.

– J'ai envie et besoin de ça, me murmure-t-il à l'oreille. Dis-moi que tu en as besoin aussi.

Il glisse une main entre mes jambes, sous ma robe, et m'embrasse encore, jusqu'à ce que ma tristesse et mes craintes se dissipent, jusqu'à ce que je m'abandonne à la passion dévorante qui brûle en moi.

– Cullen… Mes amies… Ton frère… Ils sont juste derrière cette porte.

Il me regarde d'un air aguicheur qui semble vouloir dire qu'ils sont très bien là où ils sont, qu'il s'en moque, qu'il me fera l'amour toute la nuit, jusqu'au petit matin, ici ou chez moi, n'importe où.

– Nous partons dans une heure. D'ici là, regarde-moi et sache que je ne pense qu'à te faire l'amour.

Il me fait écarter les genoux, s'avance encore entre mes jambes, effleure ma petite culotte du bout des doigts.

– Je serai là, Wynn... Tout ce que je verrai quand je te regarderai, c'est la femme à laquelle je vais faire l'amour, tout à l'heure.

Je lui saisis le poignet d'une main tremblante et dis d'un ton implorant :

– Allons retrouver les jeunes mariés...

Il m'attire contre lui, me dépose un baiser sur la tempe et murmure :

– Nous n'en resterons pas là...

Puis il me relâche.

Je ne sais pas si Cullen joue avec moi. Tout ce que je sais, c'est que je suis tombée amoureuse de mon playboy, qu'il me fait perdre la tête, qu'il me fait ressentir des choses que je pensais ne jamais ressentir et que j'aime l'idée de ce qu'il est.

J'aime l'idée de nous.

* * *

Quand je rejoins les autres invités, Cullen discute avec Isaac. Je passe à côté d'eux, bien décidée à ne pas le regarder de crainte qu'il ne me lance une de ces œillades qui me font flageoler. Je l'entends dire à Isaac que Lucas est en forme, qu'il joue bien et qu'il gagne beaucoup.

Je n'ai pas envie de penser au poker, à Las Vegas ou…

Nos regards se croisent et la tension est bel et bien là, l'étincelle des promesses qu'il m'a faites.

Il va me faire l'amour.

Je me retourne et manque de heurter Livvy, Gina et Rachel.

– Hum hum, fait Gina. Cet homme ne te plaît pas du tout, hein ?

– Pas du tout, dis-je en riant.

– Elle est juste prudente, remarque Livvy.

– Et toi, tu as été prudente quand tu es tombée sous le charme d'un Carmichael ? la taquine Rachel.

– Callan est irrésistible.

– Cullen…

Je n'ose pas finir ma phrase. Mon regard croise à nouveau celui de Cullen et la tension entre nous est si évidente que tout le monde nous observe.

– Bon sang, Malcolm ! s'exclame Tahoe. Je croyais que tu leur avais donné une chambre, à ces deux-là.

– Bonjour l'intimité, dis-je à mes amies. Il faut que j'y aille…

– Ça, c'est sûr, répond Rachel en riant, et je crois qu'il faut que tu l'emmènes !

Cullen nous rejoint.

– Effectivement, dit-il en m'attirant contre lui. Mesdames, c'est toujours un plaisir…

Il serre Livvy dans ses bras.

– Content que tu sois rentrée, belle-sœur !

– Sois sage, beau-frère…

Nous disons au revoir à tout le monde et montons dans l'ascenseur. Aussitôt, je lève les yeux vers la caméra de sécurité et je fais non de la tête.

– Pourquoi pas ? me demande Cullen.

– Je te veux pour moi toute seule.

– Et moi, je ne veux pas que quelqu'un d'autre voie ce qui est destiné à mes regards uniquement.

Je rougis et suis parcourue d'un frisson. Ses paroles sont comme des préliminaires et la possessivité que trahit sa voix éveille mes sens ; mais je me calme tandis que nous traversons la ville en voiture.

Nous ne parlons pas. Nous ne nous faisons plus de promesses.

Nous pensons aux heures à venir et je redoute l'inévitable, le départ de mon joueur torride pour Las Vegas.

Chapitre 21
QUINTE FLUSH ROYALE

WYNN

Nous arrivons chez moi. Cullen retire sa veste tout en contournant la voiture pour venir m'ouvrir la portière et dès que je suis descendue, il me pose sa veste sur les épaules et m'attire contre lui pour me protéger de la pluie.

Tout est si simple, avec Cullen...

Il me dépose un baiser sur le front et je me sens choyée, comme si j'importais encore plus maintenant qu'une heure plus tôt. Avec Emmett, c'était différent. Nous nous éloignions chaque jour un peu plus l'un de l'autre.

Cullen et moi semblons nous rapprocher.

Nous sommes dans la cour quand la pluie se met soudain à tomber dru.

Je pousse un petit cri aigu tandis qu'il m'entraîne sous la petite avancée du toit, parfaite pour abriter une personne, mais sous laquelle nous arrivons à nous réfugier à deux.

– Donne-moi ta clé, je vais aller ouvrir la porte ! me crie-t-il pour couvrir le martèlement de la pluie sur le béton.

– Ça va passer… C'est typique de Chicago.

Il se passe la langue sur les lèvres et regarde ma bouche comme s'il n'allait pas pouvoir rester là sans échanger au moins un baiser passionné.

– Sois sage, dis-je. J'ai des voisins.

– Qui ne devraient pas espionner ceux qui sont dehors, en train de braver les éléments !

– C'est ce que nous faisons ?

– Tu as déjà fait l'amour sous la pluie ?

– Euh… non.

– Moi non plus, dit-il avec un sourire, avant de poser ses lèvres sur les miennes.

Son baiser est doux et d'une infinie tendresse. Il sourit encore et murmure tout contre mes lèvres :

– Toi, moi, toute la nuit…

– Des promesses, des promesses !

Il m'embrasse avec plus de fougue et me serre contre lui pour me protéger de l'eau qui ruisselle du toit de l'immeuble.

– Peu importe qui peut me voir faire ceci…

Il a un goût de champagne et il oscille contre moi comme s'il en avait bu toute une bouteille.

J'ondoie lentement du bassin avec lui. Mon dos frotte contre le mur de brique et je sens son sexe pressé contre moi.

– Cullen…

– Pas encore, dit-il dans un souffle, laissant glisser un doigt sur le devant de ma robe. Je ne peux pas te faire l'amour ici, mais laisse-moi juste t'embrasser…

Le bruit de la pluie sur les immeubles de la cour me fait frissonner. Nous nous embrassons dehors comme si personne ne pouvait nous voir.

Je meurs d'envie de lui sauter dans les bras et de partager avec lui quelque chose de plus primitif. J'ai envie qu'il me prenne sauvagement, qu'il me ravage, qu'il alimente mes fantasmes les plus osés.

Je glisse une main dans ses cheveux, l'embrasse dans le cou. Il sourit tout contre mes lèvres.

– Et tes voisins ?

– Je les emmerde. Ils feraient mieux d'aller se coucher.

– Alors prends-la dans ta main, dit-il en défaisant le bouton de son pantalon.

Je devine que c'est un défi qu'il me lance car il n'ouvre pas sa fermeture Éclair. Il veut savoir à quel point j'ai envie de lui, à quel point j'ai envie de le rendre fou.

Personne ne peut nous voir. Il n'y a aucune caméra de sécurité, pas une fenêtre à proximité et les larges épaules de Cullen bouchent la vue.

– Je veux me mettre à genoux, dis-je dans un murmure, m'écartant juste assez de lui pour voir son expression.

– Raison de plus pour monter, alors !

Il me saisit le poignet avant que je ne puisse refermer la main sur son sexe.

J'acquiesce d'un bref hochement de tête et lui donne ma clé.

– Je vais ouvrir !

Il s'en va avant que je n'aie le temps de lui voler un dernier baiser.

Je me tiens là, haletante, et je me dis : *Bon sang, Wynn ! Depuis quand es-tu exhibitionniste ?*

– Wynn !

Je passe la tête à l'angle du mur et vois Cullen qui me fait signe. Je cours vers lui, pataugeant dans les flaques d'eau en riant.

Maintenant que nous sommes à l'intérieur, nous ne perdons pas une seconde. Je l'entraîne dans l'appartement et il claque la porte derrière nous.

Aussitôt, il plaque sa bouche sur la mienne. Il a le goût de la tentation et tout mon corps veut être provoqué.

Son corps est une invitation à une fête privée, à une savoureuse dégustation d'ébats et de péché.

Et je veux y goûter.

Mes lèvres et mes mains s'affairent, je me laisse glisser jusqu'au sol, entraînant ses vêtements avec moi.

– Bon sang ! Qu'est-ce que tu essaies de me faire ?

– J'essaie de te rendre fou, dis-je dans un roucoulement, le caressant doucement tout en observant son expression. J'ai rêvé de toi…

Je pose les lèvres sur le bout de son sexe en érection.

– De ceci…

Je fais courir mes doigts le long de son sexe.

Il se déhanche.

– Raconte-moi ce rêve…

– Je préfère te montrer.

Je passe la langue sur son gland.

– Avec plaisir, répond-il, le faisant glisser sur mes lèvres.

Je le prends dans ma bouche, redresse la tête, replonge à nouveau, enroulant ma langue autour de lui. Je le sens durcir entre mes lèvres. *C'est trop bon…*

Il glisse les mains dans mes cheveux, les empoigne, me guide. Il prend son temps, mais je brûle d'impatience.

Je lève les yeux vers lui, vers les beaux traits acérés de son visage. Je remarque sa mâchoire contractée, le plaisir évident qui se lit dans ses yeux.

C'est de la pure extase. Du plaisir à l'état brut.

J'accélère la cadence quand je le sens s'écarter de moi car je ne veux pas que cela se termine. Je ne veux pas arrêter. Pas encore. J'ai besoin de le sentir, je *veux* le sentir lâcher prise et *me* donner le contrôle.

– Viens ici, murmure-t-il en me relevant et en me passant un bras autour de la taille.

– Je n'avais pas terminé…

– Tu me tues, la Rouquine.

Il m'embrasse fougueusement, me caresse à m'en faire perdre la tête.

Je lui passe les bras autour du cou tandis qu'il m'empoigne les fesses et me soulève.

– Tu es tellement belle…

Il enfouit le visage entre mes seins, passe la langue d'un téton à l'autre. Submergée de désir, je suis à deux doigts de le supplier.

J'enroule les jambes autour de ses hanches pour tenter de m'empaler sur lui.

– Ne me fais pas attendre comme ça…

– Je veux prendre mon temps.

Il passe le bout de son sexe en érection sur mon sexe, sur mon clitoris, revient en arrière, recommence.

– Je devrais peut-être faire ça…

Il introduit un doigt en moi, me caresse jusqu'à ce que je sois ivre de plaisir.

Son expression diabolique se fait plus intense lorsqu'il remplace ses doigts par son sexe.

– Tu es à moi, Wynn.

Son premier coup de reins est brusque et viril.

– Dis-le, murmure-t-il.

Je gémis quand il me conduit sur le lit, me place les mains au-dessus de la tête et les maintient d'un côté et de l'autre. Il bouge le bassin de gauche à droite, me pénétrant lentement, profondément.

– Je ne t'ai pas entendue…

Il frôle ma bouche de la sienne, se retire, me mordille les tétons, me pénètre à nouveau.

– Je suis à toi, dis-je dans un souffle, refusant de penser à ce que cela signifie.

Il referme la bouche autour de mon sein, sa langue danse sur mon téton et il ne cesse jamais de me regarder avec intensité, alimentant mon exaltation.

– Donne-moi plus, Cullen.

– Mon petit ange avide…

Avec un sourire en coin absolument irrésistible, il continue à me tourmenter, à me pénétrer, à se retirer juste assez pour me rendre folle. Il me maintient en place, réduisant à néant mon libre arbitre, mais je n'en veux pas, je n'en ai pas besoin. J'ai déjà cédé. Ce soir, c'est lui qui a le contrôle, qui guide les gestes, décide de chaque caresse et de chaque mouvement.

Tout mon corps tremble. Je me redresse et je tends le cou pour recevoir ses baisers. J'ai envie de jouir.

Nos ébats changent en un instant, la sensualité de nos corps prend un autre rythme. Emportés dans un tourbillon de plaisir, nous ne faisons plus qu'un.

Il roule sur le dos avant de revenir entre mes cuisses, sa langue court partout sur moi, ses doigts tournent autour de mon clitoris.

Je suis en feu sous ses caresses. Je m'abandonne à la jouissance.

Nous roulons sur le lit et faisons l'amour comme si nous devions ne jamais nous arrêter. Je ne peux pas m'arrêter. Je suis arrivée au bout, au point culminant, j'ai succombé à son amour.

– Ne t'arrête jamais…

– Je ne m'arrêterai pas.

Il prend un ton grave et, comme nous nous apaisons et nous blottissons dans les bras l'un de l'autre, fait un serment solennel :

– Je ne peux pas.

Il y a un silence et je me sens sombrer dans un sommeil divin.

– Je t'aime, Wynn.

Aussitôt, je suis complètement réveillée.

★ ★ ★

Nous faisons l'amour à 2 heures, à 3 heures, à 4 heures et à 5 heures du matin.

Je suis à moitié réveillée, à moitié dans un rêve quand il m'écarte les cuisses à 11 heures du matin et que je le guide en moi. Nous sommes tellement accros l'un à l'autre que je ne peux pas m'empêcher de me demander si je vais être en manque quand il repartira pour Las Vegas.

C'est à ce moment-là que je remarque l'heure. C'est pour cela qu'il m'a à nouveau réveillée. C'est pour cela qu'il me fait l'amour comme s'il n'allait plus jamais me lâcher.

Parce qu'il va partir.

Il part, et je me sens vide intérieurement.

Je pousse un cri de plaisir comme il m'entraîne dans un chaos primitif, dans un monde charnel de satisfaction.

Haletante, je lui demande :

– À quelle heure est-ce que tu pars ?

– Maintenant, répond-il dans un murmure.

Il me prend dans ses bras et me serre contre lui plus étroitement que jamais.

– Je…

– Viens avec moi.

– Je ne peux pas. J'ai la galerie et…

Silencieuse, je repense à ce qu'il m'a dit à minuit.

Il m'aime.

Il me l'a dit comme s'il pensait que je n'allais pas l'entendre, mais je l'ai très bien entendu et j'ai savouré ses paroles.

Il appuie sa tête sur sa main et me regarde fixement.

– Je t'aime.

Je m'assieds dans le lit et tire les draps sur ma poitrine. Je sens son regard posé sur moi et mes yeux me brûlent un peu, mais je n'ai pas envie de pleurer maintenant.

– Je ne peux pas avoir d'enfants, Cullen ! Je ne peux pas te donner un fils, une fille, une famille... Je ne peux pas te donner ce dont tu as besoin.

Il se penche vers moi.

– Je le savais.

Je suis sidérée.

– Quoi ? Comment aurais-tu pu le savoir ?

– Je suis un joueur de poker. Je suis doué pour cerner les gens. Je suis expert en langage corporel. Tu crois que je n'ai pas compris, le jour où tu m'as parlé d'Emmett ? Tu détournais le visage, tu n'arrivais pas à me regarder dans les yeux... La façon dont tu as formulé les choses et tes gestes ont suffi à me le faire comprendre. Et puis, tu ne prends pas la pilule, tu ne m'as jamais demandé de mettre un préservatif...

Il tend la main vers moi et me fait incliner le visage. Sa voix est rauque.

– Tu me rends heureux. Tu combles le vide de mon existence, Wynn. Toi, et rien ni personne d'autre. Voyager et même jouer n'ont plus aucun intérêt à mes yeux si je le fais pour moi seul. Ou si je partage cela avec de parfaites inconnues. Je veux te rendre heureuse. C'est ce qui me fait plaisir.

Je nie et secoue la tête, le cœur serré. Son amour et son acceptation me sont si étrangers que je n'arrive même pas à croire qu'ils sont bien réels.

– Tu m'aimes, Wynn.

– Tu ne pouvais pas attendre que je te le dise de moi-même ?

– Non, répond-il. Parce que tu ne l'aurais jamais fait de toi-même. Je pars, tu restes ici et tu vas trop réfléchir, reconsidérer le fait que je joue, notre distance, et… le fait que tu ne peux pas me donner d'enfants.

Il me dépose un baiser sur les lèvres.

– Et tu ne me le diras pas. Mais ce n'est pas grave, parce que tu me le montres autrement.

Mes yeux me brûlent de plus en plus, une larme menace de couler sur ma joue.

– Je veux que tu m'accompagnes au tournoi, Wynn. Dis-moi que tu viendras.

Il me regarde encore. Sa voix est grave, voilée, chargée d'émotion.

– C'est ce samedi. Mon jet sera à O'Hare à 14 heures. J'espère que tu seras à bord.

Ma voix trahit tout autant d'émotion que la sienne.

– Et si je n'y suis pas ?

Il ne répond pas tout de suite. Enfin, il me dépose un baiser sur la joue et murmure :

– Viens. Prends un risque, Wynn. Mise sur moi.

Sans me laisser le temps de le retenir, il glisse du lit et va prendre une douche. Je me sens un peu abandonnée, impuissante, j'ai l'impression que le monde est en train de basculer et que je ne peux rien faire pour l'en empêcher.

Mes yeux s'embuent de larmes alors que je regarde les chiffres rouges du réveil digital, sur la table de chevet. Je ne pourrai jamais survivre sans lui. Je ne veux pas qu'il parte.

Je m'éloigne déjà de lui avant même qu'il ne soit parti.

Chapitre 22

BLUFF

WYNN

Je n'arrive plus à manger, à dormir, à réfléchir sans penser à Cullen, sans être hantée par lui.

Je ne voulais pas m'attacher, non pas parce que je n'ai pas envie de le suivre, mais parce que, quand nous sommes ensemble, nous sommes incroyablement proches et que ce genre de proximité ne peut que se terminer par un chagrin d'amour. *N'est-ce pas ?*

Il est exactement ce dont j'ai besoin, mais pas du tout ce à quoi je m'attendais. Il me stimule et fait de moi une meilleure personne. Il refuse de me laisser me contenter d'une petite dose d'action ; il veut que je participe à toute l'aventure.

– Cullen, dis-je dans un gémissement, me roulant dans mon lit.

Sa chaleur, sa proximité me manquent.

Je suis davantage moi-même quand je suis avec lui, car il me laisse être celle que j'ai toujours été mais que je refoulais parce que les autres hommes me marchaient dessus.

Il me libère.

Il me donne le sentiment d'être aimée. Désirée. Terriblement désirée.

Je ne peux pas supporter l'idée de n'être pas là pour lui apporter toute la chance dont il aura besoin pour son tournoi, mais que se passera-t-il ensuite ? Se lassera-t-il de moi un jour ? Je repense à la façon dont il m'a dit qu'il m'aimait. Au fait qu'il connaissait *déjà* mon plus grand secret, un secret que même mes plus proches amies n'ont appris que récemment. Il m'aime malgré tout.

Pourquoi est-ce que je n'ose pas m'emparer de cet amour, l'accepter ?

Emmett ne me donnait pas la sensation d'être spéciale. Cullen, en revanche, le fait naturellement. Je croyais que rompre avec Emmett et apprendre à aimer à nouveau serait l'une des choses les plus dures que je serais amenée à faire ; mais le plus dur est en fait d'avoir le courage d'accueillir à nouveau l'amour.

★ ★ ★

Quelques jours plus tard, je fais un grand nettoyage de printemps dans mon appartement, prête à tout pour oublier un peu Cullen, quand Rachel, Gina et Livvy arrivent avec fracas, comme si elles étaient investies d'une mission.

– Avant que vous ne disiez quoi que ce soit, je vous préviens tout de suite : c'est hors de question.

Rachel soupire et regarde Gina.

– J'en ai assez de devoir venir ici pour te sortir de la routine, dit Gina, qui n'en pense manifestement pas un mot. Surtout alors que tu es ta propre pire ennemie.

– Je suis d'accord, dit Rachel.

– Moi aussi, dit Livvy.

– En quoi ai-je un comportement autodestructeur ?

– Cullen t'aime, répond Livvy.

Je me demande comment elle le sait. A-t-il dit quelque chose à Callan ?

Gina plisse les yeux.

– Elle n'a pas l'air surprise.

– Elle le savait déjà, dit Rachel.

– Il le lui a dit, suppose Liv en m'observant attentivement. N'est-ce pas, Wynn ?

– Oui, d'accord, il m'a dit qu'il m'aimait.

Un petit frisson d'excitation me parcourt. Cet homme sexy et désirable, un homme qui incarne le rêve et le fantasme de bon nombre de femmes, m'a dit qu'il *m'aimait*.

Et je ne lui ai pas répondu que moi aussi ?

Qu'est-ce qui t'a pris ? Qu'est-ce qui cloche chez toi, Wynn ?

– Oh mon Dieu ! s'exclame Rachel, applaudissant. Nous n'allons pas tarder à organiser un autre mariage !

– Pas si vite… Je ne lui ai pas répondu que je l'aimais aussi.

– Enfin, bien sûr que tu le lui as dit, insiste Rachel. Je ne t'ai jamais vu aussi heureuse…

– Peut-être, mais je ne le lui ai pas dit.

– Il le sait, dit Livvy. Il l'a dit à Callan.

– Vraiment ?

– Non, je l'ai inventé, répond-elle d'un ton ironique. Évidemment qu'il l'a dit à Callan, parce que Callan le lui a demandé.

– Attends une seconde, reviens un peu en arrière, dit Rachel. Tu ne lui as *réellement* pas dit que tu l'aimais aussi ?

– Non.

Et maintenant, je m'en veux atrocement.

– Eh bien, dans ce cas, tu es la femme la plus entêtée de Chicago.

Gina me regarde d'un air faussement furibond, puis elle ajoute avec un grand sourire :

– Tu le lui diras la prochaine fois que tu le verras… Pas de problème !

Elles me regardent toutes les trois.

Il y a un long silence. Trop long.

Enfin, je dis :

– Je ferais probablement mieux de ne pas le revoir.

Rachel lève les yeux au ciel et Gina lui dit :

– Appelle les gars, Rachel. Dis-leur que nous ne serons pas rentrées pour le dîner.

– Quoi ? Pourquoi ? s'étonne Livvy, ce qui est légitime étant donné qu'elle est encore en lune de miel.

– Parce que nous allons emmener Wynn à l'hôpital psychiatrique le plus proche pour qu'elle se fasse examiner, lui répond Gina avant de s'adresser à moi, croisant les bras sur sa poitrine. Tu es tellement folle d'amour que tu en as perdu tout bon sens.

– Tu crois ? Je ne sais plus quoi penser. J'ai juste… un horrible sentiment d'abandon depuis qu'il est parti. Tu vois ce que je veux dire ?

– Ça s'appelle l'amour, dit Gina.

– Je ne peux pas être plongée dans l'angoisse chaque fois que mon homme s'en va.

– Elle l'a appelé *mon homme*, remarque Rachel.

– Oui, dit Gina.

Je me mets à rire.

– Arrêtez !

– Vis un peu, Wynn, dit Rachel. Prends l'avion pour Las Vegas et profite de lui !

– Facile à dire ! Ce n'est pas toi qui as une galerie à faire tourner.

– Ni une amie appelée Pepper qui fait un travail extraordinaire, dit Gina.

– Bon, très bien !

Je prends une profonde respiration et toutes trois soupirent.

– J'ai peur. D'accord ? J'ai décroché le mec le plus torride de Las Vegas. Cullen Carmichael est un dieu vivant, et… je suis lâche. C'est tout. S'il me quitte un jour, cela va vraiment me détruire.

Je secoue la tête.

– C'est si différent de tout ce que j'ai connu jusqu'à présent. C'est de l'amour véritable. Véritable et honnête. C'est le genre d'amour qui peut déplacer des montagnes.

– Dans ce cas, qu'est-ce que tu attends ? me demande Liv avec un grand sourire. Il t'aime et tu l'aimes. Je vous ai regardés ensemble et je peux te dire que ce genre d'amour ne se présente qu'une seule fois dans la vie.

– Exactement ! surenchérit Gina en faisant un clin d'œil aux deux autres. Alors, à moins que tu aies neuf vies, tu ferais mieux d'aller faire tes bagages.

Livvy me serre dans ses bras.

– Allez, tu as un avion à prendre…

Je secoue la tête. J'ai le ventre noué par l'anxiété ; mais la vérité, c'est que j'ai envie de sentir à nouveau les bras de Cullen autour de moi, encore une fois, et j'ai envie d'être là pour lui.

Quand quelqu'un parle de lui, quand j'entends son nom dans le courant d'une conversation, j'ai l'impression de recevoir un coup de poing dans l'estomac. C'est franchement désagréable. Est-ce cela, aimer ?

Bon sang ! Dans quoi me suis-je engagée ? C'était moins dur, auparavant, avec les autres hommes. Ce n'était pas si intense, pas si profond, pas si bouleversant.

– Ce n'est pas facile pour moi et je ne sais pas pourquoi, dis-je à mes amies qui me regardent d'un air compréhensif. Je crois à l'amour éternel, mais je commence à me dire qu'il n'est que passager pour moi.

Est-ce une raison suffisante pour rester célibataire ?

Est-ce une raison suffisante pour passer à côté de l'amour véritable ?

Non, murmurent tout mon être, toutes les voix en moi. Celles de la dévergondée, de la femme responsable, et même celle qui me fait penser à la voix de ma grand-mère.

Tout en moi frémit. Je sais que j'ai pris la mauvaise décision. Que je dois y remédier. Que l'homme qui me fait vibrer et rayonner, frissonner et brûler, affronte ses adversaires ce week-end à Las Vegas – et que je veux être à ses côtés à cette occasion.

Chapitre 23

LAS VEGAS, BÉBÉ

WYNN

Des strings ? C'est bon. De la lingerie sexy ? C'est bon. Tous les vêtements qu'il aime ? La petite robe noire ? Mes bottines et un pull ? C'est bon aussi.

Je fais ma valise à toute vitesse quand le téléphone sonne.

– Wynn ? C'est Pepper. J'ai deux tableaux qui seront bientôt empaquetés et prêts à être expédiés. Il me faut une adresse.

J'émets un gémissement plaintif.

– Tu peux me donner quelques minutes pour que je me connecte ? Je t'appellerai dès que j'aurai accédé à la base de données.

– Ce ne sera pas nécessaire, tu dois l'avoir : c'est celle de Cullen Carmichael qu'il me faut.

– Quoi ?

Je m'arrête et vais me tenir à la fenêtre qui donne sur la cour où nous nous sommes abrités de la pluie et où nous nous sommes embrassés en public, irrésistiblement attirés l'un par l'autre.

– Il a acheté un tableau à l'exposition ?

– Pas n'importe quel tableau, répond Pepper, *le* tableau, le fleuron de l'exposition.

Oh mon Dieu !

– Ce tableau est parfait !

C'est mon préféré.

– Je sais, et cet homme aussi.

– Oh, il est bien *plus* que parfait, il est... Enfin, je veux dire...

Je m'interromps. Je ne veux pas l'ennuyer en lui parlant de Cullen ou de sa maison, avec ses œuvres d'art somptueuses.

– Je vais voir si je peux te trouver une adresse.

– D'accord, tiens-moi au courant.

– Je passerai en allant à l'aéroport. À tout à l'heure.

Je me dépêche de finir de faire ma valise et je saute dans l'Uber qui m'attend. Nous prenons la direction de la galerie. Quand j'arrive, un groupe d'hommes décrochent déjà le chef-d'œuvre avant de le rouler dans un tube pour l'expédier.

– Attention ! m'écrié-je. C'est une œuvre extraordinaire !

J'espère que Cullen la recevra en parfait état.

– Tout va bien ! m'assure Pepper, apparaissant au coin de la pièce. Ne t'inquiète pas, vas-y... Tu n'as pas un avion à prendre ?

Je deviens rouge comme une tomate.

– Si, mais je m'en veux de partir à nouveau.

– Il n'y a pas de quoi. Je suis très contente pour toi.

– Merci, Pepper, dis-je en la serrant dans mes bras.

Après être allée éteindre mon ordinateur dans mon bureau, je m'apprête à prendre la route de l'aéroport.

Je sors dans le couloir et j'aperçois Emmett dans la galerie. Je ralentis l'allure tandis qu'il me regarde fixement, l'air perplexe.

– Tu t'en vas ?

– Bonjour, Emmett.

Je jette un coup d'œil autour de nous pour voir s'il est accompagné.

– Euh… oui. Tu as besoin de quelque chose ?

Il a l'air assez… triste.

Il indique du doigt la direction de mon bureau.

– Est-ce que nous pouvons discuter en privé ?

– Bien sûr, pourquoi pas ? Je suis un peu pressée, alors trois minutes, maximum, dis-je en rouvrant la porte.

Je m'écarte pour le laisser passer. C'est étrange de le faire entrer dans mon bureau. L'endroit ne s'anime pas en sa présence. Mon corps ne ressent… rien. J'ai du mal à me rappeler un temps où je le regardais et où j'imaginais que c'était l'homme de ma vie.

Il s'assied sur le bord d'une chaise.

– Nous devons reconsidérer notre rupture, Wynn.

Je ne m'assieds pas, parce qu'il ne va pas rester et parce que je ne raterai pas mon avion pour cette conversation. Malgré tout, je ne veux pas être malpolie. Emmett et moi avons passé quatre ans de nos vies ensemble.

– Que devons-nous reconsidérer ?

– Toi et moi.

Je fronce les sourcils, interdite, et secoue la tête.

– Je ne comprends pas. Je suis très en retard, Emmett, alors pouvons-nous avoir cette conversation une autre fois ?

J'esquisse un mouvement pour me diriger vers la porte mais il s'empresse de se lever, s'approche de moi et tend les lèvres pour m'embrasser.

– Holà ! Sûrement pas, dis-je, levant une main pour l'arrêter.

Tant pis pour la politesse.

Il renâcle et a un petit sourire narquois, très laid, et qui ne lui va pas du tout. C'est alors que je comprends qu'il est jaloux. *Très* jaloux.

– C'est à cause du frère de Callan, le flambeur ?

– Le joueur de poker. Cullen. Et la réponse est oui.

– La réponse est oui ?

Il fronce les sourcils.

Je le regarde, stupéfaite de constater qu'il estime que je lui dois la moindre explication. Nous nous sommes dit tout ce que nous avions à nous dire et nous avons fini de perdre notre temps ensemble il y a longtemps, *très* longtemps, ou du moins c'est l'impression que j'ai.

– Ce qu'il y avait entre nous, Emmett, dis-je, jetant un coup d'œil à la porte, contrariée, n'était pas ce que cela aurait dû être. Ce n'était pas de l'amour, pas réellement. Tu trouveras l'amour avec une autre femme et elle sera géniale. Elle sera tout ce que tu voulais que je sois, et plus encore. J'en suis sûre. Mais je ne serai jamais cette personne, parce que maintenant, je sais qui est l'homme de ma vie. Et il m'attend en ce moment même, alors je dois m'en aller.

J'attends à ce qu'il réagisse mais, l'espace d'un instant, il reste immobile.

Enfin, il s'écarte de moi. J'ouvre la porte, je sors, et il me suit.

– Tu ne comprends donc pas, Wynn ? J'ai fait une erreur !

– Eh bien n'en fais pas une autre, dis-je, refusant de céder. Va trouver quelqu'un dont tu tomberas amoureux si vite que tu n'auras même pas le temps de te demander ce qui se passe.

Je tends le cou vers lui et lui dépose un baiser sur la joue.

– À une prochaine fois, Emmett.

– Tu as toujours été trop bien pour moi, murmure-t-il avec un petit sourire gêné, avant de tourner les talons et de quitter ma galerie.

– Qu'est-ce que c'était que ça ? me demande Pepper, derrière le petit bureau de la réception.

– Un point final. Je crois.

J'appelle rapidement un Uber, je jette un coup d'œil à ma montre, maudissant la pluie qui s'est mise à tomber et craignant de ne pas arriver à l'heure.

Quand la voiture s'arrête enfin devant moi, le conducteur en descend en hâte pour mettre ma valise dans le coffre, se protégeant de la pluie.

– Vite ! lui dis-je dès que je suis installée dans la voiture.

Tandis que nous nous dirigeons vers l'aéroport où l'avion de Cullen doit atterrir, je compose le numéro de portable de Callan.

– Quoi de neuf, belle-sœur ?

– Ne plaisante pas avec ça ! Ça va se faire.

– Tu déconnes ?

Il a l'air choqué mais ravi, et je souris.

– Eh bien, pas tout de suite… mais c'est du sérieux, Callan, et j'ai besoin que tu m'aides à faire quelque chose de spécial pour ton frère. Je veux le reconquérir et lui offrir le plus beau cadeau du monde quand il aura remporté ces championnats…

Soudain, il y a un crissement de pneus, mon Uber dérape sur la chaussée mouillée et percute la voiture devant nous.

Mon téléphone me tombe des mains. Je jette un coup d'œil autour de moi, maudissant encore la pluie, tandis que le conducteur de la voiture de devant en descend et se met à hurler.

Le conducteur de mon Uber jure en espagnol.

– *Mierda !* se dit-il à lui-même avant de me regarder. Vous n'avez rien ?

– Non. J'ai juste été un peu secouée, et… je suis horriblement en retard !

Il soupire et secoue la tête.

–Vous allez devoir appeler un autre Uber, dit-il.

Chapitre 24

LE FLAMBEUR

CULLEN

Je la serre dans mes bras, refusant de la lâcher, blotti contre elle, à attendre qu'elle se réveille. Ses cheveux sentent incroyablement bon, l'ananas et la noix de coco. Ce n'est pas étonnant. Nous sommes sur une plage désertique, les pieds dans le sable.

Un vacarme soudain dans le couloir me réveille en sursaut et je me lève d'un bond, regardant autour de moi, désorienté, car je suis encore dans mon rêve.

– Wynn ?

Je me rends compte qu'elle n'est pas là.

Elle n'était pas là quand je me suis endormi sur le canapé, ni quand je me suis dirigé vers mon lit d'un pas lent à 5 heures du matin.

Elle n'est pas là non plus maintenant que je suis parfaitement réveillé.

Wynn n'est pas là.

Je me passe une main dans les cheveux et regarde les chemises noires accrochées dans la penderie ouverte. Quand nous sommes arrivés hier soir, Oliver a défait mes bagages en hâte puis il m'a demandé s'il pouvait prendre sa soirée. Je suis à peu près sûr qu'il avait un rendez-vous galant.

Debout à la fenêtre, je me demande où est Wynn en ce moment même. Dans quelques heures, le tournoi commencera. Dans quelques heures, ce sera tout ou rien.

Je jette un coup d'œil à ma montre. Wynn devrait être à l'aéroport. J'ai donné à mon pilote l'ordre strict de me prévenir quand ils décolleront.

Je n'ai pas encore eu de nouvelles, mais il ne devrait plus tarder à m'appeler.

Cette nuit, j'ai fait plusieurs rêves, le rêve récurrent de la plage, et un nouveau rêve, doux et tendre, dans lequel il y avait Wynn et mon fils. Ai-je fait ce rêve parce qu'elle m'a dit qu'elle ne pouvait pas me donner d'enfant ? Pense-t-elle que c'est un problème pour moi ?

Je n'y ai pas vraiment réfléchi.

Enfin... peut-être que si.

Peut-être ai-je le désir de la faire mienne de toutes les façons possibles. Amante. Mère de mon enfant. De *mes* enfants si nous venions à en adopter.

J'ai besoin qu'elle me comprenne et ne me juge pas. Qu'elle se rende compte qu'Adam est un petit garçon adorable et que je ne veux plus vivre sans lui.

La mère d'Adam est dure à convaincre. Elle déteste le poker et tout ce qui a trait à la vie de joueur professionnel. Elle me fustige chaque fois qu'elle en a l'occasion. Elle a toujours été vénale. Alors que nous n'étions encore que des gamins, elle s'intéressait déjà à l'argent et à la situation sociale. Elle ne voulait pas épouser un joueur de poker. Ce n'était pas assez bien pour elle.

Si seulement maman était du même avis qu'elle !

Elle croit que les joueurs de poker ont des réserves d'argent inépuisables. Il y a quelques jours, par exemple, elle m'a appelé pour me demander « seulement » trente mille dollars. Je ne peux pas m'empêcher de me demander ce qu'elle a l'intention de faire de mon argent.

Tu ne peux pas considérer cela comme ton argent une fois que tu le lui as donné.

Les paroles de Callan résonnent dans ma tête. Mon frère refuse de l'aider financièrement et peut-être est-ce pour cette raison que je lui donne toujours les sommes qu'elle me réclame sans lui poser de questions.

Si j'ai ce qu'elle me demande, je le lui donne.

Je n'ai personne d'autre avec qui le partager. Du moins, pas encore.

Impatient, je jette un énième coup d'œil à la table de chevet de Wynn : je lui ai laissé un petit mot au cas où elle arriverait après le début du tournoi. Je le redresse encore une fois contre la lampe et recommence à faire les cent pas quand, soudain, mon portable vibre. Le nom de Tim, l'un de mes pilotes, s'affiche sur l'écran.

Je décroche mon téléphone, me réjouissant d'avance.

–Vous êtes en retard. Faites décoller ce maudit coucou le plus vite possible. J'ai besoin d'elle à mes côtés.

– Monsieur Carmichael…

La voix du pilote est hésitante.

– Elle n'est pas là. Elle ne viendra pas.

Il me faut un moment pour assimiler ce qu'il me dit. Je contracte les doigts autour de mon téléphone portable.

Elle ne viendra pas.

Un mélange d'incrédulité, de frustration, de regret, de colère et d'impuissance m'envahit et bouillonne en moi tandis que je raccroche.

Je regarde fixement la moquette sans la voir, ne parvenant pas à croire qu'elle en a fini avec moi. Qu'elle ne viendra pas.

– Putain !

D'un grand geste du bras, j'envoie s'écraser sur le sol mon ordinateur portable, la lampe et tout ce qui se trouve sur le bureau de ma chambre d'hôtel.

Oliver entre dans la suite à ce moment précis. Il se précipite dans la chambre, les mains levées devant lui dans une posture de défense, ses clés au bout de l'index comme s'il avait l'intention de s'en servir comme d'une arme.

– Monsieur ! Tout va bien ?

J'expire bruyamment et secoue la tête.

– Ça va. Heureux au jeu, malheureux en amour, n'est-ce pas ?

Je lui adresse un sourire sans joie et essaie de prendre un air détaché, mais j'ai la mâchoire contractée, le cœur en miettes. Je n'aime pas être à Las Vegas sans Wynn.

Au moment où je sors de la pièce avec raideur, le portable d'Oliver se met à sonner. Il décroche.

– Oui, monsieur Carmichael... Non, il vient de sortir, dit-il quand je lui fais un signe pour lui indiquer que je ne suis pas d'humeur à prendre des appels.

Bon sang ! Je n'ai pas besoin de distractions supplémentaires.

Furibond, je prends ma veste et me dirige vers la porte d'un pas vif, m'efforçant de me défaire de mon mécontentement.

Où es-tu, Wynn ?

Chapitre 25

POKER

WYNN

Quelques heures plus tard, après avoir raté le jet de Cullen et pris un vol commercial à la dernière minute, je me dirige enfin vers la zone de retrait des bagages, pressée d'arriver sur les lieux du tournoi.

Je suis surprise de voir le chauffeur de Cullen.

– Oliver ?

Vêtu d'une tenue décontractée, un short bleu et un polo à manches courtes, il n'avait manifestement pas l'intention de venir ici.

– Mademoiselle Watson.

Il sourit comme s'il était détenteur du plus grand secret du monde.

– Callan vous a appelé !

– Oui, et monsieur Carmichael, Cullen, ne sait pas que vous êtes arrivée. Il était un peu… de mauvaise humeur avant que je ne reçoive l'appel de son frère m'annonçant la bonne nouvelle…

À en juger par le pétillement malicieux dans ses yeux, il pense que j'étais la cause de cette mauvaise humeur.

– … et j'ai estimé qu'il valait mieux ne pas lui faire part de votre plan pour éviter de le déconcentrer juste avant une partie si importante.

– C'est parfait. Je veux lui faire la surprise. Non seulement je lui amène son porte-bonheur habituel, mais je lui en amène un autre, un jeune garçon de treize ans !

Je bats des mains avec enthousiasme, puis je me dis qu'Oliver n'est peut-être pas au courant.

– Callan vous a parlé d'Adam ?

Il hoche la tête avec un grand sourire.

– Il a eu un peu de mal à l'arracher à sa mère, mais apparemment, la promesse de vacances gratuites a suffi à la convaincre de nous le confier pour le week-end. Son avion vient d'atterrir, Adam est là-bas…

Le cœur gonflé de joie à la perspective de rencontrer le fils de Cullen, je regarde dans la direction qu'Oliver m'indique d'un signe de tête.

Un peu fébrile, je parcours la foule des yeux. Il ne me faut pas longtemps pour repérer un enfant grand et maigre, un enfant aux yeux d'argent. Ses cheveux bruns sont décoiffés, probablement parce qu'il a dormi dans l'avion et il porte un tee-shirt sur lequel il est écrit : *Le poker dirige le monde.*

Je ris.

– C'est bien le fils de son père !

– Ça, c'est sûr, mademoiselle Watson.

Je me dirige timidement vers le fils de Cullen et j'attends qu'il prenne ses bagages sur le tapis roulant. Son expression est indéchiffrable et je me demande soudain si mon idée était vraiment bonne. Tous les enfants n'aiment pas la compagne de leur père.

Est-ce ce que je suis ?

Je suis en proie au doute quand le jeune garçon me tend la main.

– Je suis Adam... Oncle Callan m'a beaucoup parlé de vous.

J'essaie de ne pas réagir de façon excessive, mais je suis heureuse comme jamais tandis que je lui serre la main.

– Je suis Wynn. Ravie de te rencontrer ! Ton père m'a beaucoup parlé de toi aussi.

– Ça m'étonne qu'il puisse parler de moi tout court, dit-il, les sourcils froncés. Maman fait tout son possible pour nous éloigner l'un de l'autre.

– Eh bien, mademoiselle Watson vous a rapprochés, dit Oliver en adressant au gamin un sourire bienveillant. Et votre papa va être ravi de vous voir.

– Comment va-t-il ? demande Adam.

– Nous n'avons pas de nouvelles pour le moment, répond Oliver en jetant un coup d'œil à sa montre. Il devrait être en train d'arriver sur les lieux des championnats en ce moment même. Vous allez pouvoir les regarder à l'hôtel, les tournois sont diffusés en direct.

– Allons-y !

Je pousse un soupir de contentement. Adam a l'air d'être aussi impatient que moi d'assister au tournoi.

Quarante minutes plus tard, j'enfile ma petite robe noire et mets mes boucles d'oreilles porte-bonheur quand je vois une enveloppe sur la table de chevet, à côté du lit de Cullen.

De notre lit.

Je l'ouvre et souris en trouvant un jeton de dix mille dollars et un petit mot qui dit : *Ne sois pas en retard, s'il te plaît ! Tu es mon porte-bonheur.*

Mon homme va remporter les championnats du monde.

Et *notre* période de chance pourrait bien durer toute la vie.

Chapitre 26

TEXAS HOLD'EM

CULLEN

Le nouveau commentateur est en train de gonfler nos qualifications quand j'entre dans la zone délimitée par une corde, prêt à prendre mon siège. Sept des neuf joueurs présents en finale ont remporté de nombreux championnats. Nous ne sommes que deux à être des joueurs professionnels et je regarde l'autre – l'homme qui a l'intention de se trouver un « vrai boulot ».

– Vous n'avez pas encore pris votre retraite ?

– Demain, répond-il.

Lucas arrive à la table avec la troisième pile de jetons la plus élevée.

– Où est passée ta chance ? me demande-t-il avant de s'asseoir.

Je jette un coup d'œil derrière lui. On ne peut pas ne pas remarquer ses groupies, avec leurs cheveux crêpés, leurs bijoux clinquants et leurs voix haut perchées.

– Tu ne pouvais pas laisser les enfants à la garderie ? Il paraît qu'il y en a une très bien, dans ce casino.

Il rit.

– Je présume que ta copine ne vient pas !

– Qu'est-ce que c'est que ces adolescentes ?

Je peux rester cool tant que nous nous taquinons. En revanche, je ne laisserai pas Lucas me déstabiliser en parlant de Wynn.

Il émet un grognement railleur.

– Elles sont toutes majeures.

– Eh bien, ça alors, je ne l'aurais pas cru ! J'allais te demander qui te fournissait les fausses pièces d'identité.

– C'est une habitude, chez toi, d'insulter tes amis ?

– Seulement aux tables de poker, dis-je pour plaisanter.

Cependant, j'ai assez parlé, alors je lui tends la main et il la serre dans la sienne.

– Bonne chance, Lucas ! Tâchons de finir dans les quatre derniers.

Traduction : Finis quatrième, je prendrai la première place !

Bon sang ! Je me moquais de l'avoir sur les talons en finale, mais maintenant, je me pose des questions.

Je ne peux pas prendre de risques.

Si je ne l'élimine pas rapidement, il pourrait prendre la tête et la conserver.

Une fois de plus, je balaie la foule du regard dans l'espoir d'apercevoir celle qui me porte chance. Je donne peut-être l'impression d'être serein, mais en réalité, je me sens horriblement mal.

Je déteste être à Las Vegas, à ce tournoi, sans elle.

Le commentateur est prêt à se lancer. Il se lève et ajoute quelques derniers mots avant de se tourner vers la table.

Le croupier distribue.

J'ai ma première main.

Mais ma nana n'est pas là.

Je regarde mes cartes.

Bon sang! Comment vais-je bien pouvoir jouer cette partie alors que tout ce que je voudrais, ce serait avancer dans le temps et revoir Wynn ?

* * *

WYNN

Je suis tellement excitée à l'idée de le voir que je ne prête même pas attention à la foule qui m'entoure, jusqu'à ce que Mike apparaisse à côté de moi et dise :

– C'est impressionnant, hein ?

– Oh, Mike ! Je suis désolée, je ne vous avais pas vu…

À peine ai-je prononcé ces mots que je rougis. J'ai l'air d'une femme amoureuse.

– J'étais ailleurs.

– Ça arrive, répond-il.

Il m'offre son bras.

– Permettez-moi de vous indiquer votre siège. Quelqu'un va être très content de vous voir…

Quelques secondes plus tard, je sens le regard de Cullen posé sur moi. Nous passons devant la presse quand un frisson me parcourt la colonne vertébrale. Une douce chaleur familière m'envahit.

Je resserre mon étreinte sur le bras de Mike et manque de perdre l'équilibre. Nous nous trouvons devant une foule de femmes quand j'entends quelqu'un dire :

– Regardez ! C'est elle… C'est la petite amie de Playboy. Elle est belle, n'est-ce pas ?

Mike me tapote le bras, comme pour dire : *Jouez le jeu.*

Et je le fais. Je joue le jeu.

Je me redresse, prends une profonde inspiration et regagne toute mon assurance quand je me tourne enfin.

Le temps semble s'arrêter.

Il n'y a plus personne. Plus de foule. Personne à cette table. Personne à côté de moi.

Il n'y a plus que nous.

Cullen me regarde. Un sourire mystérieux danse sur ses lèvres pleines.

– Je suis là, dis-je, remuant les lèvres silencieusement.

– Tu n'es jamais partie, répond-il en tapotant sa poitrine à l'endroit de son cœur.

– Waouh ! s'écrie quelqu'un dans la zone réservée aux groupies. Vous avez vu ça ? J'aimerais bien qu'il me regarde comme ça !

Je ne me retourne même pas pour voir qui c'est.

Je n'ai pas de concurrence.

Il n'y a que moi et Cullen. Son amour m'entoure tandis que je trouve ma place dans la foule, un siège depuis lequel je pourrai le regarder.

Dès que je suis installée, je le regarde avec admiration et je sens tout l'amour qu'il m'envoie en retour.

Il est sur le point de remporter les championnats du monde. Je le sens dans mes veines.

Il s'apprête à attaquer.

Il va gagner le titre, le bracelet et l'argent… et ensuite, il me prendra et me dévorera.

Je comprends enfin la détresse dans laquelle j'ai été plongée ces derniers jours. J'étais à Chicago, chez moi, certes, mais j'aurais dû être ici, avec l'homme que j'aime. Là où est ma place.

Cullen est devenu, de bien des façons, mon cœur et mon chez-moi.

* * *

Plusieurs heures plus tard, il ne reste plus que quatre joueurs et les commentateurs font des pronostics après avoir annoncé une pause de quinze minutes. Lucas Ingram est en tête. Cullen est deuxième. Les piles les moins élevées appartiennent aux deux joueurs inconnus, qui n'ont probablement plus aucune chance, à en croire les commentateurs.

J'attends Cullen derrière la corde et, dès qu'il l'a franchie, il est dans mes bras, me serre contre lui et m'embrasse avec ardeur, sans se soucier de qui nous regarde. Nos lèvres se séparent, se retrouvent. Je n'arrive pas à croire que nous ayons passé ne serait-ce qu'une nuit loin l'un de l'autre.

– Cullen…

Je dois avoir les joues cramoisies.

– Tu es superbe, dit-il dans un souffle. Je commençais à me demander si…

– J'ai raté ton avion.

– Le pilote m'a appelé pour me le dire.

Il me prend le visage au creux des mains et me regarde avec une expression pleine de tendresse.

– Je suis heureux de te voir.

– Je suis vraiment désolée, Cullen. Je suis lâche. Je…

– Chut… Quand je te regarde, je vois une femme forte et belle. Je ne vois pas quelqu'un de lâche.

Il marque un temps d'arrêt, puis ajoute :

– Tu es là, et tu ne me dois aucune explication.

Ses paroles sont révélatrices. Il doit avoir une vague idée de la raison pour laquelle j'étais en retard.

– Il n'y a pas de secrets entre nous, Cullen.

– D'accord…

– Emmett est passé.

J'ai honte de l'admettre car c'est à cause de mon ex que j'ai raté l'avion.

– Je suis désolée.

– Tu ne me dois pas d'explication, dit-il encore, imperturbable. Comment ça s'est passé ?

– Je suis ici.

– Tu es ici.

Ses yeux pétillent.

– Et je lui ai dit…

– Que lui as-tu dit ?

– Tu peux me donner une minute ?

Je lève les yeux vers lui et mon cœur fait un petit bond dans ma poitrine. J'ai l'impression que mes jambes vont se dérober.

– Je veux faire ça bien.

– C'est parfait.

– Dans ce cas, je veux te dire *parfaitement* que j'avais envie d'être là dès la minute où tu m'as quittée. Il faut que je te dise…

On annonce que la partie recommencera dans deux minutes. Les joueurs passent à côté de nous en traînant les pieds et Cullen me prend la main.

– Plus tard. Nous avons tout notre temps.

Il me dépose un baiser sur la tempe, puis il me laisse seule.

Mike me rejoint.

– J'avais des doutes.

– À quel sujet ?

Je suis tellement fascinée que je ne quitte pas Cullen des yeux.

– Je ne pensais pas que Playboy se rangerait un jour, qu'il aimerait quelqu'un… et pourtant, vous voilà ! Je suis content que vous fassiez partie de sa vie.

Je reprends ma place, songeant : *Moi aussi, je suis contente de faire partie de sa vie !*

Chapitre 27

LA TABLE DE LA FINALE

WYNN

Les joueurs en troisième et quatrième places sont rapidement éliminés, et c'est tantôt Lucas, tantôt Cullen qui mène.

– Tu veux passer un marché ? demande Lucas.

– Le meilleur marché que je vois, c'est que tu fasses tapis tout de suite.

C'est du bluff. Si Lucas fait tapis, Cullen se couchera.

À en juger par l'expression de Mike, il le sait aussi.

Lucas plisse les yeux et se couche.

Cullen ne montre pas sa main.

Les commentateurs chuchotent dans leurs micros, badinant entre eux. Grâce à la vitre de protection, les joueurs ne les entendent pas.

Je me tourne vers Mike en entendant des bribes de leur conversation.

– Alors Cullen peut racheter la part de Lucas ?

– S'ils ont passé un marché, c'était pendant la pause. Cullen ne passera pas un marché alors qu'ils ne sont plus que deux.

Mike a l'air sûr de lui.

– Et s'ils ont passé un marché, vous avez dû en entendre parler.

Pendant la pause, Cullen et moi nous sommes retrouvés. Je ne pensais plus au poker et il n'a parlé à personne d'autre que moi.

Je me concentre sur Cullen, qui pousse ses jetons en avant et en ajoute quelques-uns pour indiquer qu'il relance. Sur le tableau, il y a trois neuf.

– Joli !

– À moins que Lucas n'ait le quatrième, dit Mike. Je ne crois pas que ce soit le cas. Il n'arrête pas de regarder ses cartes.

Lucas relance.

Cullen se couche.

– Je ne m'attendais pas à ça, dis-je.

Mike hausse les épaules.

– Vous le cernez sûrement mieux que la plupart des gens… mais ici, il joue différemment. Son expression n'est pas la même en finale que lors des parties habituelles.

Il m'observe et ajoute :

– Cullen a dix millions de raisons de rester impassible.

– C'est une somme colossale qui changerait la vie de n'importe qui.

Il a un grand sourire.

– La deuxième place n'est pas mal non plus, avec sept millions et demi.

Je ne réponds pas. J'ai l'impression que Mike s'attend à une réaction de ma part.

– Cela m'étonne un peu que Cullen reste dans la partie alors que vous êtes ici. Il pourrait prendre l'argent et en rester là. Tout ce qui intéresse vraiment Lucas, c'est le titre.

– Il veut peut-être aussi un plus gros magot, dis-je. La différence entre la première place et la deuxième n'est pas seulement de quelques centimes.

Il rit.

– Ça, c'est sûr !

Cullen rend ses cartes au croupier et fronce les sourcils. Aux trois manches suivantes, il se couche et Lucas a l'air inquiet. À la quatrième, Cullen joue.

La foule est impatiente. Les commentateurs alimentent l'agitation des spectateurs.

– Quelque chose me dit que nous assistons à la dernière manche, dit l'un d'eux.

L'autre secoue la tête.

– Ce n'est pas encore terminé.

Pourtant, on dirait bien que si.

Cullen fait tapis.

Je me lève, attendant, regardant, espérant.

Il lève le menton et me fait un clin d'œil, comme pour dire : *Quoi qu'il arrive, je gère.*

– Je t'aime, dis-je, remuant les lèvres silencieusement.

Il a un grand sourire et répond :

– Je sais.

Quel culot !

Je ris et j'attends, espérant que Lucas suive pour que nous puissions passer à autre chose.

Il se lève, se rassied, se lève à nouveau.

– Que va-t-il faire, à ton avis ? demande le commentateur.

– À en juger par la façon dont il a joué jusqu'à présent, je crois qu'il va suivre. Il a l'air d'y penser…

– Autrefois, on voyait les cartes cachées, me dit Mike, mais quand on a estimé que cette information pouvait facilement être transmise aux joueurs, les règles ont changé.

– Nous n'avons pas besoin de les voir. Vous voulez faire un pari ?

– Certainement pas, répond-il, secouant la tête. Cullen me tuerait si je pariais contre lui.

– Oui, vous avez probablement raison.

Il hoche la tête et murmure :

– C'est parti…

L'adrénaline de la foule qui attend est à son comble quand Lucas fait tapis et s'apprête avec Cullen à regarder les cartes tomber.

– Je ne vois pas la main de Lucas, dis-je tout bas, la nervosité me nouant le ventre.

– Il ne vaut mieux pas, répond Mike.

Le croupier retourne la dernière carte dans un geste fluide et théâtral. Le silence est si profond que j'ai l'impression que nous allons entendre la carte retomber sur le feutre. Les gens rassemblés de l'autre côté de la salle ont une meilleure visibilité et ils se lèvent d'un bond et se mettent à pousser des acclamations, applaudissant à tout rompre.

– Mesdames et messieurs, nous avons un nouveau champion du monde ! Applaudissez le nouveau vainqueur, le meilleur joueur du monde… Cullen Carmichael !

– Incroyable ! s'exclame Mike, qui pousse des cris de joie et tape dans la main des gens qui l'entourent en signe de victoire.

De l'argent est déposé sur la table.

Cullen et Lucas échangent une accolade, se donnant des tapes dans le dos. Lucas est pris en photo avec ses millions, puis il s'écarte et c'est au tour de Cullen.

– Venez, dit Mike en m'entraînant vers la sortie réservée au personnel. Nous allons le rejoindre de l'autre côté !

J'envoie un texto à Oliver :

Il a réussi ! Il a gagné ! Pouvez-vous descendre avec Adam ?
Nous sommes déjà là.
Vous me retrouvez à l'entrée de la salle ?
On arrive tout de suite !

J'accélère le pas.

– Dépêchez-vous, Mike !

J'ai hâte de voir l'expression de Cullen. Il va être tellement heureux de voir son fils !

Quelques minutes s'écoulent avant que Cullen arrive sur ma gauche. Adam est à ma droite.

– Tout est parfait…

Quand Cullen nous voit, je m'aperçois que mes mots ne peuvent décrire convenablement ce moment… Cullen et son fils… C'est *plus-que-parfait*.

Nous sommes encore mieux que *parfaits*. Nous sommes tous là, ensemble.

* * *

Nous emmenons Adam au Casino Kids, une nouvelle salle de jeux qui ressemble à un casino. Nous mangeons de la pizza, jouons et remportons des prix. Nous nous amusons comme des fous. À la fin de cette longue soirée bien chargée, nous retournons à l'hôtel. Je regarde Cullen et son fils, le cœur empli de joie.

– Je voudrais te voir plus souvent, papa. Je voudrais que ce soit comme ça tout le temps.

– Je sais, fiston.

Cullen ébouriffe les cheveux d'Adam et lui passe un bras autour des épaules pour le serrer contre lui.

– J'y travaille… Tu aimerais venir vivre à Las Vegas avec moi… et Wynn ?

Percevant le sérieux de son ton, je laisse mon cœur déborder et savoure ce moment. J'ai la sensation d'avoir de la valeur, de faire partie d'une famille, de faire partie de quelque chose qui me dépasse, et c'est comme si tous mes rêves se réalisaient d'un seul coup.

– Maman ne voudra jamais…

– Je vais proposer un arrangement à ta mère. Tu peux passer la moitié de l'année avec elle, l'autre moitié avec nous.

Il m'attire dans ses bras sans quitter Adam des yeux.

Il a un grand sourire.

– Tu vas gagner.

– Il gagne souvent, dis-je.

– Tu m'as manqué, dit-il à son fils. Viens ici, mon grand !

Il lui pose une main sur la nuque et l'entraîne dans la suite.

– Nous devons te remettre dans l'avion demain.

– Je n'ai pas envie de partir, dit Adam d'un ton catégorique.

Cullen baisse les yeux vers lui.

– Je suis désolé que nous soyons obligés de faire comme ça pour le moment. Je te promets de faire tout ce qui est en mon pouvoir pour que nous puissions passer plus de temps ensemble.

Adam hoche la tête et Cullen le serre dans ses bras. Je les regarde sans rien dire, les larmes aux yeux. Enfin, la mâchoire contractée, Cullen emmène Adam se coucher.

Émue, je pleure silencieusement. Je m'éloigne pour aller chercher un mouchoir dans notre chambre.

Soudain, je sens une présence dans la pièce et j'aperçois la silhouette massive de Cullen dans l'ombre.

– Merci.

Sa voix est râpeuse, chargée d'émotion.

– De quoi ?

– D'être ici.

Il fait quelques pas vers moi.

– De l'avoir fait venir.

Il s'approche encore.

– D'être *toi.*

Il me prend dans ses bras et pose ses lèvres sur mes cheveux.

– D'être à moi.

– Je ne veux rien de plus, dis-je. Je te veux. Je veux Adam, je veux Las Vegas et Chicago, je veux tout.

– Et moi, je veux que tu aies tout ce que tu désires.

Je lui prends le visage au creux des mains et il me dépose un baiser sur les lèvres.

– Je vais bientôt faire construire un hôtel sur le Strip. Je me bats contre Sondra pour obtenir la garde partagée d'Adam. Je ne veux pas retirer mon fils à sa mère, mais je veux qu'il ait un père, et je veux qu'il t'ait, *toi.*

– J'adorerais être sa belle-mère… ou… enfin, je veux dire…

Je commence à rougir.

– Tu sais que cela va arriver, dit-il avec douceur, les yeux pétillants. Laisse-moi juste te faire ma demande convenablement.

Je secoue légèrement la tête, comme pour m'arracher à la merveilleuse hébétude dans laquelle je suis plongée.

– Quand j'étais très jeune, je me disais que je ferais n'importe quoi pour trouver l'homme de ma vie. N'importe quoi. Que je vendrais mon âme, que j'irais m'installer à Las Vegas ! Et maintenant…

– Maintenant ?

– Maintenant, je me rends compte que j'avais raison.

Je le regarde avec un grand sourire.

– Je vais demander à Pepper de s'occuper de la galerie et je pourrai peut-être en ouvrir une ici…

– Autant que tu voudras !

Il me soulève et je lui passe les bras autour du cou.

– Ce ne sera pas facile, mais…

– Nous y arriverons. Ensemble, toi et moi. Seulement, ne me quitte jamais.

– Moi ? Pourquoi est-ce que je me coucherais alors que j'ai les meilleures cartes en main ?

ÉPILOGUE

Chapitre 28
TOP PAIRE

CULLEN
Sept mois plus tard

Je me réveille chez moi, à Las Vegas, fou de désir.

Ce n'est pas inhabituel, maintenant que Wynn et moi vivons ensemble. La seule chose différente, ce matin, c'est la place vide à côté de moi dans le lit.

J'entends la voix de Wynn, dans la pièce d'à côté, et un petit *tap tap tap* sur le sol. Est-elle en train de danser ?

Amusé, je m'adosse contre mon oreiller et attends tandis qu'elle arpente la pièce et parle d'une voix aiguë, trahissant son excitation.

– C'est vrai ? Oh, Pepper, c'est sensationnel ! J'ai hâte de le dire à Cullen !

Il y a un silence, puis elle ajoute :

– D'accord. C'est parfait !

–Viens par ici, toi, lui dis-je quand elle a raccroché.

Bien sûr, je veux entendre sa nouvelle, mais j'ai aussi envie que cette petite tigresse se cambre sous moi et gémisse pendant que je la prends pour lui montrer à quel point je suis impatient de faire d'elle ma femme.

Elle passe devant la porte de notre chambre d'une démarche chaloupée aguicheuse, lève un doigt et m'adresse un sourire espiègle. Je gémis et m'étire.

Quand elle passe à nouveau, je soulève le drap pour qu'elle puisse voir l'effet qu'elle me fait.

La proximité sans le contact est comme le café sans caféine : le besoin est là mais la satisfaction se fait attendre. Je croise les bras derrière ma tête et joins les mains.

– Tu sais…

Sa voix s'estompe alors qu'elle s'éloigne à nouveau et je me rends compte qu'elle est encore au téléphone.

Il faudra que je pense à faire un petit geste pour manifester ma gratitude à l'assistante de Wynn : elle fait tourner la galerie pour que je puisse garder mon porte-bonheur à mes côtés.

Tandis que je me demande s'il vaut mieux que je lui envoie un chèque-cadeau ou une caisse de vin, Wynn entre dans la chambre en coup de vent et saute sur le lit, pose son portable sur la table de chevet et me regarde d'un air malicieux.

Je bondis sur elle, l'immobilisant en dessous de moi en une seconde.

– Bonjour…

Je l'embrasse et, aussitôt, elle tire sur ma chemise, qu'elle a enfilée au saut du lit, pour tenter de cacher ses cuisses.

– Oh non, certainement pas !

Je lui saisis les poignets, lui fais lever les bras au-dessus de la tête et l'embrasse avec ardeur.

Elle soupire tout contre mes lèvres, me rendant mon baiser comme s'il n'y avait rien qu'elle désire plus, mais soudain, elle me repousse.

– Cullen ! Attends ! J'ai quelque chose à te dire…

– Ça peut attendre…

Je suis déjà excité.

Bon sang ! Cette fille me met dans tous mes états sans même essayer. Je lui mordille le lobe de l'oreille et la regarde, elle qui a récemment répondu oui quand je lui ai demandé si elle voulait de moi pour la vie.

– Tu es insatiable ! s'écrie-t-elle en riant.

– Essaie quand même de me rassasier… Je t'ai déjà dit que tu étais très sexy dans ma chemise ?

– Plein de fois !

Elle se cambre sous mes lèvres et j'ai l'impression que ce petit mouvement était censé m'écarter d'elle.

– Mais c'est ça qui va devoir attendre, ajoute-t-elle. C'est important !

– C'est sûr, dis-je pour la taquiner, laissant glisser mes doigts plus haut sur sa cuisse.

Elle m'attrape par les épaules et me repousse.

– Juste cinq minutes ?

Son sourire pourrait arrêter la circulation, mais il ne m'arrête pas, *moi*. Je continue jusqu'à ce qu'elle retienne ma main.

– Tes cinq minutes deviennent vite deux heures, Cullen.

– Il y a des femmes qui trouveraient ça irrésistible !

– *Je* trouve ça irrésistible…

Elle me dépose un baiser sur les lèvres.

– … mais il faut d'abord que tu entendes ça.

– *D'abord*, ça me va. Ça signifie qu'il y a un *après*.

Je soupire et roule sur le dos. Elle s'assied à califourchon sur moi et je lui empoigne les hanches pour l'attirer plus près de mon sexe.

Je joue, et c'est un plaisir de la voir rougir.

– Arrête… Tu veux bien ?

Elle rit à nouveau et secoue la tête, et ses boucles rousses flamboyantes dansent sur ses épaules.

Je joins les mains derrière la tête.

– Parle-moi, beauté.

Je vais me conduire sagement, mais ce ne sera pas facile. Ses tétons sont bien visibles sous la chemise. Elle regarde mon sexe en érection.

Je tente une dernière fois, mais c'est peine perdue.

– Nous avons des choses à faire, Cullen.

– Je sais quelle est ma priorité…

Elle se passe la langue sur les lèvres, se penche vers moi et murmure :

– Même pas en rêve !

– Allumeuse !

Je lui empoigne les fesses pour la ramener plus près de mon sexe.

– Bon ! Écoute ça…

Elle roule sur le côté et poursuit, tout excitée :

– Tu te souviens des Benson ? Ils achètent une maison de campagne au bord du lac Michigan et devine dans quoi ils viennent d'investir un paquet de fric ? Dans *ma* galerie ! Tu arrives à le croire ?

– C'est génial, Wynn !

Je ne lui dis pas que nous n'avons pas besoin de cet argent. Elle veut garder sa galerie et même en ouvrir d'autres ; c'est important pour elle de garder son indépendance financière et je la soutiens.

– Attends une seconde, tu as bien dit les Benson ?

– Oui ! Ils ont déjà payé comptant !

Je fais mine de réfléchir, puis je dis :

– Pepper s'est peut-être trompée… Aux dernières nouvelles, Benson est retourné au Néolithique.

– Très drôle. Ils ne sont pas si vieux que ça… Monsieur Benson n'a que soixante-deux ans.

Je n'ai pas l'impression qu'elle plaisante, alors j'émets un grognement railleur.

– Wynn, cet homme a au moins quatre-vingts ans. C'est un vieux beau !

L'innocence de Wynn me serre le cœur. Soudain, je prends conscience de quelque chose et j'écarquille les yeux.

– Monsieur Benson a le béguin pour ma fiancée !

– C'est vrai, dit-elle avec un grand sourire, se penchant pour m'embrasser, et tu es jaloux.

– Et comment ! Quand un vieux bonhomme claque de l'argent pour ma nana, je me méfie.

Elle se glisse un peu plus bas sur moi, agitant les sourcils d'un air joueur, mais à ce moment-là, mon téléphone se met à sonner.

C'est la femme qui choisit toujours bien son moment quand elle veut obtenir quelque chose.

– Bon sang !

– Elle ne peut pas attendre cinq minutes ? plaisante Wynn, avant de s'écarter de moi.

– Ne t'éloigne pas trop, lui dis-je avant de décrocher. Bonjour, maman.

Ma mère pousse un soupir théâtral.

– Cullen ? Je suis désolée de t'appeler si tôt. Je sais que tu es avec cette… *fille*, mais…

– *Femme*, et c'est ma fiancée. Nous en avons déjà discuté.

– Exact. C'est ce que tu m'as dit. Bref ! Est-ce que je peux passer voir Mike au casino ?

– Évidemment.

Je suis en colère. Ma mère n'a même pas encore rencontré Wynn et elle a déjà décidé qu'elle ne l'aimait pas.

– Ne sois pas grossier. J'ai besoin de le voir immédiatement.

– Bien sûr.

Je préférerais que maman m'appelle pour nous demander de nos nouvelles.

– De combien as-tu besoin ?

Wynn est en train de travailler quand je raccroche. Son café semble l'intéresser plus que moi jusqu'à ce que je m'asseye en face d'elle.

– Que fais-tu ?

– Je regarde la femme que j'aime travailler.

Je prends la seconde tasse de café posée sur la table et en bois une gorgée.

– Tu veux venir t'asseoir sur mes genoux pour travailler ?

– Ah ! Si je fais ça, je ne vais pas beaucoup travailler…

– Tu dis ça comme si c'était une mauvaise chose.

– Il faut qu'on parle du mariage, Cullen.

Je soupire. Si elle est d'humeur à faire des préparatifs, la passion et le plaisir vont être relégués au second plan.

Elle me fixe avec un grand sourire, comme si elle savait que je serai plus attentif une fois que je lui aurai enfin fait l'amour. Je soutiens son regard jusqu'à ce qu'elle baisse les yeux.

– Je t'écoute, dis-je enfin.

– Je crois que nous devrions nous marier ici, à Las Vegas… mais si nous faisons ça, je ne veux pas d'un mariage ringard à la va-vite, monsieur !

– Aucun risque, *madame Carmichael.*

Surprise de m'entendre l'appeler comme cela, elle hausse les sourcils et rougit.

– J'adore quand tu m'appelles comme ça.

– Ce nom te va bien.

Elle sourit et jette un coup d'œil par la fenêtre d'un air rêveur.

– Nous nous marierons où tu veux, dis-je, impatient de l'avoir pour femme. Je pourrais t'épouser au milieu du désert des Mojaves, ou ici, ou même dans la salle de poker clandestine où nous nous sommes rencontrés… Du moment que je suis à toi et que tu es mienne à la fin de la cérémonie, ce sera une journée parfaite.

Elle me regarde avec intensité et me pose une main sur la joue.

– Je t'aime. J'ai tellement hâte… L'attente me paraît interminable.

– Je t'aime aussi… et je te comprends.

Mais elle n'aura plus à attendre bien longtemps.

Juste au moment où je la prends dans mes bras, prêt à la dévorer, Adam entre dans la cuisine.

– Qu'est-ce qu'il y a à manger pour le petit déjeuner ? demande-t-il d'une voix ensommeillée.

Je lui souris, puis je souris à Wynn et lui donne un petit baiser plein de promesses avant de m'écarter d'elle pour aller ouvrir le réfrigérateur.

– Tu as le choix ! dis-je à mon fils. Pain perdu, omelette, gauf…

– Gaufres ! s'écrie-t-il.

Wynn lui ébouriffe les cheveux.

– Tu as bien dormi, Adam ? Ta chambre te plaît, tu es bien installé ?

Il rougit.

– Ouais…

– Elle te materne, lui dis-je en guise d'avertissement, laisse-la faire.

Il a un grand sourire, mais il a toujours l'air timide d'un jeune garçon qui n'a pas l'habitude que l'on s'occupe de lui.

– Évidemment que je la laisse faire ! J'aime bien. C'est ma belle-mère, ou du moins, ce sera ma belle-mère à partir de dem…

Il écarquille les yeux, s'apercevant de la gaffe qu'il a failli faire. Il me lance un coup d'œil et je hausse un sourcil pour lui rappeler que c'est notre secret.

– Dans quelques mois, se reprend-il.

Wynn, qui s'est levée pour prendre le jus d'orange, est trop distraite pour remarquer quoi que ce soit et deviner la surprise que je lui réserve.

Adam et moi échangeons un sourire.

★ ★ ★

– Tu crois qu'elle se doute de quelque chose ? me demande Callan tandis que nous nous dirigeons vers ma nouvelle propriété à Las Vegas, quelques heures plus tard.

Derrière le barnum sous lequel aura lieu la réception, plusieurs équipes disposent des compositions florales, installent un kiosque, placent les tables et les chaises. Tout s'organise comme prévu. Quand nous échangerons nos vœux, le soleil se couchera et jettera une lueur rougeoyante sur le sable. Nous nous dirigerons ensuite vers le barnum, sous lequel le groupe préféré de Wynn jouera les chansons qui sont en quelque sorte devenues *nos* chansons. Ce sera parfait.

– Frangin ? Je t'ai demandé si…

– Elle ne se doute absolument pas que nous allons nous marier demain.

Je souris, car j'ai hâte qu'elle le sache. Quand elle le saura, elle comprendra enfin que je ne pouvais pas attendre un jour de plus pour faire d'elle ma femme.

– Connaissant Wynn, elle croit probablement qu'il joue au poker, ce soir, dit Malcolm.

Nos amis sont censés être à Las Vegas pour nos enterrements de vie de jeune fille et de vie de garçon. Quand je l'ai laissée avec ses copines, Wynn n'avait pas envie que je parte. J'aurais peut-être dû la rassurer, lui dire que je n'aurais qu'une seule chose en tête : la retrouver, être dans ses bras.

Bon sang ! Je suis vraiment fou d'elle.

Mon cœur lui appartient et j'en ai plus pleinement conscience que jamais. Il y a quelque chose de vraiment spécial dans ce moment, dans le fait de réaliser les rêves de Wynn alors même qu'elle ne le sait pas encore. Je ne peux pas l'expliquer. J'espère que tout sera à la hauteur de ses espérances, pour qu'elle puisse se dire, quand elle repensera au jour de notre mariage, que tout était parfait, d'une beauté incommensurable.

Comme le sera ma femme, demain soir.

– Il vaudrait mieux que ce soit parfait, dit Tahoe. Wynn a toujours rêvé du jour de son mariage, alors essayons de ne rien rater !

– Quelque chose me dit que ça va aller, dis-je, regardant la mère de Wynn qui se tient au milieu du tumulte et donne des instructions.

Pendant que ma propre mère rendait visite à Callan, j'allais chercher celle de Wynn à l'aéroport. Wynn va être ravie quand elle saura que nous avons passé un peu de temps ensemble.

Nous nous sommes garés devant le bâtiment qui abritera bientôt le Casino Carmichael..

– Alors, tu te sens prêt ? me demande Callan, avec un grand sourire indiquant qu'il ne fait pas allusion à l'investissement.

Il s'apprête à me regarder faire le plus gros pari de ma vie.

Seulement, ce n'est pas un pari, parce que je n'ai jamais été aussi sûr de moi de ma vie entière.

Chapitre 29

ENTERREMENT DE VIE DE JEUNE FILLE

WYNN

Je suis absolument enchantée que nos amis soient là, et puisque nous sommes censés profiter du week-end pour faire un enterrement de vie de jeune fille et de vie de garçon avant l'heure, mes copines et moi jouons comme des folles.

Je suis la dernière de la bande à me marier et même si le mariage ne doit avoir lieu que dans quelques semaines, je me sens nostalgique. Nous sommes au casino préféré de Cullen. À sa demande, Mike se tient à notre disposition. Nous nous éclatons, et demain, nous irons faire du shopping et nous aurons droit à un traitement royal au spa : coiffure, manucure, massage. Cullen a insisté pour que nous nous bichonnions.

Je crois qu'il ne voulait pas que nous rentrions à la maison avant demain après-midi, et comme je n'arrive pas à joindre maman et papa par téléphone, je soupçonne quelque chose et dis :

– Je crois que mes parents sont en route pour Las Vegas.

Rachel me regarde d'un air ahuri.

– Pourquoi est-ce qu'ils viendraient ici ? demande Gina.

– Je… Tu as raison. Je ne sais pas pourquoi j'ai imaginé ça. Peut-être que maman veut assister à mon enterrement de vie de jeune fille.

Mes amies rient d'un air un peu gêné. Elles doivent trouver que je suis le genre de mariée un peu dingo obnubilée par son mariage, car je n'arrive plus à penser à rien en dehors du fait que je vais épouser Cullen dans quelques semaines.

– Nous devrions peut-être appeler les gars pour leur demander comment ça va, dis-je, tandis que nous traversons le casino.

Livvy m'entraîne vers la porte du bar.

– Allons prendre un verre ici !

Je suis mes amies dans le bar, puis je me tourne et regarde fixement la piste de danse déserte, regrettant que Yeux d'argent ne puisse pas apparaître par magie. Pour ne rien arranger, Christina Perri chante *A Thousand Years*, et je repense au soir où nous nous sommes embrassés. Tout en écoutant la chanson, je pense à Cullen, à ce que je ressens quand nous sommes ensemble, et je me laisse émouvoir.

Sentant les larmes me monter aux yeux, je murmure :

– Je me demande si c'est vrai…

– Quoi donc ? demande Gina.

Je montre du doigt l'un des haut-parleurs et j'incline légèrement la tête.

– Je ne sais pas… J'ai l'impression de le connaître depuis toujours et je me demande si l'univers a veillé à ce que je n'épouse personne d'autre. Vous voyez ce que je veux dire ?

– Oui, on voit ! répondent-elles en chœur.

Livvy détend l'atmosphère en indiquant la piste de danse et en disant avec un grand sourire :

– Elle s'est presque fait sauter, là-bas !

– Tu avais oublié de préciser ça ? demande Rachel d'un air entendu.

– Sérieusement ?

Je me commande un verre et indique les autres d'un geste.

– C'est ma tournée !

Je pose ma carte de crédit sur le comptoir et, aussitôt, quelqu'un la prend et me la rend.

Surprise, je lève les yeux et vois l'homme à tout faire de Cullen.

– Bonsoir, Mike ! Je suis contente que vous soyez là.

– Ravi de pouvoir vous être utile.

Il regarde mes amies. La musique est forte et je n'entends pas très bien ce qu'il dit, mais c'est quelque chose comme :

– Bon sang ! Vous ne plaisantiez pas quand vous disiez que vos amies étaient canon…

Aussitôt, il ajoute :

– Cullen m'a dit que tant que vous resteriez ici ce soir, c'était lui qui payait.

– Ah, les hommes dominants ! s'exclame Rachel, qui sait de quoi elle parle.

Malcolm aime savoir où elle est à tout moment.

– Et si nous allions jouer ? suggère Livvy.

– J'aimerais bien siroter mon verre tranquillement, dit Gina, trempant sa cerise dans son daïquiri frappé et regardant les lumières clignoter au-dessus de la piste de danse.

Je proteste, mais tout le monde m'ignore. Bientôt, nous en sommes à notre troisième verre et l'endroit est toujours désert.

– Encore un ? propose Gina.

– Pourquoi pas ? dit Livvy, jetant un coup d'œil à sa montre.

Je demande :

– Est-ce que nous attendons quelqu'un ?

Liv, Rachel et Gina se regardent d'un air de conspiratrices, comme si elles partageaient un secret. À ce moment précis, comme si on nous observait, les lumières sont tamisées et les portes vitrées du bar se referment.

– Qu'est-ce qui se passe ?

Livvy hausse les épaules.

– On y va, mesdames ?

Voyant leurs silhouettes indistinctes passer à côté de moi dans l'obscurité, je m'écrie :

– Hé ! Où sont passées mes meilleures copines ?

– On revient tout de suite, répond Rachel.

– Et tu as intérêt à être contente de nous voir quand nous reviendrons, dit Livvy. Nous te devons toujours un enterrement de vie de jeune fille exceptionnel.

Perplexe, je reste assise là, seule, à attendre.

Et soudain, alors même que je commence à me sentir un peu mal à l'aise et à perdre patience, il fait son apparition.

Sur la piste de danse.

L'homme qui ne danse pas.

L'homme qui ne danse que pour moi.

Il me tend la main. Il a bien l'allure d'un playboy avec sa chemise blanche aux manches retroussées sur ses coudes et son pantalon noir.

– Cullen…

– Tu as l'intention de rester là à me regarder, ou tu vas venir danser avec moi ?

Je prends mon temps pour le rejoindre, mais seulement parce que je suis sûre qu'il a autant envie que moi de savourer ce moment et de le faire durer le plus possible.

Je me trouve enfin devant lui et j'ai le souffle coupé par ces yeux argentés, ces petites rides sur son front, ces muscles qui se dessinent sous sa chemise. J'ai envie de passer la langue sur son cou, de le dévorer, de m'abandonner à tous mes fantasmes.

Il me prend par la main, m'attire vers lui, passe un bras puissant autour de ma taille. Nous ondulons ensemble au rythme de la musique. C'est tellement bon de le toucher…

– À quoi penses-tu ? me demande-t-il.

– Tu sais…

– Je sais.

Il m'embrasse avec une passion dévorante et je dois prendre sur moi pour me retenir de l'entraîner sur la banquette la plus proche et faire ce que je veux de lui.

Il me fait tournoyer et me ramène à lui.

– Que dirais-tu de monter et de passer la nuit à jouer ?

– Nous étions d'accord pour faire nos enterrements de vie de jeune fille et de vie de garçon, dis-je. Et puis, je croyais que tu avais quelque chose à faire, ce soir… Quelque chose qui ne pouvait pas attendre. Tu me l'as répété toute la semaine.

Il incline la tête et me mordille le lobe de l'oreille.

– J'ai *quelqu'un* à me faire, pas *quelque chose*.

– Ah ! La vérité est enfin révélée. Depuis combien de temps est-ce que ça dure ? Je la connais ?

– Je crois que tu la connais assez bien, oui.

Il me fait encore tourner, m'attire vers lui et me bascule en arrière.

– Voilà un homme qui sait danser !

– Quand il a la bonne source d'inspiration.

S'il me regarde tout le temps avec cette intensité, je lui ferai l'amour tous les jours, jusqu'à ma mort.

Il pose une main à plat au creux de mes reins.

– Dis-moi à quoi tu pensais, là, à l'instant, murmure-t-il.

Je me mets sur la pointe des pieds et je le lui chuchote à l'oreille.

– C'est vrai ?

Je me mords le bout du doigt et le regarde d'un air aguicheur.

– Laisse-moi te goûter, dit-il d'une voix rauque.

Je tends le cou pour l'embrasser. Il laisse glisser ses mains sur mes hanches, et la façon dont il me tient ainsi que l'intensité de son regard m'indiquent ce qu'il a en tête.

– Pas ce soir.

Je me frotte quand même contre lui et regarde autour de moi, cherchant des yeux mes amies, espérant qu'elles ne vont pas revenir tout de suite.

– Je ne t'ai pas demandé la permission, murmure-t-il tout contre mes lèvres.

Il m'embrasse avec fougue et, en l'espace de quelques secondes seulement, ses doigts font des miracles.

* * *

Après avoir dansé avec mon homme et essayé, tout en prenant un autre verre avec lui et le reste de la bande, de l'amener à force de cajoleries à me dire ce que les gars et lui vont faire ensuite, je les regarde, lui, Callan, Malcolm et Tahoe, s'éloigner de nous de leur démarche arrogante.

Toutes les femmes présentes semblent les remarquer.

– Regardez-les se pavaner, dit Gina, dont la voix ne trahit pas la moindre inquiétude.

Tahoe est tellement amoureux d'elle que nous sommes toutes persuadées qu'il organise ses journées en fonction d'elle et des moments où il pourra l'avoir pour lui tout seul.

– On regarde mais on ne touche pas, mesdames, dit Livvy, les yeux plissés.

– Elles se tordent toutes le cou pour les regarder ! dis-je en riant.

– Allez, venez, les filles ! La soirée ne fait que commencer, dit Livvy en m'entraînant.

Je suis mes amies jusqu'à la table de roulette. Dès que j'ai mes jetons, je mise tout sur le 2.

★ ★ ★

Il est plus de minuit quand Livvy et moi entrons dans ma suite d'un pas chancelant. Rachel et Gina dorment avec leurs hommes, de l'autre côté du couloir, car, apparemment, ils ne peuvent pas se passer d'elles.

– Quels bébés ! dit Livvy, claquant la porte derrière nous.

J'ai le sentiment que Callan lui manque et qu'elle a l'impression de servir de baby-sitter à la future mariée.

– Rejoins-le, ma belle… Ne t'inquiète pas pour moi, ça va !

Ça va *très bien* : encore un Mai Tai et je serai assez soûle pour exécuter un numéro en première partie du spectacle d'une star de Las Vegas. À cette heure tardive, cela pourrait être intéressant.

Livvy indique la chambre adjacente à la nôtre.

– Je crois que je vais accepter ton off…

La porte claque et je sursaute, m'apercevant que Livvy est tombée. Inquiète, je m'en approche, mais je me détends aussitôt en l'entendant rire et Callan dire :

– Déshabille-toi.

Je crois qu'elle lui fait une réponse à la fois drôle et provocante, mais je ne suis pas sûre de l'avoir bien entendue. Je m'éloigne et vais m'enfermer dans ma grande chambre vide, qui me paraît bien triste sans Cullen.

Quand je me réveille, à 3 heures du matin, je suis encore tout habillée. Cullen n'est pas là. Je regrette de ne pas l'avoir appelé.

À 4 heures, je me retourne dans le lit, dans lequel je suis toujours seule. Je retire mes chaussures.

À 5 heures, j'ai vaguement conscience que de grandes mains douces me déshabillent avec douceur.

Personne ne me déshabille mieux que lui.

– Cullen…

Il est 6 heures. Je me pelotonne contre lui. À 6 h 30, il se blottit contre moi.

7 heures. Il joue avec mes cheveux, me murmure qu'il m'aime.

À 8 heures, les câlins innocents sont terminés. Les ébats qui les remplacent sont torrides et merveilleusement satisfaisants.

À 9 heures, il m'étreint avec ardeur, me dit qu'il n'en aura jamais assez, qu'il ne se lassera jamais de moi, qu'il ne cessera jamais de tout faire pour me combler, pour me surprendre.

Et c'est vrai.

Car, à 10 heures, je découvre qu'il vient de me faire la plus grande surprise de ma vie.

Je *me marie*, aujourd'hui !

* * *

Je tambourine à la porte de Livvy, puis je remonte précipitamment le couloir et fais la même chose à la porte de Rachel et de Gina.

– Rachel ! Oh mon Dieu, Gina ! Quelqu'un !

Je retourne en courant à la porte de Livvy, recommence à frapper.

Tahoe fait irruption dans notre suite.

– Qu'est-ce qui se passe ?

Il regarde Cullen, sourit, puis il s'installe confortablement sur le canapé, comme s'il était chez lui. Gina entre dans la pièce et en fait autant.

Arrivent ensuite Livvy, Callan, Rachel et Malcolm, dans cet ordre-là. Cullen est appuyé au chambranle de la porte de notre chambre, les bras croisés sur son torse. Il a l'air trop calme, trop sûr de lui.

Quant à moi, je suis surexcitée.

– C'est le jour de mon mariage… Est-ce que quelqu'un pourrait me dire ce que je suis censée faire en premier ?

Ils me regardent tous sans rien dire.

– Enfin, c'est… c'est *génial* !

Ce soir, je serai mariée. Demain, à cette heure-ci, je serai madame Cullen Carmichael.

Je le regarde. Je suis follement amoureuse… mais, soudain, je suis aussi dans tous mes états.

– Je dois appeler maman ! Et Alessandra, je lui ai promis que… Nous étions d'accord… Elle doit s'occuper de mes cheveux !

Je me frappe le front.

– Et Pepper !

Je tourne sur moi-même, tout se bouscule dans ma tête.

– Cullen ! Nous ne pouvons pas nous marier aujourd'hui… Nous n'arriverons jamais à tout organiser d'ici ce soir !

Il regarde nos amis.

– En fait, nous avons la situation bien en main.

– Quoi ? C'est impossible ! Enfin, je veux dire… J'avais tout prévu ! J'avais contacté des traiteurs, je voulais que Bonnie B se charge du gâteau, c'était Flo's on the Corner qui devait s'occuper des fleurs, je voulais qu'Adele chante… J'avais choisi des gens, vous le savez bien, j'avais choisi les gens que je voulais absolument…

Rachel rit.

– Et tu les auras !

– Oui, acquiesce Gina. Pour qui est-ce que tu nous prends ?

– Nous nous sommes occupés de tout, dit Livvy, pour que tu aies un mariage sans stress !

– Il y a juste un petit problème, les filles…

– *Quoi ?* demandent-elles en chœur.

– Je n'ai pas de robe de mariée !

– Pas *encore*, intervient Cullen.

Il me fait un clin d'œil et ouvre la porte.

– Allez les chercher, mesdames !

★★★

Une heure plus tard, je me tiens devant le miroir en pied et j'appelle maman sur son portable. Je pousse un profond soupir de soulagement quand elle décroche enfin.

– Maman ! Au secours ! J'ai besoin que tu m'aides à choisir ma robe de mariée…

– Je les ai déjà vues, dit-elle d'une voix étranglée.

– Attends ! Tu… Dis-moi que tu n'es pas en train de pleurer, maman !

– Non, non…

Elle renifle.

– Bon, d'accord, peut-être un peu.

– Alors tu as rencontré Cullen ?

Je coince mon téléphone sous mon oreille tout en me servant de mes mains pour faire bruire le jupon de la robe bouffante, une relique de l'époque victorienne que je ne garderai pas dans mon top 3.

– Qu'est-ce que tu en as pensé ?

Rachel regarde une à une les robes pendues au portant tandis que Gina me montre celle qu'elle a choisie, une robe blanche ajustée, munie d'une courte traîne ourlée de dentelle.

– Hum… Non. On dirait une robe de sirène.

– Ne choisis pas la robe de sirène, dit ma mère. Elle fait fureur à Chicago en ce moment et les filles ont vraiment du mal à remonter l'allée centrale dedans !

– D'accord, pas de robe de sirène, maman !

Je me rappelle qu'elle n'a pas répondu à ma question et je dis :

– Revenons à Cullen. Qu'as-tu pensé de lui ?

– Il est charmant.

– Oui.

– Très beau.

– Ça, c'est sûr.

– Et follement amoureux de ma fille ! Comment pourrions-nous ne pas l'aimer ?

Je pousse un autre soupir de soulagement.

– Je voudrais que tu sois là… Tu *devrais* être là.

– Ma chérie, j'ai vu les robes et ma préférée est la Monique Lhuillier. Essaie-la, et vois ce que tu en penses.

– Mais où es-tu ?

– Tu le découvriras en temps voulu. Nous t'aimons, Wynn ! Cullen nous plaît beaucoup. Nous sommes très heureux pour vous !

Nous nous disons au revoir et je retourne à mes amies.

– Bon ! Voyons la Monique…

Elles se pâment en défaisant la fermeture Éclair de la housse en plastique. La robe en soie et en dentelle a un voile assorti, orné de fleurs minuscules et de perles de culture. Elle est parfaite et mes amies et moi le voyons au premier coup d'œil.

Quelques minutes plus tard, je l'ai enfilée et je regarde fixement mon reflet dans le miroir, songeant que tout s'est passé à une vitesse folle. Je suis parcourue d'un frisson, à la fois nerveuse et surexcitée ; je n'arrive pas à croire que la ravissante mariée qui se tient en face de moi et me regarde n'est autre que… *moi* !

Chapitre 30

LES GARÇONS

CULLEN

Malcolm nous a invités à déjeuner puis à faire une partie de golf. Je ne comprends pas comment on peut avoir envie de jouer au golf le jour de son mariage, mais apparemment, c'est ce que les gars de Chicago aiment faire.

Je le supporte, mais difficilement. Dans trois heures, je serai un homme marié et heureux de l'être. Je ne suis pas du tout nerveux, je suis satisfait. Quand un homme sait qu'il a la bonne personne à ses côtés, tout se fait naturellement.

Mon portable sonne alors que nous revenons du green. Je le sors de ma poche, vois un numéro inconnu s'afficher à l'écran.

– Cullen Carmichael.

– Monsieur Carmichael, ici Dana Vanzant. Je suis l'avocate de monsieur Jack Cavanaugh. Le connaissez-vous ?

– Jack Cavanaugh, triple champion du monde de Texas Hold'em… Oui, je le connais.

– Il est décédé.

Je regarde mon frère, qui tressaille en voyant mon expression.

– Je suis désolé de l'apprendre, dis-je, sachant qu'il avait deux adorables petits garçons.

Bon sang ! Je me demandais justement récemment ce qu'il devenait. Et maintenant, il est mort…

– Il vous a nommé tuteur légal de ses fils, monsieur Carmichael.

J'entends ces mots, mais il me faut un moment pour les assimiler pleinement.

Je me sens soudain complètement paumé. Je me tourne vers mon frère, qui s'y connaît mieux que moi. Ses meilleurs amis ont des enfants, et ce sont de très bons pères, très présents. Et si je n'étais pas un meilleur père que Jack ? Et si je me retrouvais un jour dans une situation similaire ? Et si… ?

Ce ne sera pas le cas. Je serai un très bon père.

– J'ai une lettre pour vous. Nous discuterons quand vous arriverez. J'ai hâte de faire votre connaissance.

– Moi de même.

Alors que je prononce ces mots, je me rends compte que je suis plongé dans la confusion la plus totale.

Après avoir raccroché, je reporte mon attention sur mon frère, qui m'observe avec un air grave.

– Jack Cavanaugh est mort. Il m'a laissé une lettre, et…

Je marque un temps d'arrêt.

– … deux petits garçons.

– Dis-le à Wynn avant de partir.

– Je ne veux pas risquer de lui donner de faux espoirs et de la décevoir ensuite, surtout pas aujourd'hui.

– Eh bien, donne-lui de *vrais* espoirs en lui montrant qu'elle peut avoir confiance en toi. Dis-lui ce que tu t'apprêtes à faire. Elle comprendra.

Je m'isole pour appeler Wynn.

– Salut, ma belle. Tu es occupée ?

Elle pousse un cri de joie.

– Je viens juste de choisir ma robe ! Elle est parfaite, Cullen !

J'entends ses amies acquiescer, derrière elle.

– J'ai quelque chose à te dire.

Sa voix change aussitôt.

– Tout va bien ?

Je fais la grimace. J'appréhende de lui annoncer la nouvelle.

– Non. Oui. Je ne sais pas…

Je soupire.

– J'ai besoin que tu viennes avec moi, la Rouquine.

Je passe la prendre à l'hôtel avec Adam, lui fais part du coup de téléphone que j'ai reçu, voyant ses yeux s'écarquiller un peu plus chaque seconde. Quand nous entrons dans le bureau de l'avocate, je ne pense qu'à ce que Wynn peut ressentir.

– Monsieur Carmichael ?

L'aîné des deux garçons ne doit pas avoir plus de huit ans, mais il paraît plus âgé, mûr pour son âge. Il me tend la main et dit :

– Je m'appelle Stevie Cavanaugh. Vous connaissiez mon père.

– Oui…

Je suis impressionné par sa poignée de main ferme et je me demande ce que lui et son petit frère savent, au juste. Le plus jeune est occupé à faire un puzzle, dans un coin de la pièce. Je fais un signe de tête à Adam, qui s'approche aussitôt de lui et engage la conversation.

– Je suis désolé pour ton père…

– Merci.

L'aîné semble sage et avisé pour son âge. Il a dû en baver. Sa mère est partie après la naissance de son second fils et elle n'avait jusque-là jamais été très présente, si mes souvenirs sont exacts. Jack passait quant à lui douze heures par jour au casino, sept jours par semaine.

Je ne lui ai jamais demandé qui s'occupait des garçons.

Je présumais qu'il y avait bien quelqu'un pour rester avec eux.

Je me dis maintenant qu'ils n'avaient personne.

Le gamin me tend soudain une enveloppe.

– Il n'a jamais eu l'occasion de vous demander… si vous accepteriez de veiller sur nous… s'il lui arrivait quelque chose.

– Je…

Je m'empresse de me tourner vers Wynn, qui sourit aux deux garçons.

Stevie semble attendre qu'elle dise quelque chose.

– Voici Wynn, ma future femme.

– Bonjour, Stevie, dit-elle avec douceur. C'est un joli prénom…

Sa voix est chargée d'émotion. Je m'accroupis devant Stevie. Le chagrin et la douleur qui se lisent sur son visage me serrent le cœur. Il me regarde comme si j'avais toutes les réponses.

– Vous n'allez pas la lire ? me demande-t-il.

– Bien sûr que si, dis-je. Tu veux que je la lise maintenant ?

– Ce serait super, monsieur Carmichael… si vous pouviez la lire tous les deux.

Il regarde Wynn affectueusement. Elle lui sourit, hoche la tête et me suit.

Tout en l'entraînant vers une table pour lire la lettre, je jette un coup d'œil à Adam. Il n'a pas l'air d'obtenir beaucoup de résultats avec le plus jeune des deux garçons. Il croise mon regard interrogateur et hausse les épaules en guise de réponse. Je hoche la tête, espérant qu'il va continuer à essayer.

Dès que je commence à lire la lettre, il me semble entendre la voix de Jack Cavanaugh. Wynn retient son souffle, à côté de moi, et je prends sa main dans la mienne tandis que nous lisons ensemble.

Si tu lis cette lettre aujourd'hui, c'est que j'ai merdé. Je suis sûr que tu aimerais pouvoir me ressusciter pour me le dire ! Mais les garçons seront plus heureux sans moi. J'ai mis de l'argent de côté pour eux, alors ce ne sera pas dur de subvenir financièrement à leurs besoins, mais il leur faut un père, un vrai père, présent et investi. Tu prendras soin d'eux mieux que je ne l'ai fait. Pose tes valises avec ta charmante petite copine, quelque part loin de Las Vegas, peut-être… Ne fais pas tout foirer, Carmichael. Tu as toujours dit que si c'était à refaire, tu serais un père attentionné. Eh bien, tu en as l'occasion, aujourd'hui ! Sois un bon père pour mes garçons, qui sont maintenant les tiens. Merci, Playboy… Je te revaudrai ça dans l'au-delà, en admettant que nous finissions au même endroit !

Cette lettre atteint son but. Jack a toujours été ce genre de mec : il disait ce qu'il avait à dire d'une façon percutante qui retenait l'attention des gens. Mais avec lui, c'était *Faites ce que je dis, ne faites pas ce que je fais*. C'était un paumé.

Enfin… Peut-être pas. Peut-être a-t-il fini par faire quelque chose de bien.

Je me tourne lentement et m'aperçois que le plus jeune nous regarde comme s'il croyait que nous allions le laisser là, l'abandonner comme sa mère l'a fait ou comme son père, quand il devait aux casinos plus d'argent qu'il ne pouvait en rembourser. S'il y a des fonds en fidéicommis quelque part, je doute que les casinos en aient connaissance. Si c'était le cas, Jack serait peut-être encore en vie aujourd'hui.

Sois un bon père pour mes garçons, qui sont maintenant les tiens.

– Cullen…

Wynn serre ma main dans la sienne et, d'une voix douce, demande aux garçons :

–Vous voulez bien nous donner une minute ? Nous revenons tout de suite, c'est promis.

Elle m'entraîne au-dehors, les yeux brillants de larmes.

– Ces petits garçons… La lettre dit que…

Les larmes coulent maintenant sur ses joues, et je vois bien qu'elle ne peut rien faire pour les retenir.

– Es-tu leur responsable légal, maintenant ? demande-t-elle.

À son tour, Adam sort de la pièce. Il a surpris la question de Wynn. Il se penche vers elle et chuchote :

– Toi aussi…

Il hausse les épaules.

– Enfin, si tu veux toujours te marier avec mon père.

– Adam…

Je voudrais qu'il ne dise rien le temps que je reprenne mes esprits.

Les deux petits garçons passent la tête dans l'entrebâillement de la porte, puis ils s'approchent timidement de nous.

Wynn s'empresse d'essuyer ses larmes et elle les regarde tour à tour, avec le sourire chaleureux auquel je suis devenu accro.

– Je m'appelle Shawn, dit le plus jeune, regardant Wynn comme s'il voulait qu'elle le remarque.

– Je…

Wynn me regarde, puis elle s'agenouille devant le petit garçon et lui tend les bras.

– Je m'appelle Wynn. Je suis désolée pour ton papa, Shawn…

Elle lève les yeux vers moi et les larmes se remettent à ruisseler sur ses joues, puis elle reporte son attention sur le petit garçon.

– Si vous êtes d'accord, toi et ton frère, et si Adam et Cullen sont d'accord, j'aimerais vraiment faire partie de votre famille.

Les garçons se mettent à pleurer et elle les serre dans ses bras. Je prends Adam dans les miens, et quand les pleurs de Wynn et des deux petits garçons se calment et qu'ils se redressent, je les serre contre Adam et moi.

Mes bras les enlacent tous.

J'ai souvent eu le sentiment d'avoir de la chance, mais jamais autant qu'aujourd'hui.

Wynn et moi échangeons un regard. Il y aura de la paperasse à remplir et un millier de choses à faire pour pouvoir les accueillir dans notre nouvelle maison ; mais je ne veux pas les abandonner maintenant, alors je les laisse, tous les trois, dans les bras de Wynn pour retourner dans le bureau demander la permission de les faire assister à notre mariage, ce soir.

Quand j'en ressors, Adam a l'air à l'aise. Enthousiaste, même. Comme s'il venait de se rendre compte qu'il avait enfin deux petits frères, qu'il rêvait inconsciemment d'avoir.

– Alors ? demande Stevie, qui attend notre réponse.

Ce que je vais répondre est important, car cela pourrait donner le ton au reste de nos vies.

Alors je dis la première chose qui me vient à l'esprit :

– Eh bien, les garçons, nous allons devoir vous trouver des costumes !

Chapitre 31

POUR TOUJOURS

CULLEN

– Eh bien, ça alors ! s'exclame mon frère tandis que j'observe Wynn et les garçons. C'est fou…

Il a raison. Qui aurait cru qu'un joueur de poker professionnel penserait à moi au moment de prendre une décision cruciale concernant l'avenir de son enfant ?

Mes yeux s'embuent quand je pense à Jack, à la confiance qu'il devait avoir en moi. Je n'en avais pas la moindre idée.

Je me perds dans mes pensées et regarde maintenant Adam. Il a vraiment bon cœur. Je suis tellement fier de lui, tellement fier qu'il soit mon fils ! Nous avons eu l'occasion de passer plus de temps ensemble au cours des derniers mois. C'est grâce à Wynn et à mon frère : ce sont eux qui l'ont fait venir à Las Vegas et Callan a réussi, d'une manière ou d'une autre, à faire comprendre à Sondra qu'Adam avait aussi besoin de son père.

Tahoe et Malcolm me regardent comme s'ils s'attendaient à ce que je craque sous la pression. C'est peut-être ce que certains flambeurs feraient, mais je ne suis pas un simple flambeur, je ne suis même plus un simple joueur. Je suis un père, j'ai des responsabilités. Je suis déjà un mari dans le fond de mon cœur. Sondra a accepté la garde partagée et je me demande maintenant si c'est grâce à Wynn que tout s'est arrangé, si c'est la femme que j'aime qui a rendu tout cela possible.

Adam se tient auprès des garçons de Jack, et le voir s'occuper d'eux me fait chaud au cœur. On dirait qu'il comprend que j'ai besoin de lui pour mettre à l'aise Shawn et Stevie.

Callan suit mon regard et hoche lentement la tête.

Il me comprend.

L'attitude de mon fils me rappelle celle que j'avais avec mon frère quand nous étions enfants. Le voilà maintenant qui montre à Shawn comment attacher son nœud papillon et qui jette un coup d'œil à Stevie pour vérifier que sa tenue est impeccable.

C'est le cas. Ils sont parfaits tous les trois. Je ne peux même pas y penser ; l'émotion me serre déjà la gorge.

– Nous aurions pu trouver une cravate à Adam, dit Tahoe.

– Prête-lui la tienne, suggère Malcolm.

– Oui, fais l'échange ! dit Callan.

Tahoe rit.

– Ça ne me dérange pas de m'en passer, répond-il.

– Mais ce ne sera pas nécessaire, intervient Gina en nous rejoignant, lui passant un bras autour de la taille.

– Comment va ma fiancée ?

Je regarde Gina, puis je jette un coup d'œil à ma montre.

– Elle s'apprête à enfiler sa robe, répond Gina.

– Je reviens tout de suite…

Je fais signe à Adam de garder un œil sur les garçons. Il acquiesce d'un signe de tête et sourit. Il a vraiment l'air d'apprécier leur compagnie.

– Holà, jeune homme ! s'écrie Livvy, me barrant la route. Ta future mariée n'est pas tout à fait prête.

– Laisse-moi juste lui donner un baiser et lui souhaiter bonne chance.

Livvy me présente sa joue.

– Dépose-le ici et je le lui ferai pour toi !

– Allez, Livvy… Laisse-le passer, lui crie Callan pour se faire entendre dans le brouhaha. Ils se sont déjà vus, alors au diable les superstitions traditionnelles.

Elle hausse les épaules.

– Je suis la gardienne de la porte, il fallait bien que je tente le coup.

Elle s'écarte pour me laisser passer.

– Juste cinq minutes !

Je monte l'escalier quatre à quatre. J'imagine ma sublime fiancée courant en tous sens dans la chambre, et je crie à Livvy, par-dessus mon épaule :

– *Quinze* minutes ! Je dois lui parler de quelque chose d'important.

Des éclats de rire retentissent derrière moi, mais je m'en moque. Ils peuvent bien prendre les paris sur ce qui va se produire, c'est le jour de notre mariage et la journée a commencé d'une manière peu traditionnelle. J'ai l'intention de poursuivre sur cette lancée.

J'entre dans la chambre et je ferme la porte à clé derrière moi.

– Wynn ?

– Je suis là…

La porte de la salle de bains est fermée.

– J'en ai pour une minute, ajoute-t-elle.

Je frappe, parce que je suis impatient mais aussi parce que je l'entends renifler.

– Chérie, ouvre la porte.

– Je ne peux pas.

– Pourquoi ?

– Parce que tout est absolument parfait et que je veux que ça le reste. J'ai peur d'ouvrir cette porte et… de tout gâcher, j'ai peur que rien de tout ceci ne soit réel !

– Ouvre la porte ou je crochète la serrure.

J'appuie plusieurs fois sur la poignée.

– Je veux voir ma belle fiancée. S'il te plaît ?

Au bout de quelques secondes, elle sort de la salle de bains. Aussitôt, mes yeux s'emplissent de larmes. Je ne suis pourtant pas du genre à pleurer ; mais je n'ai jamais vu une femme aussi belle.

Ni dans les magazines, ni au cinéma, ni dans mes fantasmes.

– Tu es époustouflante.

– Je suis en peignoir !

Elle écarte une mèche rebelle d'une main tremblante.

– Et je n'ai même pas fini de me maquiller…

– Tu es parfaite.

Je le pense. Elle est saisissante de beauté.

– Tu veux que j'appelle le pasteur et que je lui demande de monter pour nous marier ici ?

– Je croyais que nous devions nous marier dans les jardins de notre futur casino…

– C'est le cas, mais nous pouvons prononcer nos vœux n'importe où.

Je lui fais lever le menton pour lui déposer un baiser sur les lèvres.

– Cullen, nos invités nous attendent…

Et alors ?

– Moi, Cullen Carmichael, je promets de te prendre pour épouse, Wynn Watson.

– De m'aimer et de me chérir ? continue-t-elle, jouant le jeu. Dans la maladie comme dans la santé ?

– Dans la maladie comme dans la santé, dis-je, content de la voir se redresser un peu.

– Et ?

– Dans la richesse… Toujours plus de richesses !

Elle fronce les sourcils.

– Très drôle…

– Ce que j'appelle mes richesses, ce sont ceux qui seront assis à la table familiale.

– Oh, Cullen ! murmure-t-elle, me passant les bras autour du cou et appuyant son front contre le mien. Tu es tout ce que j'ai toujours voulu…

– Mais ?

– Mais nous avons plein d'invités qui nous attendent.

– Oui.

Je m'écarte un peu d'elle, mais elle referme sa main sur la mienne.

– Je vais bien me comporter, mais seulement parce que j'ai hâte de t'épouser.

– Je le veux.

Je la regarde et comprends parfaitement ce qu'elle veut dire.

– Je le veux aussi.

Avec un sourire audacieux, elle m'attire vers elle et dépose sur mes lèvres un baiser voué à entraîner un petit câlin rapide.

– J'ai besoin de toi, Cullen. Je ne peux pas me lancer si je ne sais pas…

– Tu sais, dis-je tout bas, lui caressant les bras. Tu sais à quel point je te veux, à quel point j'ai besoin de toi, à quel point je t'aime, toi et *seulement* toi.

– Alors n'attends pas que nos vœux aient été prononcés devant nos amis. Nous les avons échangés ici. Nous ne sommes pas doués pour attendre.

– Si je commence…

– Je sais, dit-elle, levant les yeux au ciel. Tu pourrais continuer toute la nuit.

J'ai un petit sourire en coin.

– Cullen, je suis tellement heureuse que je veux ne jamais me réveiller de ce rêve…

Je lui prends le menton entre le pouce et l'index.

– Idem, la Rouquine.

Je me penche vers elle pour l'embrasser et elle me rend mon baiser avec la fougue dont elle seule est capable.

– Nous nous en sortirons, avec les garçons. Ne t'inquiète pas pour ça…

– Je ne m'inquiète pas. Je suis tellement heureuse !

Elle me passe à nouveau les bras autour du cou et je la serre contre moi.

J'ai besoin d'être en elle. Mes émotions sont trop vives, à fleur de peau. Je l'embrasse avec passion, et je la sens trembler entre mes bras à l'idée de ce qui va se produire.

Je la fais reculer jusqu'au lavabo, la hisse sur la tablette et ouvre son peignoir, exposant sa nudité, puis je défais la fermeture Éclair de mon pantalon et la pénètre le plus vite et le plus sauvagement possible. Une expression d'intense satisfaction se lit aussitôt sur le visage de ma fiancée.

– Plus vite, murmure-t-elle, se penchant vers moi.

– Je ne me presserai pas…

Je me retire, me mets à genoux, place ses jambes sur mes épaules et frotte les joues contre ses cuisses. D'une voix douce, je lui dis de se laisser aller et je pose mes lèvres sur elle.

Elle se cambre.

Je la caresse avec ma langue.

Elle pose les mains derrière elle pour se soutenir et bascule le bassin vers moi.

– Cullen !

Je lève les yeux vers ses seins et je me sens sur le point de perdre la raison. Cette femme – *ma* femme – a vraiment tout pour elle.

– Cullen…

Ses cuisses délicates se contractent de chaque côté de ma tête.

Je continue à la caresser avec amour, me délectant de la façon dont elle se tortille et frémit. Je sais bien que la nuit de noces n'est que dans quelques heures, mais je ne peux pas attendre. Je ne *veux* pas attendre.

Je relève la tête et la regarde. Elle bat des paupières, ses lèvres s'arrondissent. Je ne peux plus m'arrêter.

Avec mon pouce, je joue avec son clitoris tout en baissant la tête pour recommencer à la caresser avec ma langue, et bientôt, je sens tous ses muscles se contracter.

Au moment où elle est sur le point de jouir, je me lève et la pénètre d'un mouvement fluide.

– Cullen !

– Répète-le, encore et encore, dis-je dans un murmure alors que ses muscles enserrent mon sexe.

Ivres de passion, submergés de plaisir, nous jouissons ensemble.

Après coup, nous nous embrassons et nous mettons à rire, toujours physiquement unis l'un à l'autre. Sans surprise, cette fin explosive nous conduit à d'autres ébats effrénés.

★ ★ ★

WYNN

Nous sommes en retard à notre propre mariage. Certes, pas *très* en retard, mais en retard quand même.

Ma mère et mon père nous attendent. Oliver est là. Quelques-uns de nos amis et de nos voisins de Las Vegas aussi. Je serre affectueusement la main de Rachel dans la mienne tout en adressant un grand sourire à Livvy et à Gina.

– Oh, les filles, je ne vous ai même pas complimentées ! Vos robes sont très belles…

Et elles me rappellent quelque chose… Je fronce les sourcils et, soudain, comme si nous lisions dans les pensées les unes des autres, nous éclatons toutes de rire.

Ce sont les robes du mariage de Livvy ; Livvy porte vraisemblablement la mienne.

– Allez, ça suffit, maintenant ! dit-elle, levant une main pour nous empêcher de dire ce que nous avons toutes sur le bout de la langue. Nous ne pouvons pas nous permettre de rire ou de pleurer, nous allons ruiner notre maquillage.

– Cela doit être dit, proteste Gina.

– C'est sûr, dis-je.

Rachel déclare d'un ton théâtral :

– Ces robes sont magnifiques. Tes demoiselles d'honneur les porteront lors de nombreux événements, bien après le mariage.

C'est le baratin publicitaire de toutes les boutiques de robes de mariée des États-Unis.

– Nous nous sommes bien débrouillées, hein ? demande Rachel.

– Elles sont parfaites, dis-je, commençant à être un peu nerveuse.

– Nous n'avons pas eu le temps de faire retoucher quoi que ce soit, admet Rachel.

Je me tords les mains et Gina dit :

– Oh, j'ai failli oublier !

Elle ouvre le réfrigérateur de la limousine et en sort un bouquet de lys.

– Maintenant, tu es prête à remonter l'allée jusqu'à l'autel !

– Vous avez pensé à tout…

– *Cullen* a pensé à tout, dit Rachel, montrant du doigt la voiture derrière nous. Ils ont l'air d'être prêts…

Les hommes sont dans la limousine derrière la nôtre. Je me demande à quoi pense Cullen et je pousse un soupir.

– C'est le moment, les filles ! Il ne va pas faire machine arrière, hein ?

– Pourquoi est-ce qu'il ferait une chose pareille ? me demande Gina, levant les yeux au ciel.

Le chauffeur baisse la vitre qui nous sépare de lui.

– Oliver m'a donné l'ordre strict d'attendre ici.

Quelques minutes plus tard, la portière s'ouvre et Tahoe apparaît, tel un chevalier servant, et il offre son bras à Gina. Ils s'avancent sur un beau tapis blanc bordé d'un côté et de l'autre de plantes en pots, puis ils se dirigent vers le kiosque.

– Il y a un orchestre ?

D'ici, la musique a l'air belle, mais je ne l'entends pas assez bien pour reconnaître la chanson.

Rachel est la deuxième à sortir.

– Tu es magnifique, lui dit Malcolm en lui tendant la main pour l'aider à descendre de voiture.

Il lui dépose un baiser sur les lèvres, puis ils s'éloignent à leur tour sur le tapis.

Livvy et Callan suivent Rachel et Malcolm de quelques dizaines de mètres.

J'essaie de respirer normalement, mais c'est impossible, j'ai le souffle coupé.

Je ne vais pas y arriver, je suis bien trop nerveuse.

Respire, Wynn. Respire…

C'est alors que je le vois, *lui*.

Il est incroyablement beau et élégant et il a les traits de l'homme que j'épousais dans mes rêves. Il *est* l'homme de mes rêves. C'est comme si je l'avais fait apparaître par magie.

Je m'apprête à ouvrir la portière quand je vois les garçons prendre leur place à ses côtés. Adam se tient entre son père et Callan. Il a l'air très fier. Mon cœur s'emplit de joie quand je le vois faire signe à Shawn et Stevie de se joindre à eux.

Faites que je ne pleure pas, par pitié, faites que je ne pleure pas…

Mon père est là. Il m'ouvre la portière et, tendant la main vers moi, me chuchote :

– Je n'ai vu qu'une seule autre mariée aussi belle, et je l'ai épousée il y a quarante et un ans jour pour jour.

– Oh, papa !

Je le serre dans mes bras et regarde Cullen, au bout de l'allée. Soudain, la précipitation de notre cérémonie de mariage prend tout son sens.

Il a fait tout cela pour moi.

Il a fait tout cela pour *eux*.

Il a pensé à tout, *absolument* tout.

– C'est vraiment un homme bien, ma chérie.

Mon père me tapote la main et passe mon bras sous le sien, m'entraînant vers les jardins qui n'existaient même pas avant que mon homme, mes meilleures amies et mes parents rendent tout cela possible.

– Prête ?

– Prête !

Mon père hoche la tête et les premières notes de la *Marche nuptiale* s'élèvent.

Je marche vers mon fiancé, incapable de le quitter des yeux. Il est parfait…

– J'ai beaucoup de chance, dis-je tout bas.

– Je trouve aussi, répond mon père.

Nous atteignons le kiosque et Cullen prend ma main.

– Salut, lui dis-je dans un murmure, soudain intimidée.

– Tu as pris ton temps !

– Je ne me presserai pas aujourd'hui, Playboy… J'ai attendu ce jour la majeure partie de ma vie d'adulte.

J'ai prononcé ces mots un peu plus fort que je n'en avais l'intention et nos invités éclatent de rire.

Je jette un coup d'œil par-dessus mon épaule et repère la plupart de nos amis de Chicago – Pepper, les Benson, Valentine, Isaac – ainsi que quelques visages connus de Las Vegas – l'avocate de Jack, quelques joueurs de poker et Mike.

Puis j'aperçois aussi deux invités qui, étonnamment, sont assis l'un à côté de l'autre : les parents de Cullen et de Callan. Je souris à mes futurs beaux-parents avant de me tourner vers mes propres parents et de leur dire, remuant les lèvres silencieusement :

– Je vous aime.

Je reporte mon attention sur mon fiancé, mon sexy Yeux d'argent. À ses côtés se tiennent les garçons qui me considéreront bientôt comme leur mère, et Adam.

Nous nous tournons vers le pasteur.

Les vœux, la musique, tout est parfait. Ce n'est peut-être pas un mariage traditionnel, mais la cérémonie est magnifique et je n'y changerais rien.

Adam se tourne alors vers la foule, le bras tendu vers nous.

– Mesdames et messieurs, je suis fier de vous présenter… Monsieur et madame Carmichael, mon père et ma belle-mère !

Il donne un petit coup de coude à Shawn, qui dit timidement :

– Tu peux l'embrasser, maintenant…

Cullen a un grand sourire.

– Dans ce cas, tournez la tête, les garçons, parce que je vais faire ça dans les règles de l'art !

Notre baiser se prolonge encore et encore, et je n'ai jamais été aussi heureuse.

Je voulais un amour qui dure.

Je rêvais de son heureux dénouement.

Cullen m'a tout donné, lors d'une belle journée de mariage. Je ne pourrais rien demander de plus… à part, peut-être, une petite fille.

DE LA MÊME AUTEURE

SÉRIE *FIGHT FOR LOVE* :

Real, Hugo Roman, 2014

Mine, Hugo Roman, 2014

Remy, Hugo Roman, 2015

Rogue, Hugo Roman, 2015

Ripped, Hugo Roman, 2015

Legend, Hugo Roman, 2016

Racer, Hugo Roman, 2020

SÉRIE *MALCOLM* :

Malcolm, le sulfureux, Hugo Roman, 2017
et Hugo Poche, 2018

Malcolm +1, Hugo Roman, 2017
et Hugo Poche, 2018

Madame Malcolm, Hugo Roman, 2017

Tahoe, le collectionneur, Hugo Roman, 2020

Callan, le magnétique, Hugo Roman, 2020